LA LETRA ROJA

LITERATURA

ESPASA CALPE

NATHANIEL HAWTHORNE

LA LETRA ROJA

Prólogo
El Duque de Alba

Traducción
A. Ruste

COLECCIÓN AUSTRAL

ESPASA CALPE

Primera edición: 3-VII-1952
Quinta edición: 6-IV-1995
—

Título original: *The Scarlet Letter*
—

© *Espasa Calpe, S. A., 1988*
—

Maqueta de cubierta: Enric Satué
—

Depósito legal: M. 8.195—1995

ISBN 84—239—1834—3

Impreso en España/Printed in Spain
Impresión: NOTIGRAF, S. A.

Editorial Espasa Calpe, S. A.
Carretera de Irún, km 12,200. 28049 Madrid

ÍNDICE

HAWTHORNE O EL PRISIONERO DE SU LIBERTAD

EL DUQUE DE ALBA, DE LA REAL ACADEMIA ESPAÑOLA

He releído a Hawthorne en una casa norteña, aislada de otras y envuelta en grandes árboles, a los que tienta el bosque, con muebles en su interior —un espacio casi desmesurado que, sin embargo, no está reñido con el recoveco— de maderas generalmente oscuras, en las que bruñidos metales realzan, por contraste, un lenguaje interesante (en el sentido del interés que, según Flaubert, cobran los objetos cuando los miramos largamente). Ha llovido mucho este verano y, a veces, en la tarde avanzada, una niebla espesa y caliente ascendía por entre los cedros y pinos de la vaguada que está al pie de las ventanas de mi despacho. Las tertulias, desde luego que vespertinas, con Jean Goulemot, José Maeso y Antonio San Gil eran *de quodlibet alio*, pero reincidíamos los cuatro, y acaso alguien más, fatalmente, en los misterios de la noche de San Bartolomé y de *El cuarto azul,* del Padre Coloma, dentro del Palacio Narros del vecino Zarauz. A quien conozca la literatura del autor de LA LETRA ROJA, su temple y sus asuntos, le resultará fácil entender que no haya podido, entonces, escribir sobre Hawthorne. Lo hago ahora añorante de tanta hermosa tiniebla, al amparo del *genius loci* mediterráneo.

En 1861, el padre de William y Henry James escribe a Emerson, desde Boston, una carta enjundiosa. El viejo James fue un personaje peculiarísimo. Adicto a Svedenborg, viajero impenitente, místico agresivo, representó, siempre a su manera, esa América en la que liberalismo y ferocidad son uno a la otra, y viceversa, como a la pared la hiedra. En la carta, se explaya sobre una reunión del *Saturday Club,* a la que habían asistido, entre otros, Longfelow, Charles Norton y Nathaniel Hawthorne. Lo que a James le acucia es transmitir la impresión que este último le ha causado. «No es un hombre elegante, ni alguien que le atraiga a uno de cualquier manera al conocerle personalmente: tenía todo el tiempo el aspecto, para quien no le conocía, de un pillo que se encuentra de repente en compañía de detectives.» James *senior* no señala, como era habitual entre sus contemporáneos, la deslumbrante belleza física de nuestro autor. (Sus condiscípulos, en Bowdoin College, le dieron el apodo de «Oberon».) Quedó, eso sí, subyugado por su «rusticidad», por «cómo fijó los ojos en su plato y comió con tal voracidad que nadie se hubiera atrevido a formularle una pregunta». Los otros contertulios asiduos le sirven a James de peana deletérea para encumbrar la figura más espontánea de Hawthorne: «... poseía sustancia humana y no la había disipado toda como ese crápula de Charles Norton y el bueno, inofensivo y reconfortante Longfelow». Por de pronto, ya sabemos que Hawthorne, a los cincuenta y siete años, tres antes de su muerte, no deparaba de sí mismo, de la vida, por tanto, que le había, como a cada cual, tocado representar en parte, una imagen precisamente cómoda.

Había nacido, en 1804, en Salem, la ciudad de las brujas, ante todo de las piras, en las cuales los sospechosos de brujería ardieron. Parece que alguno de sus bisabuelos intervino activamente en uno de tantos procesos, en los que los puritanos trasladaban el fuego, que interiormente les sofocaba, a una infamante crepitación al aire libre. Hawthorne creció, al borde del Massachusetts, en la casa de su madre (viuda y, tanto por obligación como por temperamento, estrictamente recluida), junto a dos hermanas, Elizabeth y Louisa. La mayor de éstas, Elizabeth, adoraba a su hermano con locura e intentó, en su día, convencer a su madre de que se opusiese al matrimonio del ídolo que, no obstante, llegó a realizarse, en 1842, y fue dichoso. Tras el fallecimiento de la madre y de Louisa, que se ahogó en el Hudson, Elizabeth, fiel a su desengaño, se retiró a una granja, en la cual, durante treinta años, no vio a nadie; eso sí, se levantaba siempre, como Descartes, a mediodía. Años antes, se había dedicado, no sabemos con qué fortuna, a traducir novelas de Cervantes.

Durante casi un lustro, el joven Hawthorne se mantuvo enclaustrado en la casa materna. Aprendía a escribir y a no avergonzarse por ello. «Un recluso, como yo mismo, o un prisionero, que mide el tiempo por el decurso de un rayo de sol que cruza su cuarto», anotará, en su diario, el 25 de octubre de 1836. El diario contiene frases como ésta, que desvelan los abismos de un alma, y otras, que son embriones, riquísimos e inquietantes, de su obra literaria. Su perfección estilística y sombrío talante hicieron que Valéry Larbaud tradujese y publicase, con notas, una selección significativa en 1928.

La vergüenza por ser novelista la confiesa Hawthorne en la introducción a LA LETRA ROJA. Se trata de un sentimiento, desde el cual increpa a sus antepasados por sus crímenes puritanos y redime, con su oficio pacífico, aquellas culpas. Novelar no es algo útil que glorifique a Dios y ayude a la humanidad. No co-

loca a quien lo hace en el rango aguerrido de los que
talaron bosques, redujeron a indios o capitanearon na-
vegaciones procelosas; pero tampoco es lo mismo que
reprimir con la hoguera. La vituperación de esta conducta, nervio el más vibrante de LA LETRA ROJA, es
también y fundamentalmente, un ejercicio de la *pietas
erga parentes*. «Sea como fuere, yo, el presente escritor, en tanto representante suyo, me avergüenzo de
ellos y pido que cualquier maldición que hayan merecido les sea ahora levantada, pues me he enterado de
que tal maldición existe...» Hawthorne se adivina in-
sultado por sus abuelos e insulta a éstos desde su condición de «haragán» o «músico ambulante», pero
afecto a la tolerancia. «Tales son los cumplidos que
nos dirigimos mis antepasados y yo a través de la sima
temporal que nos separa.» En este caso, es verdad,
porque es mentira, la sentencia de Ronsard: «el
tiempo cambia con el tiempo mismo"».

La liberación, empero, de aquel pasado y sus familiares protagonistas, no es completa. El artista se encierra a cal y canto, porque sus convecinos, así lo
teme al menos, prolongan, esta vez sin teas, la censura al heterodoxo. El anonimato y los diversos pseu-
dónimos, que emplea desde 1828, fecha de la publica-
ción primera de un relato, hasta 1837, en que firma
con su auténtico nombre los *Cuentos contados por segunda vez,* dan buena prueba de este recelo porque
pongan el dedo acusador sobre su profesión. En Salem, para Hawthorne, seguía aún vigente la caza de
brujas.

Fue en Salem donde conoció a Sophia Peabody. La
muchacha padecía dolencias nerviosas y, en busca de
curación, permaneció en Cuba un buen tiempo. Sus
cartas a la familia, las observaciones que vertía en
ellas acerca del ambiente caribeño, empezaron a adue-

ñarse del ánimo de Hawthorne, que, a la sazón, no la había tratado personalmente. Más tarde, ya novios, el escritor no leería nunca una carta de Sophia sin antes haberse lavado las manos esmeradamente. Tales excentricidades no empañaron luego la relación conyugal, de la que nacerían tres devotos hijos.

Los Peabody ponen al solitario en relación con la efervescencia espiritual que surge por entonces en América. Una hermana de Sophia pergeña métodos educativos, que utiliza primero Bronson Alcott, padre de Louisa May, la autora de *Mujercitas,* y conforme a los cuales establecerá, en 1838, junto con su hermano John, una escuela privada Henry David Thoreau. La misma Peabody mantuvo, en Boston, una librería con tertulia literaria por la que pasaron casi todas las lumbreras del momento. Es ella quien dirige *Aesthetic Papers* que, en 1849, ofrecerá a los lectores el ensayo de Thoreau sobre la desobediencia civil. Un año antes, el propio Hawthorne había organizado, en Salem, una conferencia política del autor de *Walden.* La gran América demócrata comenzó, como es de rigor en todo lo que vale la pena, en el entramado, familiar y de aficiones, de una minoría con talento.

Antes de casarse, experimentó el joven de Salem los empleos administrativos. Es aduanero, en Boston, *pro pane lucrando.* No será ésta la última vez que ocupe estos puestos. ¿Habló de ellos, acerca de su cotidiano empecinamiento, a su amigo Melville, el autor de *Bartleby?* Desde luego que él mismo reflexiona al respecto en su obra y con decidido espíritu crítico. En la ya citada introducción a LA LETRA ROJA vierte mordacidades sobre la aduana de Salem que le costaron numerosos sinsabores. Había nacido para ser escritor y no quiso ser otra cosa. «Carácter es destino» y viceversa. Su paso, también antes del matrimonio, por las

tentativas fourieristas de Brook Farm, fundada por un
hijo de Ezra Ripley, el pastor que bautizara a Thoreau, dio de sí una novela con festones políticos: *La
granja de Blithedale* (que A. Ruste tradujo al caste-
llano en 1923), y un distanciamiento expreso del autor
frente al ideario socializante de aquella empresa. Si en
lo político Hawthorne fue siempre un demócrata sin
desmayo, guardó su fidelidad más honda para su vocación de narrador.

La actitud demócrata fue el único punto de encuentro entre el descendiente de puritanos y Walt Whitman. Éste elogia que se le concedan al otro prebendas
administrativas que, salvo la última, fueron de escasa
monta; pero confiesa que no lee con agrado su literatura. En cuanto a un conocimiento por parte de Hawthorne de la obra del creador de *Hojas de hierba,* ca-
recemos de cualquier noticia.

Entre 1850 y 1855 ocurre, en la literatura norteamericana, un fenómeno que, si bien no es único, llama la
atención poderosamente: una casi simultánea acumulación de altas calidades. El espíritu del mundo, diremos
con Hegel, está por la labor. El 1850 se publican *Hom-*

1851, *Moby Dick,* de Melville, dedicada, por cierto, a
Hawthorne; en 1854, *Walden,* de Thoreau; y en 1855,
Hojas de hierba, de Whitman. Queda, pues, consti-
tuida la literatura nacional. ¿En qué grado la vieja
Europa es ajena o activa en esta «crisis matutina»?

El asunto es debatido por Melville con amplitud excesiva. En «Hawthorne y sus musgos» (1850), ensayo
en el que se reseña, con tanto detalle como elogio,
Los musgos de Old Manse (1846), libro de relatos, al
que da título el viejo presbiterio que fuera de Ripley y
que, en esos años, habitaban los Hawthorne, el soñador ambiguo de *Billy Bud* descubre, literaria y personalmente, a Nathaniel. Entusiasmos aparte, justifi-
cados en lo que a la obra se refiere, comprensibles en

Melville ante la apostura física del nuevo amigo, es
nada menos que Shakespeare la estatura con la que se
mide a los nuevos escritores americanos. «Creedme,
amigos míos; hombres que no son muy inferiores a
Shakespeare están a punto de nacer ahora en las ri-
beras del Ohio.» Hawthorne va a publicar en seguida
LA LETRA ROJA; poco más tarde verá la luz *La casa de
las siete chimeneas,* novelas ambas que alcanzarán gran
éxito incluso en Inglaterra. En todo nacionalismo
subyace siempre un complejo de inferioridad que se
intenta superar por elevación. «Porque, creedlo o no,
Inglaterra es, a muchos respectos, extraña a nosotros.» ¿Lo era tanto? Cierto que el propio Melville
constituye un espléndido argumento de la independen-
cia literaria americana. (Para Lionel Trilling el inglés
genuinamente americano es el de Mark Twain.) Pero
esa singladura tiene un puerto de salida: la literatura
inglesa. Washington Irving recibe, con razón en esta
encrucijada crítica, el siguiente varapalo: «Más vale
fracasar en la originalidad que triunfar en la imita-
ción.» Pero en estas discusiones la verdad resplandece
por sí misma y sus pruebas resultan a la postre farra-
gosas; «... esto no significa que todos los escritores
americanos deban adherirse con aplicación a su nacio-
nalidad en sus escritos; simplemente, ningún escritor
americano debe escribir como un inglés o un francés;
que escriba como un hombre y estará, entonces, seguro de escribir como un americano.» Melville no conoció a Henry James *junior.*

William James, el filósofo, hermano del novelista,
escribe a éste el 19 de enero de 1870: «Disfruté la se-
mana última de un gran placer, leyendo *La casa de las
siete chimeneas.* Es como una gran sinfonía en la que
no se puede alterar ningún detalle sin dañar la armonía. Me produjo una profunda impresión y agradecí al
cielo que Hawthorne fuera norteamericano. También
excitó no poco mi sentimiento nacional observar el pa-

recido del estilo de Hawthorne con el tuyo y el de Howells, aunque había notado anteriormente lo inverso.
Con todos los modelos ingleses que podíais seguir, el
hecho de que tú y Howells hayáis imitado, por así decirlo, necesariamente en forma involuntaria, a este
norteamericano, parece señalar la existencia de alguna
cualidad mental real norteamericana.» La apreciación
está más en su punto que la de Melville; sin duda porque es la propia de un lector avisado y no de un crítico. Melville fue muy viajero, pero de otra manera
que los James, incansables también en sus peregrina-
ciones, aunque menos proteicos. Henry sabrá atisbar
las dos caras del conflicto moral entre Europa y el
Nuevo Mundo en, por ejemplo, *Dasy Miller* y *Un epi-
sodio internacional*. Responde, por cierto, a la carta
de su hermano, el 13 de febrero del mismo año, con
un alarde que nada tiene de humilde y menos de fa-
tuo. «Me alegro de que te haya gustado Hawthorne.
Pero me propongo escribir, uno de estos días, una novela (quizá) tan buena como *La casa de las siete chimeneas*.» Y añade al día siguiente: «Lunes, 14. Con la
estremecedora profecía del párrafo anterior dejé la
pluma la noche pasada.» ¿Son tan buenas como la novela de Hawthorne *La copa de oro* o *La fuente sagrada?* Las creaciones literarias no son un caballo de
carreras, que llega primero o segundo a la meta; son
excelentes en sí o mediocres. Ni las de Hawthorne ni
las de James se quedan cortas. En unas y otras hubiese, desde luego, tropezado Pascal, puesto que hay
que leerlas, sobre todo las de James, muy despaciosa-
mente. «Cuando se lee demasiado aprisa o con lenti-
tud excesiva, no se entiende nada», dijo el testigo de
Port Royal, acaso más escorado, en esta ocasión, hacia el «espíritu de geometría» que hacia el otro, el de
«fineza».

    En el caldo de cultivo de esta literatura americana
hay (supuesto que no desmerece de su originalidad),

especias europeas. Toda originalidad tiene su orígen.
Una cierta vaguedad en el sistema de Schelling se co-
rresponde con los inmensos horizontes del paisaje
americano. Aquel trascendentalismo viajó, a través
del océano, de la mano de dos excéntricos: Coleridge
y Carlyle. El protestantismo es una de las olas impul-
soras. ¿No creyó Hegel que el *Weltgeist,* que tampoco
es moco de pavo como enormidad conceptual, emi-
graba a América? ¡Cuántas campanas, aun ignorán-
dolo, tañen al mismo tiempo! La verdadera coherencia
de la historia no es ni un *a priori* ni tampoco un *a pos-*
teriori: se teje, mucho más libremente, en la coincidencia. Del *a priori* brota con facilidad la tiranía; un
pesimismo corrosivo del *a posteriori.* La libertad, en
cambio, es también una gracia. Nietzsche no dejó de
salir a esta plaza por la puerta del gusto y de la des-
gana: «La risa americana me hace bien, ese género de
maneras rudas a lo Mark Twain. Nada de lo alemán
me hace ya reír.»

Lo hispano, como distracción de lo indígena, en
tanto excursión por un pintoresquismo que, sobre
todo, nada tiene que ver con Inglaterra, desempeña
un papel, ciertamente accesorio, en la vida y la obra
del solitario del Massachusetts. Ya hemos hablado de
su primer contacto con Sophia Peabody a través de las
cartas de ésta desde Cuba. En 1840, desde la aduana
de Boston, escribe Nathaniel a su futura esposa acerca
de un chiquillo malagueño, que hace piruetas en un
carbonero yanqui y que, por ser católico, pesca peces
los viernes y los fríe para comérselos. De hispanismos
diseminados en su obra nos informan algunos estu-
diosos, y en Brook Farm convive Hawthorne con un
español y dos filipinos. Para sus asiduidades con Cervantes, contó con la ayuda, excepcionalmente valiosa
entonces, de George Ticknor, autor de una tempraní-
sima *Historia de la literatura española,* buen catador
de nuestra vida nacional en sus diarios (publicados, en

parte, en esta misma colección) y admirador rendido
de doña María Manuela, condesa de Teba, que luego
lo sería del Montijo, introductora en Granada de Washington Irving y madre de Paca y Eugenia, futuras du-
quesa de Alba y Emperatriz de los franceses.

Lo que sí escribió Henry James fue un ensayo, muy
sugerente y sembrado de afinidades, que expresa por
contraste: *Hawthorne* (1879). James habla de la «ex-
quisitez y consistencia provincianas» del autor que es-
tudia. Éste sobresale, respecto al resto de su obra, por
ejemplo, de la que se inspira en mitos clásicos, cuando
concentra la narración en el ambiente y en la proble-
mática puritanos. *El joven Goodman Brown,* que
tanto gustó a Italo Calvino —«Antes de Poe y, a
veces, mejor que Poe, Hawthorne fue el gran narrador del género fantástico en los Estados Unidos»—, es
muy superior a *La hija de Rapaccini.* Cuando ejerce
de puritano, esto es, de antipuritanismo, tiene genio;
en los demás casos, sólo un magistral talento. El dra-
matismo de los cuentos del talento es demasiado abs-
tracto y resulta, por su construcción perfecta, previsible incluso en la primera lectura. (La de Cortázar, por
poner otro caso, ha captado siempre débilmente mi
atención por las mismas razones.) *El velo negro del
ministro* (en esta colección: *Cuentos de la Nueva Holanda),* que obsesiona a Julien Green, figura entre los
relatos geniales. Hawthorne no tenía mundo; sólo el
suyo. James, por el contrario, es un cosmopolita. La
influencia de aquél sobre éste funciona, a pesar de
todo, desde campos incluso, como el italiano, por los
cuales James considera que el otro paseó con «irresponsabilidad intelectual». El precedente de cierta situación de Rowland Mallet, en el jamesiano *Roderick
Hudson* (1876), es Hilda, hechura de Hawthorne en su
larguísima novela italiana *El fauno de mármol* (1860).
Según James, había cruzado su antecesor iglesias y ga-
lerías en Italia como el «último americano puro». Lo

que ocurre es que, en no pocas de sus ficciones, James
es también un puro americano, pero, eso sí, el penúl-
timo. Para justificar este aserto, que es algo más que
un recurso retórico, compárese *Una serie de visitas*
(1910), de James, con *El joven rico* (1925), de Scott
Fitzgerald.

LA LETRA ROJA y *La casa de las siete chimeneas* son
las dos novelas largas de verdad importantes. Julien
Green, autor de un texto, madrugador en Francia y
muy intuitivo —*Un puritano, hombre de letras*
(1928)— sobre Hawthorne, a quien se refiere además,
con abundancia, en sus diarios, prefiere la segunda a
la primera. Ésta, en su opinión, está «excesivamente
escrita». Yo, de tener que escoger entre dos bienes,
que es lo contrario de lo que Santo Tomás estimaba
ilícito: elegir entre dos males, me quedaría con un ter-
cero, esto es, con varios de los casi setenta cuentos
cortos de Hawthorne. Pero LA LETRA ROJA se me anto-
ja una suma del empeño general hawthorniano. El bosque, por ejemplo, como elemento impuro y atrayente,
en el cual los colonos se adentran o para arrasarlo y
edificar ciudades o para pecar, en una comunión sacrílega, con fuerzas no cristianas. Los indios, que fueron
enemigos, permanecen ahora como tentación pagana y
fantasmal. «Nuestras razas indias no han erigido monumentos como los griegos, los romanos o los egip-
cios; su historia, una vez desaparecida de la tierra, pa-
recerá una fábula y ellos mismos fantasmas confusos»,
anota en su diario el 16 de diciembre de 1837. Los colonos habitan establecimientos fronterizos. Lo cual les
coloca en trance inminente de una transgresión, sea
ésta espacial o moral. También el pecado tiene su geo-
grafía. Una frontera, advierte Hawthorne en *El enterramiento de Roger Malvin,* expone a las gentes que
viven en ella a temores supersticiosos. El horrible crimen, en *El joven Goodman Brown,* sucede en el bosque y en él participan indios. Chillingworth, que tiene

casi el tamaño del mal en LA LETRA ROJA, ha vivido un
largo y enigmático castigo en los bosques. La lucha
con la naturaleza, justa en sus rudimentos, blasfema
en sus cimas, es la medula de otros cuentos de la serie, que llamábamos abstracta y previsible, como *El
artista de lo bello* y *La mancha de nacimiento*. En las
narraciones puritanas, repito que las mejores, la naturaleza insumisa al hombre es un escenario activo del
mal.

Hester Prynne, la mujer que lleva cosida en el pecho la infamante y flamante letra, la A de adulterio,
personifica a la América del porvenir. Rousseau, lectura juvenil de Hawthorne, ha hecho su camino en el
Nuevo Mundo. Hester triunfa, valerosa, de los rigores
del pasado. Su creador es severo con éstos, pero los
siente suyos. La niña adulterina, Pearl, presenta, al
principio de la novela, un costado perverso a la vez
que desconcertante, puesto que en ella bulle, entre ti-
nieblas, el alba de la liberación. LA LETRA ROJA puede
que procure al lector un cierto cansancio entre tanto
abigarramiento: ya dijimos que es la suma y no un resumen de la obra entera de su autor.

Al publicarse esta novela fue muy grande el interés
de los lectores. Recibió Hawthorne cartas numerosas
y, entre ellas, no pocas de arrepentidos nicodémicos
de crímenes más bien interiores. No disponemos de
las cartas, ya que su recipiendario las confió únicamente al fuego. Quiso quizá alimentar este elemento
que le sirvió de acicate literario. «Mis visiones son
mucho más netas al crepitar crepuscular del fuego que
a la luz del día o de las lámparas.» ¿Repitió, con su
gesto sobre aquellas cartas, la piromanía de sus antepasados, aunque con propósito de su enmienda?

Citaremos más frases de los diarios, enjundias que
prometen obras, que fueron escritas o que no llegaron

a escribirse nunca. Son más de un puñado: quinientas
entre 1835 y 1853. Las hay de este tenor. «Envenenar
a una persona, o a un grupo de personas, con el vino
de la comunión.» «Castigo de un avaro: pagar desde
la tumba las deudas de su heredero.» «Un hombre
rico testa a favor de una pareja. Les deja su casa y sus
bienes. Se traslada la pareja a la mansión y se encuen-
tran en ella con un viejo sirviente, truculento, que les
está prohibido despedir. Se convierte el sirviente en
un tormento para ellos; y al final se descubre que es el
antiguo dueño de todo.» He aquí, en 1836, el anticipo
de lo que será, trece años después, *La casa de las siete
chimeneas*. «Un espejo antiguo. Alguien consigue que
vuelvan a pasar por su superficie todas las imágenes
que ha reflejado», predicción ésta de uno de los nú-
cleos de *El testamento del Dr. Heidegger* (también incluido en *Cuentos de la Nueva Holanda*, en esta colección y en espléndida versión castellana de Felipe Gon-
zález Vicén). ¿Se inspira Henry James para su cuento
La vida privada (1893) en esta semilla hawthorniana?:
«Historias que se cuentan sobre cierta persona que se
muestra en público —las diferentes circunstancias en
que se le ha visto, las visitas que hace a diversas familias—. Pero a fin de cuentas, cuando se busca a la tal
persona, se acaba en su tumba, ya antigua y cubierta
de musgo.» (6 de diciembre de 1837). Hawthorne ha
sufrido en silencio la guerra en la que el Norte vence
al Sur. La retirada, en desorden, de los derrotados
deja huellas de sangre en los caminos de América.
¿Tuvo un presentimiento en 1842? «La impronta sangrienta de un pie desnudo; seguirla a lo largo de una
calle.»

Nuestro ceñudo autor no fue insensible a las luchas
políticas de su tiempo. De ninguna manera quiero decir con esto que fuese un escritor comprometido (o lo
que es lo mismo las más de las veces, aprovechado).
La introducción a LA LETRA ROJA es una sátira, sin con-

cesiones, contra la administración y los que medran en
ella. Demócrata inalterable, conoce a fondo la corrupción de su partido y, en general, de los poderes públicos. «Hacer el boceto de un reformador moderno,
que representa las más avanzadas doctrinas sobre la
esclavitud, la hidroterapia y otros tópicos. Recorre las
calles arengando con elocuencia; y está a punto de
conseguir muchos convertidos, cuando sus labores se
ven interrumpidas, bruscamente, por la llegada del
guardián de un manicomio, del cual se había escapado
nuestro hombre. Se puede sacar mucho jugo a esta
idea.» La idea en cuestión es del 7 de setiembre de
1835. «Un hombre, en parte demente, se creería el
gobernador o cualquier otro alto funcionario de Massachusetts. Podría ocurrir en el Palacio del Gobierno.»
Otra idea, ésta con fecha de 16 de diciembre de 1837.
«Algunos modernos hacen un fuego sobre el monte
Ararat con los restos del Arca» (4 de enero de 1839).
Hasta cierto punto, Hawthorne contaba entre los modernos. Fue biógrafo de su amigo y protector, el demócrata Pierce, quien llegó a auparse hasta la Presidencia de los Estados Unidos. Mas no por eso ahorró
severidad con sus compañeros de militancia política.

A su vuelta de Europa, donde benefició, durante
dos años, del empleo de cónsul en Liverpool, se hace
construir una torre junto a su casa. Sale de ella sólo
para morir, en una posada, el año de 1864. Prisionero
de la literatura; de su pasado y de la salvación de sus
horrores; frente a la guerra, cuyos ideales abolicio-
nistas comparte, pero con repugnancia invencible por
la devastación y el llanto inocente; prisionero de la
vida, de sí mismo, que encuentra, únicamente, la libertad en sus prisiones. Éste fue Nathaniel Hawthorne. ¡Que el lector, ahora, se aventure en la fascinación del fulgor cárdeno, entre rubí secreto y ama-
tista incendiada, de LA LETRA ROJA!

S'Aufabaguera, agosto de 1987.

Nota posdata: En los años veinte, el director nórdico Victor Sjöström rodó la película americana LA LETRA ROJA. Los actores protagonistas eran Lilian Gisch y Lars Hanson. En 1928, Valéry Larbaud, que ha visto la película en Francia, escribe a Jean Paulhan: «... es una de las raras adaptaciones cinematográficas, que dejan se transparente, un poco, el espíritu de la obra literaria tan bárbaramente traspuesta. ¡Hasta tal punto es contagiosa la tristeza de Hawthorne!»

La pasión desaforada que Hawthorne desata en Melville raya casi en la blasfemia: «¿De dónde vienes Hawthorne? Conocerte me persuade, mejor que la Biblia, de nuestra inmortalidad.

En 1985 publica Margaret Atwood una novela, cuyo título ha sido traducido, con mucho acierto, al francés, en el año corriente, por *La sirvienta escarlata.* Las resonancias hawthornianas son indudables. La novela es un alegato entre peripecias truculentas, contra la represión, de la que tanto supo el autor de LA LETRA ROJA.

Pero la autora no acusa al pasado, sino a un futuro acaso previsible a través del «nuevo fundamentalismo», que parece estar adueñándose de la sociedad norteamericana.

LA LETRA ROJA

LA ADUANA

INTRODUCCIÓN A «LA LETRA ROJA»

Es algo notable el que, aun poco inclinado a hablar de mí y de mis asuntos domésticos, dos veces en mi vida, al dirigirme al público se haya apoderado de mi ser un impulso autobiográfico. Fue la primera vez hace tres o cuatro años, cuando favorecí al lector (inexcusablemente y sin la razón terrenal que tanto el indulgente lector como el autor intruso pudiesen imaginar) con una descripción de mi modo de vivir en la profunda tranquilidad de una vieja mansión. Y ahora (porque, aparte mis merecimientos, tuve la suerte de hallar uno o dos oyentes en la primera ocasión) me agarro de nuevo a los fondillos del público y le hablo de mis tres años de experiencia en una aduana. El ejemplo del famoso «P. P., clérigo de esta parroquia», jamás fue seguido tan fielmente. La verdad parece ser, no obstante, que cuando el autor arroja sus cuartillas al viento, no se dirige a los muchos que tirarán a un lado su libro o no lo cogerán jamás, sino a los pocos que le han de comprender mejor que la mayoría de sus condiscípulos o compañeros de vida. Algunos autores, sin embargo, hacen mucho más que esto y se permiten tales profundidades confidenciales de revelación, como si propiamente pudieran ser dirigidas, única y exclusivamente, a un solo corazón y entendimiento de

perfecta simpatía como si el libro impreso, al desparramarse por el ancho mundo, estuviese seguro de hallar
el segmento dividido de la naturaleza propia del autor,
y completar su círculo de la existencia, trayéndole a
comunión con él. Es poco decoroso, sin embargo, ha-
blarlo todo, aun cuando hablemos impersonalmente.
Pero como los pensamientos están congelados y la expresión entorpecida, a menos que quien habla esté en
alguna relación verdadera con su auditorio, quizá sea
perdonable imaginar que un amigo cariñoso y apren-
sivo, si bien no el más cercano, está escuchando nuestra charla; y entonces, deshelándose una reserva nativa, por medio de esta conciencia genial, hablemos de
las circunstancias que están a nuestro alrededor, y aun
de nosotros mismos, pero guardando todavía tras su
velo su más íntimo Yo. Soy de parecer que en esta extensión, y dentro de estos límites, un autor puede ser
autobiográfico, sin que viole ni los derechos del lector
ni los suyos.

Se verá asimismo que el bosquejo de esta aduana
tiene cierta propiedad, de una especie siempre reconoci-
cida en literatura; la de explicar cómo una gran parte
de las siguientes páginas vinieron a mis manos, y ofrecer pruebas de la autenticidad del relato en ellas con-
tenido. Ésta es, en realidad (un deseo de colocarme
en mi verdadera posición, o poco más alto, como edi-
tor de los más prolijos, entre los cuentos que compo-
nen mi volumen), y no otra, mi verdadera razón para
atribuirme una personal relación con el público. Al
cumplir el propósito, me ha parecido admisible, por
medio de unos pocos retoques, dar una pálida presentación de una clase de vida, hasta ahora no descrita,
juntamente con algunos personajes que en ella se
mueven, y entre los cuales se cuenta el autor.

En mi ciudad natal de Salem, a cuya entrada, hace
medio siglo, en los días del viejo rey Derby, existía un
animado muelle (hoy agobiado con deteriorados alma-

cenes de madera y que da poca o ninguna señal de
vida comercial, excepto sí, quizás, una barca o bergan-
tín, a la mitad de su melancólica longitud, se oculta
para descargar, o, más cerca de tierra, una goleta de
Nueva Escocia lanza su cargamento de leña); a la entrada, digo, de este muelle dilatado que la marea cu-
bre con frecuencia, y a lo largo del cual, en su base y
en la parte posterior de la hilera de edificios, se adivina la huella de muchos años lánguidos, por la hierba
poco lozana que los bordea; allí, con la poco vivifi-
cante perspectiva que se aprecia desde sus ventanas
fronteras y a lo largo de la bahía, se alza un espacioso
edificio de ladrillo. Desde el punto más elevado de su
techumbre, precisamente durante tres horas y media
de cada tarde, flota o cae, con brisa o con calma, la
bandera de la República; pero con las trece franjas
vueltas vertical en lugar de horizontalmente, indicando
así que hay allí establecido un puesto civil, y no militar, del gobierno del tío Sam. Su fachada está orna-
mentada con un pórtico de media docena de pilastras
de madera que sostienen un balcón, bajo el cual una
tramada de anchos escalones de granito desciende hacia la calle. Sobre la entrada, extiende sus alas una
enorme especie de águila americana, con una rodela
ante su pechuga y, si no recuerdo mal, con un manojo
de rayos mezclados con flechas lengüetadas en cada garra. Con la acostumbrada inseguridad de temperamento
que caracteriza a esta ave, parece, por la ferocidad de su
pico y sus ojos, y por la general truculencia de su actitud, que amenaza con daños a la inofensiva comunidad,
y, especialmente, que advierte a todos los ciudadanos,
cuidadosa de su seguridad, de no entrometerse en las
premisas que sombrea con sus alas. No obstante lo colérica que aparenta ser, mucha gente solicita, en este
mismo momento, guarecerse bajo el ala del águila fede-
ral, imaginando, supongo, que su seno tiene la suavidad
y abrigo de un edredón. Pero ella no tiene gran ter-

nura, aun en el mejor de sus modos, y más temprano
o más tarde (más bien pronto que tarde) está dispuesta a lanzarle fuera de su nidada con un rasguñazo
de su garra, un picotazo o una grosera herida de sus
flechas.

En las resquebrajaduras del pavimento que rodea el
descrito edificio, que muy bien pudiéramos llamar
aduana de este puerto, ha crecido la hierba, demostrando que en los últimos tiempos no ha sido raída
por ninguna numerosa concurrencia de negocios. A
pesar de esto, en algunos meses del año, hay tardes en
que aquéllas se desenvuelven con alguna mayor animación. Tales ocasiones pudieran recordar al antiguo
ciudadano de aquel período, antes de la última guerra
con Inglaterra, cuando Salem era por sí un puerto, no
despreciado, como ahora, por sus propios comerciantes y armadores, quienes permiten que sus muelles
se desmoronen ruinosos, mientras sus empresas van a
acrecentar, innecesaria e imperceptiblemente, la poderosa afluencia comercial de Nueva York o de Boston.
En algunas de aquellas mañanas, cuando ocurre que
tres o cuatro barcos llegan a un mismo tiempo (generalmente de África o Sudamérica) o están a punto de
zarpar, hay un frecuente sonido, producido por los
pies, al pasar arriba y abajo sobre las escaleras de granito. Aquí, antes de que su propia mujer le salude,
puedes saludar al curtido patrón, recién desembarcado, con la documentación encerrada en una deslus-
trada caja de cinc que lleva bajo el brazo. También
verás al armador, alegre o triste, gracioso o huraño,
según, por el viaje realizado por su barco, trate
de convertir la mercancía en oro, o enterrarse en un
cúmulo de incomodidades del que nadie se tomará la
molestia de sacarle. Aparte el comerciante precavido,
de frente rugosa y barba grisácea, tenemos asimismo
el empleadillo joven y astuto que le toma gusto al tráfico, como el lobezno a la sangre, y envía aventureros

en los barcos de su jefe, cuando debiera estar lanzando barquichuelos de juguete en una balsa. Otra de las figuras de esta escena es el marinero con rumbo a un puerto extranjero, en busca de protección, o el pálido y débil recién llegado que solicita pasaporte para un hospital. Tampoco hemos de olvidar los capitanes de las pequeñas y mohosas goletas que traen leña de las provincias británicas, y una serie de toscos erizos alquitranados que, sin tener el aspecto de los yanquis, constituyen un artículo más, de no poca importancia para nuestro tráfico decadente.

Amontonados todos estos individuos, como lo estaban algunas veces, con otros diversos para matizar el grupo, componían una agitada escena de la aduana por aquel entonces. Con más frecuencia, sin embargo, podías ver, al subir las escaleras (en la entrada, si era verano, o en sus apropiados departamentos, en tiempo ventoso o inclemente) una fila de figuras venerables, sentadas en sillas de estilo antiguo, que, descansando sobre las patas traseras, apoyaban el respaldo contra la pared. Muchas veces dormían, pero otras se les oía hablar juntos, con voces que sonaban entre discurseo y ronquido, y con la falta de energía que distingue a los ocupantes de los asilos y a todos los seres humanos cuya subsistencia depende de la caridad, de trabajos monopolizados y de cualquiera otra cosa que no signifique sus funciones independientes. Estos viejos caballeros, sentados como Mateo, que recibían las mercancías, y no se hallaban muy dispuestos a salir de allí, como él, para diligencias apostólicas, eran los vistas de la aduana.

Más adelante, a mano izquierda, entrando por la puerta principal, hay un cuarto u oficina de unos quince pies en cuadro y de una gran altura, dos de cuyas ventanas de medio punto dan al mencionado muelle, y la tercera mira a una estrecha callejuela, divisándose desde aquélla una parte de la calle de Derby. Por las tres ventanas pueden contemplarse las abacerías, canterías, comercios de ropas hechas y cabuyerías; a las puertas de estos establecimientos se ven, generalmente, grupos de viejos marineros que chismorrean y ríen, y otras ratas de muelle que tienen sus guaridas en los puertos. El cuarto está lleno de telarañas con sucia y vieja pintura; el suelo se halla cubierto de arena gris, en tal forma que parece hacer largo tiempo que no se ha removido; y, por la general suciedad de este sitio, es fácil llegar a la conclusión de que es un santuario al que la humanidad, con sus utensilios mágicos, escoba y estropajo, ha tenido acceso muy raras veces. En cuanto a mobiliario, hay una estufa con una tubería voluminosa; un viejo pupitre de pino y, junto a éste, un taburete alto, de tres patas; dos o tres sillas con asiento de madera, muy decrépitas e inseguras; y (para no olvidar la biblioteca) en algunos estantes uno o dos pequeños rimeros de volúmenes de las actas del Congreso y un abultado tomo de la Recopilación de leyes sobre rentas públicas. Un delgado tubo asciende atravesando el techo, y forma un medio de comunicación vocal con otros departamentos de la oficina. Y allí, hace unos seis meses, paseando de rincón a rincón, u holgazaneando sobre el alto taburete de tres patas, con el codo apoyado sobre el pupitre y recorriendo de arriba abajo las largas columnas del diario de la mañana, hubieses reconocido, honrado lector, al mismo individuo que te dio la bienvenida en su alegre y pequeño estudio, donde el sol brillaba tan agradablemente, entre las ramas de los sauces, en la parte oeste de la Vieja Mansión. Pero si fueses allí ahora, para encontrarle, preguntarías en vano por el administrador de aduanas. El escobón de las reformas le barrió de la oficina, y un sucesor de más merecimientos ostenta su dignidad y se echa al bolsillo sus emolumentos.

La vieja población de Salem (mi tierra natal, aunque he vivido mucho fuera de ella, tanto en mi niñez como en mis años mayores) posee, o poseía, un arraigo en mis afectos, cuya fuerza nunca he sentido durante las temporadas de mi actual residencia aquí. En realidad, en cuanto concierne a su aspecto físico, con su superficie llana y monótona, cubierta mayormente por casas de madera, de las cuales pocas o ninguna pretenden tener belleza arquitectónica; su irregularidad, que no es pintoresca ni curiosa, sino únicamente insípida; su calle larga y perezosa, que se extiende pesadamente a través de toda la extensión de la península, con Gallows Hill y New Guinea en un extremo y con el asilo en el otro; siendo éstas las características de mi población natal, hubiese sido mi apego a ella tan razonable como el que hubiese tenido a un desarreglado tablero de damas. Y no obstante, aunque invariablemente he vivido más contento en cualquier otro sitio, siento por la vieja Salem una sensación que, a falta de mejor frase, he de contentarme con llamarla afecto. Quizá este sentimiento es debido a las hondas y viejas raíces que mi familia ha echado en su suelo. Ahora hace cerca de dos siglos y cuarto desde que el original Briton, el primer emigrante de mi nombre, hizo su aparición en el departamento extenso, bordeado de bosques que, a partir de aquella fecha, se convirtió en ciudad. Y aquí nacieron y murieron sus descendientes y han mezclado su subsistencia terrenal con su suelo; hasta una no pequeña parte de ella tiene necesariamente que ser consanguínea de la que, por poco espacio de tiempo, piso por las calles. En parte, así pues, el apego de que hablo es, simplemente, una simpatía del polvo por el polvo. Pocos de mis paisanos pueden saber lo que es, ni tienen necesidad de desearlo conocer, ya que la trasplantación es quizá mejor para el injerto.

Pero el sentimiento tiene además su cualidad moral. La figura de aquel primer antecesor, investido por la tradición familiar con una oscura y polvorienta grandeza, se hallaba presente en mi juvenil imaginación y todavía me asalta y me guía a una especie de afecto por el pasado hogar, que escasamente reclamo, en relación a la fase presente de la población. Parezco tener un mayor apego a esta residencia a causa de este grave, barbudo y coronado progenitor (que vino tan avanzado, con su Biblia y su espada, y pisó la calle virgen con tan soberbio porte, e hizo de sí tan gran figura, como hombre de paz y de guerra), un apego más fuerte que por mí mismo, cuyo nombre rara vez se oye, y cuya fisonomía escasamente es conocida. Fue soldado, legislador y juez; fue un gobernante de la Iglesia y tenía todos los rasgos puritanos, buenos y malos. Fue, además, un buen persecutor, como lo atestiguan los cuáqueros, recordándole en sus historias y relatando un incidente de su férrea severidad contra una mujer de su secta, cuyo incidente durará más, es de temer, que cualquier otro recuerdo de sus mejores hechos, aunque éstos fueron muchos. Su hijo heredó también el espíritu persecutorio, y se hizo tan conspicuo en el martirio de los hechiceros que la sangre de éstos puede muy bien decirse dejó en él una mancha; mancha tan honda, en efecto, que sus viejos y secos huesos en el cementerio de Charter-street deben conservarla aún, si no se han deshecho por completo entre el polvo. Ignoro si estos antecesores míos pensaron en el arrepentimiento y pidieron perdón al cielo por sus crueldades, o si están ahora gruñendo bajo sus pesadas consecuencias, en otro estado de seres. De todos modos, yo, el actual escritor, como representante suyo, me avergüenzo de su culpa y ruego que cualquier maldición por ellos originada (como las he oído, y la triste e impróspera situación de la raza ha hecho que perdurasen desde muchos años atrás) sea extirpada de hoy en adelante.

Es indudable, sin embargo, que cualquiera de estos severos y sombríos puritanos hubiese creído suficiente

retribución para sus pecados el que, después de tan
largo lapso de tiempo, el viejo tronco del árbol familiar, con tanto venerable musgo sobre sí, hubiese dado
un brote en lo más alto de su copa: un desocupado
como yo. Ningún intento de los que siempre he acari-
ciado lo hubiesen reconocido como laudable; ninguno
de mis aciertos (si mi vida, más allá de sus alcances
domésticos, ha sido abrillantada por los éxitos) lo hubiesen juzgado de otro modo que de infructuoso, si no
desgraciado. «¿Qué es él?» —murmura una sombra de
mis abuelos a otra—. «¡Un escritor de libros de
cuentos!» ¡Vaya una clase de asunto en la vida! ¡Qué
modo de glorificar a Dios o de ser útil a la humanidad
en su día y generación! ¿Puede ser eso? ¡El tal individuo pudiera igualmente haber sido un violinista!»
¡Tales son los cumplimientos que me enlazan con mis
grandes señores antepasados, a través del golfo del
tiempo! Y, no obstante sus desdenes, fuertes rasgos de
su naturaleza se han entretejido con los míos!

¡Hondamente plantada por estos dos hombres activos y enérgicos, en la infancia y juventud de mi pueblo, la raza ha subsistido desde entonces; ha subsistido
también en respetabilidad, sin que, por lo que yo he
sabido, se haya infamado por ningún miembro! Pero,
por otra parte, rara vez, o nunca, después de las dos
primeras generaciones ha realizado ningún hecho memorable, ni siquiera dado motivo para la notoriedad
pública. Gradualmente se han ido hundiendo, perdién-
dose de vista, como las casas viejas lo hacen aquí y
allá, en las calles, cubriéndolas hasta el alero la acumulación del nuevo suelo. Durante más de cien años,
de padres a hijos, se lanzaron al mar; en cada generación un patrón de cabellos grises dejaba el castillo de
popa por su casa solariega, y un muchacho de catorce
años tomaba el puesto hereditario ante el mástil,
afrontando las espumeantes olas y los temporales que
antes afrontaran su padre y su abuelo. También el

muchacho a su debido tiempo pasó del castillo de proa al camarote, llevó una juventud tempestuosa y tornó de sus andanzas por el mundo para hacerse viejo, morir y que se mezclase su polvo con el de la tierra nativa. Esta larga conexión de una familia con un sitio, sitio de nacimiento y de sepelio, crea una consanguinidad entre el ser humano y la localidad completamente independiente de todo encanto de la escena o circunstancias morales que le rodean. No es amor, sino instinto. El nuevo habitante (que vino de tierra extraña o de ella vinieron su padre o abuelo) tiene poco derecho a que se le llame salemita; no tiene concepto de la tenacidad, por decirlo así, ostrícola con que el viejo poblador, sobre quien trepa su tercera generación, se aferra al lugar donde sus sucesivas generaciones encajaron. No importa que el sitio le parezca triste, que le aburran las casas de madera, el barro y el polvo, el muerto nivel del panorama y del sentimiento, el helado viento Este y las más heladoras atmósferas sociales; todo esto y cuantos defectos pueda ver o imaginar, nada significan para su propósito. La fascinación sobrevive tan poderosa como si su lugar nativo fuese un paraíso terrenal. Tal sucedió en mi caso. Lo percibía como si fuese un sino el hacer de Salem mi hogar; como si el molde de las facciones y de la casta del carácter que siempre habían sido familiares allí (mientras un representante de la raza yace en su tumba y otro le sucede pisando su calle principal) se viese aún en mis días y fuese reconocido en la vieja ciudad. Con todo, este mismo sentimiento es una evidencia de que la conexión, que se ha convertido en insalubre, hubiese al fin de desunirse. La naturaleza humana, como una patata, no florecerá si se planta y se replanta, durante generaciones demasiado largas, en el mismo suelo gastado. Mis hijos han tenido otros sitios natales y, mientras sus fortunas estén bajo mi manejo, echarán sus raíces en tierra desacostumbrada.

Al salir de la Vieja Mansión ocurría con frecuencia que este extraño, indolente y aburrido apego por mi tierra natal me arrastraba a llenar un puesto en el edificio de ladrillo del tío Sam, cuando lo mismo, o mejor, pudiera haberme ido a cualquier otra parte. En mí estaba mi destino. No era la vez primera ni la segunda que, al parecer, me había marchado permanentemente; pero, no obstante, volví como vuelve la moneda falsa, como si Salem fuera para mí el centro inevitable del universo. Así, una mañana, subí el tramo de las escaleras de granito con la comisión del presidente en mi bolsillo, y fui presentado al cuerpo de caballeros que habían de ayudarme en la pesada responsabilidad, como oficial-jefe-ejecutivo de la aduana. Dudo o, mejor dicho, no dudo que otro funcionario público de los Estados Unidos haya tenido bajo sus órdenes otro cuerpo de veteranos tan patriarcal como el que yo tenía. En seguida de verlos quedó solucionado el paradero del más antiguo. Durante más de veinte años antes de esta época, la independiente posición del inspector había puesto a salvo a la aduana de Salem del laberinto de las vicisitudes políticas, que hacen que sea tan frágil la tenencia del cargo. Un soldado (de lo más distinguido de Nueva Inglaterra) se había mantenido firme en el pedestal de sus galantes servicios, y, seguro de la sabia liberalidad de las sucesivas administraciones en que había ejercido el cargo, había sido el salvador de sus subordinados en muchas horas de peligro y de debilidad. El general Miller era radicalmente conservador; un hombre sobre cuyo amable carácter la repetición no tenía la menor influencia, fuertemente aferrado a caras familiares, que con dificultad sentíase inclinado a cambiar, aun cuando el cambio pudiese traer una mejora incuestionable. Así pues, al hacerme cargo de mi departamento, encontré pocos hombres que no fuesen viejos. Eran antiguos capitanes de barcos en su mayor parte, que, después de

haberse curtido en todos los mares y de haber permanecido vigorosamente en pie contra las ráfagas tem-
pestuosas de la vida, habían caído finalmente en aquel
tranquilo escondrijo, en el que con poco trastorno,
salvo en los períodos terribles de la elección presiden-
cial, todos ellos adquirían un nuevo contrato de vida.
Y aunque en modo alguno se hallaban menos sujetos
a la edad y a los achaques que sus semejantes, poseían, indudablemente, algún talismán que tenía la
muerte a raya. Dos o tres de ellos, según me aseguraron, siendo gotosos y reumáticos o quizá hallándose
postrados en cama, jamás soñaron con aparecer por la
oficina durante gran parte del año; pero después de
un invierno aletargado salían caracoleando al calor solar de mayo o junio, hacían perezosamente cuanto
ellos calificaban de obligación, y a su propia voluntad
y conveniencia volvían a meterse en cama. Debo con-
fesarme culpable por haber abreviado la respiración
oficial de más de uno de estos venerables servidores
de la República. Se les permitía, en representación
mía, que descansasen de sus arduas labores, y poco
después (como si su solo principio de vida hubiese
sido el celo en sus servicios a la nación, como verdaderamente creo que lo fuese) partían para otro mundo
mejor. Es para mí un piadoso consuelo el que por mi
intervención se les concediera un plazo suficiente para
que se arrepintiesen del daño y prácticas corruptoras,
en los que, como cosa corriente, se supone que todo
oficial de aduanas ha de caer. Ni la puerta principal ni
la posterior de la aduana dan al camino que conduce
al paraíso.

La mayor parte de mis oficiales eran centralistas. Le
venía bien para su venerable hermandad el que el
nuevo administrador no fuese político, y que, si bien
en principio era un fiel demócrata, no aceptase ni
mantuviese su cargo con cualquier referencia a servicios políticos. De no haber sido así (de haber ocupado

este cargo influyente un político activo, para asumir la
fácil tarea de oponerse al recaudador centralista, cuyas
debilidades le alcanzaban, desde el punto de vista de
la administración personal de su oficina), un hombre
de los antiguos cuerpos escasamente hubiese podido
sobrellevar la vida oficial durante un mes, después de
que el ángel exterminador hubiera ascendido las escaleras de la aduana. Con arreglo al código aceptado
para tales asuntos, un político no hubiese hecho más
que cumplir con su deber, poniendo cada una de
aquellas cabezas blancas bajo la cuchilla de la guillotina. Veíase claramente que aquellos viejos abrigaban
cierto temor de que yo tuviese en mis manos semejante descortesía. Me apenaba, y, al mismo tiempo,
me divertía, ver el terror que produjo mi adveni-
miento; ver mejillas arrugadas, abatidas por medio siglo de tempestades, tornarse lívidas ante la mirada de
un individuo tan inofensivo como yo; notar, cuando
uno u otro se dirigía a mí, el temblor de su voz, que
en tiempos remotos, al hablar a través de una bocina,
rudamente, hubiese asustado al propio Bóreas, haciéndole enmudecer. Sabían estos viejos y excelentes
sujetos que, para toda regla establecida (y, con referencia a algunas de ellas, pesadas por su propia falta
de eficacia para los negocios), debieran haber dado
paso a hombres más jóvenes, más ortodoxos en política y, en suma, más aptos que ellos para servir a
nuestro Tío común. También yo lo sabía, pero nunca
pude hallar en mi corazón el medio de actuar sobre lo
sabido. Así pues, continuaron caracoleando por los
muelles y subiendo y bajando las gradas de la aduana,
con mucho y merecido descrédito y considerable detrimento de mi conciencia oficial. Pasaron mucho tiempo
durmiendo en los rincones de costumbre, con sus sillas
inclinadas con el respaldo hacia la pared, despertando,
sin embargo, dos o tres veces, durante la tarde, para
aburrirse unos a otros con la milésima repetición de

sus historias del mar y sus moldeadas chanzonetas, que ya se habían hecho para ellos palabras pasadas y viejas canciones.

Pronto se hizo el descubrimiento, según imagino, de que el nuevo inspector no era de temer. Así pues, con corazones alegres y conciencia de ser empleados útiles (para sí, ya que no para nuestro amado país), estos buenos ancianos intervinieron en las distintas formalidades de la oficina. ¡Sagazmente, bajo sus gafas husmearon los contenidos de los barcos! ¡Fue poderoso su ajetreo sobre pequeños asuntos, y maravillosa, algunas veces, su obtusidad para que otras mayores se les fueran entre los dedos! Cuando tales anormalidades ocurrían (cuando un vagón cargado de valiosa mercancía había sido desembarcado de contrabando, en pleno día, quizá bajo sus propias narices), nada podía exceder a la vigilancia y celo con que procedían a encerrarlo, con doble llave, y a asegurar con precintos y lacres todas las entradas del barco delincuente. En vez de una reprimenda por su previa negligencia, el caso parecía más bien requerir un elogio por su precaución merecedora de alabanzas, después del perjuicio ocasionado; un agradecido reconocimiento de su prontitud y celo, un momento después de que la cosa no tenía remedio.

A menos que las gentes sean más desagradables que lo son comúnmente, es costumbre recia tener amabilidad con ellas. La mejor parte del carácter de mis compañeros, si es que tiene mejor parte, es la que, usualmente, llega antes a mi observación, formando el distintivo por el cual conozco al hombre. Como la mayoría de estos oficiales de aduana tenían buenos rasgos, y como mi posición respecto a ellos, paternal y protectora, era favorable al acrecentamiento de los sentimientos amistosos, pronto me hice a quererlos a todos. Era agradable en las tardes de verano (cuando el ferviente calor que casi había derretido el resto de la familia humana, escasamente comunicaba a sus medio aletargados cuerpos un genial calor) oírles charlar en la entrada posterior, donde formaban una larga fila, como de costumbre, mientras los helados rasgos de ingenio de sus generaciones pasadas salían de sus labios entre risas burbujeantes. Exteriormente, la alegría de los viejos tenía mucho de común con el regocijo de los niños; la inteligencia, no más que una profunda sensación de humor, tiene poco que ver con esto; es, en ambos, un destello que juguetea sobre la superficie y les comunica un aspecto resplandeciente y alegre, como las ramas verdes al grisáceo y desmoronado tronco. En un caso, no obstante, es un verdadero resplandor solar; en el otro se asemeja más al resplandor fosforescente del bosque en decadencia.

Sería una triste injusticia, ha de comprenderlo el lector, presentar a todos mis excelentes viejos amigos en su chochez. En primer lugar, mis coadjutores no eran invariablemente viejos; los había en pleno poder y primavera de la vida, con notoria habilidad y energía y, en suma, superiores al holgazán y dependiente medio de vida en que su mala estrella les había sumido. Además, los blancos rizos de la edad eran, algunas veces, la barda de un alojamiento intelectual en buena reparación. Pero en cuanto a la mayor parte de mi cuerpo de veteranos, no haría mal en caracterizarlos como una serie de almas viejas, cansadas, que no habían reunido nada que valiese la pena de su varia experiencia de la vida. No parecía sino que habían arrojado todo el grano de oro de la sabiduría práctica, que tantas oportunidades tuvieron de cosechar, y habían suplido a sus memorias, con el mayor cuidado, de las cáscaras. Hablaban con mucho mayor interés y unción de su desayuno matutino, o de la comida de ayer, de hoy o de mañana, que del naufragio de hacía cuarenta o cincuenta años, y de todas las maravillas mundiales que habían visto sus juveniles ojos.

El padre de la aduana, el patriarca, no sólo de esta pequeña partida de oficiales, sino, me atrevo a decir, de todo el respetable cuerpo de empleados de aduanas de los Estados Unidos, fue cierto inspector permanente. Con más acierto pudiera denominársele un hijo legítimo del sistema de rentas del erario, muerto en la lana, o, mejor, nacido en la púrpura; puesto que su señoría, un coronel revolucionario, y anteriormente recaudador del puerto, había creado un cargo para él y se había indicado para ocuparlo, en un período de antiguos tiempos que hoy pocos pueden recordar. Este inspector, cuando le conocí, era un hombre octogenario y, seguramente, de la más maravillosa especie que pudiera descubrirse en la rebusca a través de los tiempos. Con sus coloreadas mejillas, su compacta figura, hábilmente envuelto en una levita azul de botonadura brillante, su breve y vigoroso paso y su aspecto sano y fuerte, en conjunto, si bien no joven, parecía una especie de nuevo artificio de la madre naturaleza en figura de hombre, sobre quien la edad y la debilidad no tenían derecho. Su voz y su risa, que perpetuamente resonaban en la aduana, no tenían el tremolante temblor y crepitación de la gente anciana, salía soberbia de sus pulmones, como el canto de un gallo o el sonar de un clarín. Mirándole simplemente como a un animal (y había poco que mirar), era un objeto de la mayor satisfacción, puesto que la completa salubridad y entereza de su sistema, y su capacidad a aquella avanzada edad eran para disfrutar todos o casi todos los deleites que siempre fueran sus aficiones. La descuidada seguridad de su vida en la aduana, con una regular renta y con ligeros y no frecuentes temores de traslado, contribuyeron a que el tiempo pasase inadvertido para él. No obstante, las causas originales y principales estaban en la rara perfección de su naturaleza animal, en la moderada proporción de inteligencia y en la propia mezcolanza trivial de ingredientes

morales y espirituales; en efecto, estas últimas cualidades, en mucha mayor medida, para evitar que el
viejo caballero anduviese a cuatro patas. No poseía
fuerza de pensamiento, hondos sentimientos, ni inquietantes sensibilidades; en una palabra, con unos
pocos que le daba su ser físico, a falta de un corazón,
cumplía muy respetablemente con su deber con el general beneplácito. Había sido marido de tres esposas,
todas muertas hacía tiempo; padre de veinte hijos, la
mayoría de los cuales, en distintas edades de niñez o
de madurez, volvieron a la tierra. Aquí pudiera uno
suponer que debiese haber estado lo bastante triste
para infiltrar la más sana disposición; pero nada de
eso hizo nuestro viejo inspector. Un breve suspiro era
suficiente para descargarle de todo el peso de estas reminiscencias funestas. Al siguiente momento se hallaba tan dispuesto a la diversión como cualquier chiquillo, más dispuesto que el más joven de los escribientes del inspector, que, a los diez y nueve años, era
el hombre más viejo y grave de los dos.
    Yo acostumbraba a vigilar y estudiar este personaje
patriarcal, creo que con más curiosidad que cualquiera
otra forma humana allí presente. Era, en verdad, un
raro fenómeno, perfecto, bajo un punto de vista, so-
mero, ilusorio, impalpable y absolutamente de poco
valor para todos los demás. Mi conclusión fue la de
que no tenía alma, ni corazón, ni inteligencia; nada,
sino instintos, como ya he dicho; y, sin embargo, tenía
tan sagazmente reunidos los pocos materiales de su carácter, que no había penosa percepción o deficiencia,
sino por mi parte, una entera satisfacción por lo que
en él encontraba. Hubiera sido difícil, y lo era, concebir cómo podría existir de allí en adelante; tan terreno
y sensual parecía; pero seguramente su existencia allí,
suponiendo que terminase con su último aliento, no
había sido desagradable; sin más altas responsabili-
dades morales que las bestias salvajes del campo, pero

con más alcance que ellas para disfrutar, y con toda su bendita inmunidad para con la melancolía y oscuridad de la edad. Un punto en el que llevaba ventaja grande a sus hermanos cuadrúpedos era su debilidad para recordar las buenas comidas, que habíanle proporcionado no pequeña parte de satisfacción en su vivir para comer. Su glotonería era un rasgo altamente agradable, como lo era el oírle decir que la carne asada era un aperitivo, como un encurtido o una ostra. Como no poseía más alto atributo, y no cultivaba ni viciaba ninguna dote espiritual por dedicar todas sus energías e ingenuidades a servir el deleite y provecho de su buche, me agradaba y satisfacía oírle extenderse sobre los pescados, las aves, las carnes, y sobre los métodos más apropiados de prepararlos para la mesa. Sus reminiscencias de los buenos banquetes, por muy remota que su fecha fuese, parecían traer a nuestras propias fosas nasales el olor del cerdo o del pavo. Había sabores en su paladar que perduraran durante sesenta o setenta años, y permanecían aún, aparentemente, con la misma frescura que el de la costilla de carnero que acabase de comer para su almuerzo. Le he oído chasquear sus labios después de las comidas, cuanto todos los comensales, salvo él, hacía ya tiempo que se habían alimentado para los gusanos. Era maravilloso observar cómo los fantasmas de las pasadas comilonas se elevaban ante él continuamente, no con rabia, sino como agradecidos por su anterior aprecio, y aspirando a una interminable serie de disfrute, de fruición, a la vez sombría y sensual. Un filete de vaca, una pierna de ternera, una chuleta de cerdo, una gallina especial o un pavo digno de alabanza, que hubiesen adornado quizá su mesa en los viejos días de Adán, los recordaría, mientras toda la subsecuente experiencia de nuestra raza, y todos los sucesos que abrillantaron u oscurecieron su carrera individual, habrían pasado sobre él con efecto tan permanente como la brisa pasajera. El principal suceso trágico de la vida de este viejo, por lo que yo pude juzgar, fue su contratiempo con cierto pato que vivió y murió hace unos treinta o cuarenta años, un pato del más prometedor aspecto, pero que, una vez en la mesa, probó ser tan veterano, que el trinchante no logró hacer mella en su armazón, y no pudo ser partido más que con un hacha y un serrucho.

Pero ya es hora de dejar este bosquejo, sobre el que, no obstante, me gustaría insistir durante un tiempo más considerable; porque, de todos los hombres que he conocido, este individuo fue el más apropiado para ser un oficial de aduanas. La mayoría de las personas, debido a causas en las que no tuve, quizá, tiempo de fijarme, sufren un detrimento moral por este peculiar modo de vivir. De esto era incapaz el viejo inspector, y, aunque continuase en su cargo hasta el fin de sus días, sería precisamente tan bueno como lo era entonces, y se sentaría a la mesa con el mismo buen apetito.

Hay una semblanza sin la cual mi galería de retratos de la aduana sería extrañamente incompleta, pero que mis pocas oportunidades comparativas de observación me permiten bosquejar simplemente con unas líneas. Es la del inspector, nuestro viejo y galante general, quien, después de su brillante servicio militar, subsiguiente al cual había regido un vasto territorio del Oeste, cayó allí, veinte años antes, para pasar el declive de su vida varia y honorable. El bravo soldado había cumplido o estaba a punto de cumplir los setenta, y seguía el resto de su marcha terrenal cargado de debilidades que ni la música marcial de sus recuerdos de espíritu agitado podía aligerar. Su paso, que fue delantero en la carga, era ahora paralítico. Unicamente con ayuda de un criado y apoyándose en el pasamanos de la balaustrada, podía ascender, despacio y penosamente, los escalones de la aduana, y llegar, atravesando trabajosamente el piso, a su silla de costumbre junto a la chimenea. Allí solía sentarse, mirando con aspecto de sombría serenidad a cuantos iban y venían, entre el crujido de los papeles, la prestación de juramentos, la discusión de los negocios y la charla casual de la oficina; todos estos sonidos y circunstancias no parecían impresionar sus sentidos más que indistintamente, y escasamente lograban abrirse camino hacia su profunda esfera de contemplación. Su continencia era suave y amable en ese reposo. Si se llamaba su atención, sus rasgos adquirían una expresión de cortesía e interés, probando que había luz en él y que solamente el medio externo de su lámpara intelectual era lo que obstruía el paso de sus reflejos. Mientras más ahondaba uno en la sustancia de su inteligencia, más honda parecía hallarse. Cuando ya no se le pedía que hablase o escuchase, operaciones que le costaban un esfuerzo evidente, su semblante volvía a adquirir la expresión de su primitiva y triste quietud. No apenaba sostener aquella mirada, porque, aun siendo triste, no tenía la imbecilidad de la edad decadente. La estructura de su carácter, fuerte y corpulenta de origen, no se había precipitado todavía a la ruina.

No obstante, el observar y definir este carácter, bajo tales desventajas, era tarea tan difícil como trazar y edificar de nuevo en la imaginación una vieja fortaleza, como la de Ticonderoga, por la vista de sus ruinas grises y rotas. Aquí y allá, por casualidad, pudieran quedar muros casi completos, pero por todas partes no había sino montones informes, inaccesibles y cubiertos de vegetación durante largos años de paz y negligencia.

Sin embargo, mirando con afecto al viejo guerrero (porque, aunque la comunicación entre nosotros era muy escasa, mis sentimientos hacia él, como la de los bípedos y cuadrúpedos que le conocían, no creían impropio llamarle así), pude discernir los principales

rasgos de su retrato. Estaba señalado con las cualidades nobles y heroicas que parecían, no por mero accidente, sino por buen derecho, haberle conquistado
un nombre distinguido. Su espíritu no pudo haber sido
caracterizado, creo, por una inquieta actividad; debió,
en cualquier período de su vida, haber necesitado de
un impulso para ponerle en movimiento; pero una vez
en pie, y con un objetivo adecuado a que atender, no
era hombre que se rindiese o decayera por obstáculos
que sobreviniesen. El calor que primitivamente llenase
su naturaleza y que aún no se había extinguido, no fue
nunca el que relampaguea y flamea en la llama, sino,
más bien, el hondo calor rojo, como el del hierro en
un horno. Peso, dolidez, firmeza; ésta era la expresión
de su reposo, aun en la decadencia que últimamente
se había apoderado de él, en el período a que me re-
fiero. Pero, aun entonces, pudo imaginarse que, bajo
alguna excitación que pudiera penetrar en lo profundo
de su conciencia, despierto por el toque de una trom-
peta lo bastante fuerte para despertar todas sus energías que no estuviesen muertas, sino sólo dormidas,
era todavía capaz de despojarse de sus debilidades,
como un enfermo de su bata, trocando el báculo de la
vejez por la espada de guerra, y de volver a ser, una
vez más, guerrero. Y en tan intenso momento, su
porte seguiría siendo tranquilo. Tal exposición, sin
embargo, no era sino para ser pintada en la imaginación, no para ser anticipada ni deseada. Lo que vi en
él, con tal evidencia como las indestructibles murallas
del viejo Ticonderoga, ya citado como su sonrisa más
apropiada, eran los rasgos de obstinación y de impon-
derable perseverancia, que muy bien podían rayar en
obstinación en sus primeros años: de integridad, que,
como la mayor parte de sus otras dotes, permanecían
como una masa pesada, y eran tan poco maleables y
manejables como una tonelada de mineral de hierro; y
de benevolencia feroz, como si guiase las bayonetas

contra Chippewa o Fort Erie; sería una pintura tan genuina como las que cualquiera o todos los polemistas filántropos de la época pudieran hacer. Había matado hombres con su propia mano, y por lo que pude saber, habían caído como briznas de hierbas al golpe de la dalla, ante la acometida que a su espíritu imprimía su triunfante energía; pero fuera lo que fuese, nunca hubo en su corazón tanta crueldad como para rozar y echar por tierra una mariposa. No he conocido hombre a cuya innata amabilidad hubiese hecho mejor una súplica confidencia.

Muchas características, y aquellas, además, que contribuyen no poco a imprimir parecido al bosquejo, debieron esfumarse u oscurecerse antes de que yo tropezara con el general. Todos los atributos sencillamente graciosos son por lo común los que más desaparecen; tampoco naturaleza adorna las ruinas humanas con florecimientos de nueva belleza, que tienen sus raíces y propia nutrición en las resquebrajaduras y grietas del decaimiento, como siembra alelíes dobles sobre la ruinosa fortaleza de Ticonderoga. Aun con respecto a la gracia y la belleza había puntos que no merecían la pena. De vez en cuando, un chispazo de humor se abre camino a través del velo oscuro de obstrucción y refleja agradablemente sobre nuestros rostros. En el fondo del general se advertía un tinte de nativa elegancia, poco común en el carácter masculino, después de la niñez o la juventud, para la vista y el perfume de las flores. Se supone que un viejo soldado es capaz tan sólo de apreciar el sangriento laurel que ciña su frente: pero éste era uno que, para el grupo de la flora, parecía tener la apreciación de una señorita.

Allí, junto a la chimenea, solía sentarse el viejo y bravo general, mientras el inspector, aunque esto rara vez, si podía evitarse, tomándose la difícil tarea de hacerle intervenir parte en la conversación, se complacía en permanecer de pie a distancia y observar su tranquilo y casi soñoliento semblante. Parecía estar lejos de nosotros, aunque lo teníamos a pocos metros de distancia; que estaba remoto, si bien pasábamos rozando a su silla; impalpable, aunque extendiendo nuestras manos tocásemos las suyas. Debía vivir una vida más real dentro de sus propios pensamientos que en el medio ambiente de la oficina del recaudador. Las evoluciones de la parada, el tumulto de la batalla, la vibración de la música antigua, heroica, oído treinta años atrás; tales escenas y sonidos quizás estuviesen vivos ante su sentido intelectual. Mientras tanto, los comerciantes y armadores, los garbosos escribientes y los toscos marineros, entraban y salían; la animación de esta vida comercial y de aduana conservaba su pequeño rumor en derredor suyo, y ni con los hombres ni con sus negocios parecía el general sostener la más remota relación. Estaba tan fuera de lugar como un viejo sable, ahora enmohecido, pero que hubo flameado, en una época, en los campos de batalla, y que mostraba aún un brillante resplandor a lo largo de su hoja, a pesar de hallarse entre los tinteros, las plegaderas y las reglas de caoba del pupitre del inspector delegado.

Había una cosa que me ayudó mucho en la renovación y reconstitución del fornido soldado de la frontera del Niágara, del hombre de verdadera y sencilla energía. Era el recuerdo de sus memorables palabras: «¡Probaré, señor!», dichas al borde de una empresa desesperada y heroica, alentado con el alma y el espíritu de la temeridad de Nueva Inglaterra, comprendiendo todos los peligros y afrontándolos todos. Si en nuestro país se recompensase el valor con honor heráldico, esta frase (que parece tan fácil de decir, pero que él sólo con aquella tarea de peligro y gloria ante sí pronunció siempre) sería el mejor y más apropiado lema para el escudo de armas del general.

Contribuye grandemente a la salud moral e intelec-

tual de un hombre el ser conducido a los hábitos del
compañerismo con individuos distintos a él, quienes se
preocupan poco de sus empeños, y cuya esfera y habi-
lidades no podían ser apreciadas por él sino saliéndose
de su modo de ser. Los accidentes de mi vida me han
proporcionado con frecuencia esta ventaja, pero nunca
tan plenamente y con tal variedad como cuando conti-
nué en mi oficina. Sobre todo, había un hombre cuyo
carácter observado me dio una nueva idea de talento.
Sus mercedes eran enfáticamente las de un hombre de
negocios; pronto, agudo y despejado; con un ojo que
veía a través todas las perplejidades, y con una facultad de disposición que las hacía desvanecerse como
por arte de una varita mágica. Criado en la aduana
desde su niñez, aquél era su verdadero campo de actividad, y el laberinto de los negocios, tan atormentador
para el intruso, se le presentaba con la regularidad de
un perfecto y comprendido sistema. Según mi observación, era el ideal en los de su clase. Él era por sí la
aduana, o al menos el resorte principal que ponía en
movimiento todas las ruedas del mecanismo, porque
en una institución como ésta, donde sus vistas dícese
que no atienden más que a su propio provecho y conveniencia, y rara vez con una guía referente a cumplir
con su deber, tienen forzosamente que buscar en cualquier parte la destreza de que carecen. Así pues, por
inevitable necesidad cargaba nuestro hombre de negocios con las dificultades con que todos los demás tro-
pezaban. Con amables condescendencias e indulgen-
cias para nuestra estupidez (que para su orden de imaginación debía parecerle poco menos que criminal) hacía que, con un simple toque de su dedo, lo incomprensible fuese tan claro como la luz del día. Los comerciantes le apreciaban no menos que nosotros. Su
integridad era perfecta; en él era ley de naturaleza
más que una elección o un principio; el ser honrado y
regular en la administración de los asuntos, tampoco

podía ser más que la principal condición de una inteligencia notoriamente clara y aguda como la suya. Una mancha en su conciencia, como cualquiera otra cosa que cayese dentro del rango de su profesión, habría preocupado mucho más a ese hombre, muchísimo más, que un error en el balance de una cuenta o un borrón en la pulcra página de un libro de registros. En una palabra (y es un raro ejemplo en mi vida), había tropezado con una persona adaptada por completo al destino que desempeñaba.

Tales eran algunas de las personas con quienes me hallé entonces unido. Al ser puesto en aquel destino tan poco apropiado a mis antiguos hábitos, me confié, en gran parte, a las manos de la Providencia y me puse seriamente a sacarle el mayor provecho posible. Después de mi confraternidad de trabajo e impracticables proyectos con mis soñolientos hermanos de Brook-Farm; después de vivir tres años dentro de la sutil influencia de una inteligencia como la de Emerson; después de aquellos largos y libres días en el Assabeth, condescendiente con fanáticas especulaciones, aparte el fuego hecho con las ramas caídas para con Ellery-Channing; después de charlar con Thoreau sobre pinos y reliquias indias en su ermita de Walden; después de habérseme hecho fastidiosa la simpatía por el clásico refinamiento de la cultura de Hillard; después de haberme imbuido en su hogar Longfellow un sentimiento poético, era tiempo ya de que ejercitase otras facultades de mi naturaleza y me nutriese de alimentos por los que hasta entonces había tenido poco apetito. Hasta el viejo inspector se sentía inclinado, como cambio de régimen alimenticio, a un hombre que hubiese conocido a Alcott. Yo lo aprecié hasta cierto punto como evidencia de un sistema bien equilibrado, en el que no había falta alguna de una completa organización, y que con tales asociados podía mezclarme desde luego con hombres de cualidades completamente diferentes, sin que nunca hubiera de murmurar del cambio.

La literatura, su ejercicio y objetivos, no estaba ni un momento en mi pensamiento. En este período nada me importaban los libros; eran para mí cosa aparte. La naturaleza (excepto la humana), que se desenvolvía en tierra y cielo, estaba, en cierto sentido, oculta para mí; y toda la delicia imaginativa en que se había espiritualizado se había borrado de mi cerebro. Un don, una facultad que no hubiese desaparecido, se hallaba suspensa e inanimada dentro de mí. Hubiese habido algo triste, indeciblemente horroroso en todo esto, a no estar consciente de que estaba a mi alcance recordar todo cuanto era valioso del pasado. Pudiera ser cierto, en efecto, que ésta fuese una vida que impunemente no podía ser larga en demasía; pudiera hacerme perpetuamente otro hombre distinto de lo que fui, sin transformarme en otro aspecto que mereciese la pena adoptar, pero nunca lo consideré más que como una vida transitoria. Siempre había un instinto profético, un apagado susurro a mi oído que, dentro de no largo período, y siempre que un nuevo cambio de costumbres hubiera de ser esencial para mi bien, ese cambio vendría.

Entretanto allí estaba yo, un director de aduanas, y por lo que he podido comprender, un buen administrador, como debía serlo. Un hombre de pensamiento, fantasía y sensibilidad (aun teniendo diez veces la proporción de estas cualidades del administrador) podía a cualquier hora ser un hombre de negocios con sólo tomarse el trabajo de decidirse a serlo. Mis compañeros oficiales, los comerciantes y los capitanes de mar, con quienes mis deberes oficiales me ponían en contacto, no me veían bajo otro aspecto y, probablemente, no me conocían con otro carácter. Ninguno de ellos, presumo, había jamás leído una página de mis escritos ni, de haberla leído, les hubiera importado un higo de mí, ni hubiese cambiado el asunto en lo más mínimo, el que esas mismas páginas inútiles hubieran sido escritas con la pluma de Burns o de Chaucer, cada uno de los cuales fue en su día oficial de aduanas como yo. Es una buena lección (si bien puede ser frecuentemente una lección dura) para un hombre que ha soñado con una fama literaria y que ha intentado crearse por ese medio un rango entre los dignatarios del mundo, salirse del estrecho círculo en que sus reclamaciones son reconocidas, y ver cuán completamente privado de significación es todo cuanto intenta y adquiere fuera de ese círculo. No sé que yo necesitase esa lección especialmente, aun en el sentido de advertencia o reproche; pero de todos modos la aprendí bien, ya me causase placer el reflexionar, ya la verdad, al venir a mi conocimiento, me produjera una pena o requiriese arrancármela con un suspiro. En el aspecto de charla literaria es cierto, el oficial naval (excelente individuo que entraba conmigo en la oficina y salía un poco más tarde) había de entablar discusión con mi persona sobre uno de sus dos tópicos favoritos: Napoleón o Shakespeare. El más joven de los empleados del inspector, un caballero de quien se murmuraba que en ocasiones llenaba pliegos del papel timbrado del tío Sam, con lo que a distancia de unas yardas se parecía mucho a la poesía, solía hablarme de libros de vez en cuando, como asunto del que pudiera yo posiblemente hablar. Éste era todo mi intercambio con las letras, y suficiente para mis necesidades.

Sin tratar de preocuparme de que mi nombre blasonase por ahí en páginas impresas, sonreía al pensar que tenía ahora otra clase de fama. El marcador de la aduana la imprimió con un estarcido y pintura negra en sacos de papel, cestas de achicoria y cajas de cigarros, y en toda clase de mercancías sujetas a derechos, en testimonio de que éstas habían pagado el impuesto y habían pasado regularmente por la aduana. Nacido a tan extraño vehículo de fama, el conocimiento de mi nombre fue adonde jamás fuera y espero que nunca vuelva a ir.

Pero el pasado no había muerto. Una vez, los pensamientos, que habían sido tan vitales y activos durante largo tiempo, revivieron de nuevo. Una de las ocasiones más notables, cuando la costumbre de mis pasados días despertó en mí, fue aquella que cae dentro de la ley de propiedad literaria, de ofrecer al público el bosquejo que estoy ahora escribiendo.

En el piso segundo de la aduana hay una gran habitación, en la que la obra de ladrillo y las desnudas vigas jamás fueron cubiertas con paneles o yeso. El edificio (primeramente proyectado en una escala y con una idea adaptada al viejo tráfico comercial del puerto y con la idea de subsiguiente prosperidad jamás destinada a realizarse) tiene mucho más espacio del que sus ocupantes saben qué hacer con él. Este vacío salón, por tanto, está sin terminar a estas fechas, sobre los departamentos del inspector, y, a pesar de las viejas telarañas, que festonean sus polvorientas vigas, parece esperar aún el trabajo de albañiles y carpinteros. A un extremo del salón, en un hueco, había un número de barriles, apilados unos sobre otros, conteniendo legajos de documentos oficiales. Gran cantidad de trastos inútiles semejantes se hallaba esparcida por el suelo. Era triste pensar en los días, semanas, meses y años de trabajo que se habían malgastado en aquellos rancios papeles, que no eran más que un estorbo en la tierra y estaban ocultos en aquel olvidado rincón para no volver a ser vistos por ojos humanos. ¡Pero cuántos rimeros de otros manuscritos, llenos, no de la tristeza de las formalidades oficiales, sino con el pensamiento de cerebros inventivos y la rica efusión de corazones hondos, habían caído igualmente en el olvido, y más aún, sin que en su día sirviesen un propósito, como lo hicieran estos papeles apilados, y, lo más triste de todo, sin que aportasen a sus escritores la vida confortable que lograron empleados de la aduana por aquel inútil arañar del papel! No obstante, quizá no fueran del todo inútiles, como materia de historia local. Tal vez se descubriesen en ellos estadísticas del antiguo comercio de Salem y memorables de sus comerciantes principescos, del viejo rey Derby, del viejo Billy Gray, del viejo Simón Forrester, y muchos otros en su día magnates, cuyas empolvadas cabezas, no obstante, apenas se hallaban en la tumba, cuando su apilamiento de riqueza comenzaba a tambalearse. Los fundadores de la mayoría de las familias que hoy forman la aristocracia de Salem, pudieran trazarse allí, desde el pobre y oscuro comienzo de su tráfico, en períodos generalmente mucho más posteriores a la Revolución, hasta lo que sus hijos miran como un rango ha mucho tiempo establecido. Allí hay una falta de recuerdos con anterioridad a la Revolución; los más antiguos documentos y archivos de la aduana debieron ser enviados a Halifax, cuando todos los oficiales del rey acompañaron al ejército británico en su huida de Boston. Esto me causó sentimiento, porque yendo hacia atrás, a los días del Protectorado, aquellos papeles debían contener muchas referencias a hombres olvidados o recordados y a antiguas costumbres, que me hubiesen afectado con el mismo placer que cuando yo acostumbraba a coger puntas de flechas indias en los campos vecinos a la Vieja Mansión.

Pero, un día perezoso y de lluvia, tuve la fortuna de hacer un descubrimiento de cierto interés. Revolviendo y husmeando en aquella amontonada morralla, desdoblando unos y otros documentos, leyendo los nombres de los barcos que habían naufragado en el mar o se habían estrellado contra las rompientes, largo tiempo hacía, y los de los comerciantes, no oídos ahora e indescifrables en sus losas sepulcrales, mirando tales materias con el interés triste, aburrido y

medio repugnante que ponemos en todo cuerpo de
muerta actividad, y excitando mi fantasía, perezosa
por el poco uso, para extraer de estos huesos secos
una imagen del aspecto más brillante de la vieja ciudad, cuando la India era una nueva región y solamente Salem conocía su ruta, fue a tropezar mi mano
con un pequeño paquete, cuidadosamente envuelto en
un trozo de antiguo y amarillo pergamino. Este sobre
tenía el aire de un aviso oficial de algún período anti-
quísimo, cuando los empleados engrosaban su cargo y
su carácter de letra con materias más sustanciosas que
hoy. Había en él algo que avivó mi instintiva curiosidad y me hizo quitar la descolorida cinta roja que
ataba el paquete, con la sensación de que iba a salir a
luz algún tesoro. Al desdoblar los rígidos dobleces de
la cubierta de pergamino, vi que era una comisión,
con la firma y sello del gobernador Shirley, a favor de
Jonathan Pue, como administrador de aduanas de S.
M. en el puerto de Salem, en la provincia de la bahía
de Massachusetts. Recuerdo haber leído, probablemente en los *Anales de Felt,* una noticia sobre la
muerte del administrador Pue, hace unos sesenta
años; como también, en un periódico de época reciente, una noticia referente al hallazgo de sus restos
mortales en el pequeño cementerio de la Iglesia de
San Pedro, durante la renovación de este edificio.
Nada, que yo recordase, quedaba de mi respetado
predecesor, salvo un imperfecto esqueleto, algunos
fragmentos de ropaje y una peluca de rizado mayestá-
tico, que, lo contrario de la cabeza que adornó, se hallaba muy bien conservada. Pero, al examinar los papeles que envolvía el sobre de pergamino, encontré
más rasgos de la parte mental del señor Pue y de las
operaciones internas de la cabeza, que contuviera la
rizada peluca de su venerable calavera.

En una palabra, eran documentos extraoficiales, de
un carácter privado, o, por lo menos, escritos con des-

tino particular y por su propia mano. No comprendía estuviesen incluidos en el paquete hallado entre los documentos de la aduana, sino por el hecho de que la muerte del señor Pue ocurrió repentinamente, y estos papeles, que, probablemente, guardaría en su mesa del despacho oficial, eran ignorados por sus herederos o creían se relacionaban con los asuntos de la aduana. En el traslado de los archivos a Halifax, este paquete, visto que no contenía documentos oficiales, fue dejado allí, y allí estaba, desde entonces, sin abrirse.

El antiguo administrador, con poco trabajo en aquella temprana mañana, parece ser que dedicó algunas de sus horas de ocio a la rebusca, como un anticuario local, y a otras indagaciones de naturaleza semejante. Este material proporcionó actividad a su cerebro, que, de otro modo, hubiera llegado a atrofiarse. Una porción de datos me sirvieron muy bien para preparar el artículo titulado «La Calle Mayor», que va incluido en el presente volumen. El resto quizá sea aplicado después a iguales propósitos, o tal vez sirva para escribir una historia regular de Salem, si la veneración por mi tierra natal me impulsara alguna vez a tan piadosa tarea. Mientras tanto, quedarán a la disposición de cualquier caballero competente e inclinado a arrancar de mis manos esta infructuosa labor. Como disposición final, proyecto depositarlos en la Sociedad Histórica de Essex.

El objeto que más llamó mi atención en el misterioso paquete fue el hallazgo de un fino paño de color rojo, descolorido y muy usado. Había en él señales de bordados de oro, muy rozados y deslucidos, de tal modo que ninguno, o muy pocos, conservaban algo de brillo. Fue bordado, según podía observarse fácilmente, con extremada habilidad, y el embaste (según me han asegurado damas conocedoras de estos misterios) probaba estar ejecutado con un arte olvidado, imposible de reconstruir aun siguiendo el procedimiento de sacar los hilos. Este andrajo de paño rojo, pues el tiempo, el uso y la sacrílega polilla lo habían convertido en andrajo, al ser examinado cuidadosamente tomaba la forma de una letra. Era la letra capital A. Cada palo, por una gran precisión de medida, tenía la dimensión exacta de tres pulgadas y un cuarto de longitud. Indudablemente fue hecha con la intención de servir como artículo de adorno en un vestido; pero, como son tan raras las modas del mundo en este particular, confié muy poco en poder resolver cómo hubo de ser usado, o qué rango, honor y dignidad pudiera significar en los pasados tiempos. Sin embargo, me interesó extrañamente. Mis ojos no se apartaban de aquella vieja letra roja. Indudablemente había en ella algún significado que merecía la pena de ser interpretado; como si me hallase traído por un símbolo místico que se comunicase a mis sensibilidades, pero evitando el análisis de mi imaginación.

Cuando me hallaba así, perplejo, pensando, entre otras hipótesis, si la letra pudiera haber sido uno de esos adornos que solía adornar la gente blanca ante los ojos de los indios, me ocurrió colocármela sobre el pecho. Me pareció (el lector tal vez se ría, pero no debe dudar de mi palabra) que experimenté una sensación, no por completo física, pero casi, casi, como un calor abrasador, como si la letra no fuese de paño rojo, sino de hierro. Temblé y la arrojé repentinamente sobre el suelo.

En la absorta contemplación de la letra roja no había hasta entonces examinado un mugriento rollito de papel, al que había sido arrollada. Lo abrí y tuve la satisfacción de encontrar, de puño y letra del viejo administrador, una completa explicación de todo el asunto. Había varias hojas de papel de escribir, de 35 por 43 pulgadas, conteniendo muchos detalles referentes a la vida y conversión de una tal Ester Prynne, que parecía haber sido personaje muy notable según nuestros antecesores. Parecía haber florecido en el período comprendido entre los primeros días de Massachusetts y fin del siglo XVII. Los ancianos que vivieron en la época del señor Pue, de cuyos testimonios orales había sacado la narración, la recordaban como haber sido en la juventud de ellos muy anciana, pero no decrépita, sino de un aspecto majestuoso y solemne. Desde fecha inmemorial había sido su hábito recorrer el país como una enfermera voluntaria, haciendo todo el bien que podía, y, al propio tiempo, aconsejando en toda clase de asuntos, especialmente en los relativos al corazón, por lo que, como tenía que sucederle a persona de tales propensiones, fue mirada por muchas gentes con la reverencia de un ángel; pero supongo que por otras como una intrusa y una entrometida. Yendo más adelante en la inspección del manuscrito, encontré el relato de otros hechos y sufrimientos de esta mujer singular, muchos de los cuales hallará el lector referidos en la historia titulada *La letra roja,* y ha de guardar cuidadosamente en la memoria el que muchos de los principales hechos están autorizados y autenticados por el administrador Pue. Los papeles originales, juntamente con la letra roja, la más curiosa reliquia, se hallan todavía en mi poder y serán exhibidos a cualquiera que, inducido por el gran interés del relato, desee verlos. No ha de entenderse que yo afirme que, al vestir la narración e imaginándome los motivos y formas de pasión de los personajes que en ella figuran, me haya sujetado invariablemente a los límites de la media docena de hojas de papel del viejo administrador. Por el contrario, me he permitido, hasta cierto punto, tanta licencia como si los hechos fueran enteramente de mi invención. Lo que doy como seguro es la autenticidad de las líneas generales. En algún grado me recuerda este incidente su vieja huella; parece tener aquí el fundamento de una historia. Me impresionó como si el viejo administrador, con su vestimenta de hace un siglo y llevando su peluca inmortal (que fue enterrada con él, pero que no pereció en la tumba), me hubiese tropezado en el cuarto de la Aduana. En su porte estaba la dignidad de uno que había mantenido la encomienda de Su Majestad y que fue, así pues, iluminado por un rayo del esplendor que brilló tan vulgarmente alrededor de su trono. Qué distinta, ¡ay!, la mirada camastrona de un vista de la República que, como servidor del pueblo, se cree menos que el menor y por bajo del más bajo de sus jefes. Con su propia mano espiritual, la oscura, pero mayestática figura, me había alargado el símbolo rojo y el pequeño rollo del manuscrito explicatorio. Con su propia voz espiritual me había exhortado, en la consideración sagrada de mi deber filial y reverencia hacia él (que pudo considerarse razonablemente como mi antecesor oficial), a traer sus moldeadas y enmohecidas lucubraciones a conocimiento del público. «¡Haz esto!, dijo el espíritu del administrador señor Pue, moviendo enfáticamente la cabeza, que parecía tan imponente dentro de la memorable peluca; ¡haz esto y el provecho será todo tuyo! Escasamente lo necesitarás, porque no era en tus días, sino en los míos, cuando el cargo de un hombre era un descanso en la vida, y con frecuencia una herencia. ¡Pero te encargo, en el asunto de la vieja señora Prynne, que des a la memoria de tu predecesor el crédito que le sea debido!» Y yo le dije al espíritu del señor Pue: «¡Lo haré!»

En la historia de Ester Prynne, pues, gasté mucho pensamiento. Fue muchas horas objeto de mis meditaciones, mientras paseaba de un lado a otro de mi cuarto, al atravesar cien veces el espacio comprendido entre la puerta principal de la aduana y la entrada lateral. Grande fue el aburrimiento y el estorbo que al viejo inspector, a los pesadores y medidores producían mis paseos inclementes y prolongados. Recordando sus propias costumbres antiguas, decían que el administrador paseaba por el alcázar. Sin duda se imaginaban que mi solo objeto (y, en efecto, lo es para un hombre sano el ponerse en movimiento voluntario) era el de hacer apetito para comer. Y, a decir verdad, sólo apetito era lo que sacaba de aquel ejercicio infatigable agudizado por el viento Este que generalmente soplaba en aquel pasaje. Tan poco adaptable es la atmósfera de una aduana a la delicada cosecha de fantasía y sensibilidad, que, si hubiese permanecido allí a través de diez presidencias venideras, dudo que «La letra roja» fuera puesta a la vista del público. Mi imaginación era un espejo empañado. No era capaz de reflejar, aun sólo con miserable vaguedad, las figuras que procuraba firmemente que reflejase. Los personajes de mi narración no se caldeaban ni maleaban por calor alguno que pudiese aportar la fragua de mi inteligencia. No tomaban ni el tono de la pasión, ni la blandura del sentimiento, sino que retenían la rigidez de los cuerpos muertos, y me miraban fijamente a la cara con sonrisa burlona, de agradable desafío. «¿Qué tienes tú que hacer con nosotros?», era la expresión que parecían decir. «¡El pequeño poder que en alguna ocasión pudiste poseer sobre la serie de irrealidades, ha pasado! ¡Tú la has trujamaneado por un puñado de oro público! ¡Ve, pues, y gana tus honorarios!» en una palabra, las casi aletargadas criaturas de mi propia fantasía me reprendían llamándome imbécil, y nunca con mejor ocasión.

No era solamente durante las tres horas y media que el tío Sam reclamaba de mi vida diaria, en las que estos desdichados entumecimientos se apoderaban de mí; me acompañaban en mis paseos por la playa y por el campo, cuando, rara vez y a disgusto, me permitía buscar el vigorizante encanto de la naturaleza, que tal frescura y actividad de pensamiento solía darme en cuanto pisaba el umbral de la Vieja Mansión. El

mismo entorpecimiento me embargaba, respecto a la
capacidad de mi esfuerzo intelectual, en casa, y pesaba sobre mí en el cuarto que lo más absurdamente
llamaba mi estudio. Tampoco me abandonaba cuando,
tarde por la noche, me sentaba en el desierto salón,
alumbrado tan sólo por el reflejo del fuego del carbón
y por la luna, tratando de arrancarme escenas imaginarias que, al siguiente día, pudieran abrillantar la página de una matizada descripción.

Si la facultad imaginativa rechazaba el actuar a
aquellas horas, bien podía juzgarse como un caso sin
esperanza. La luz de la luna en una habitación de casa
familiar, cayendo tan blanca sobre la alfombra y mos-
trando sus dibujos tan claramente, haciendo tan minu-
ciosamente visibles todos los objetos, aun siendo una
mañana tan inapropiada o una visibilidad tan meridio-
nal, es un medio de lo más a propósito para que un
novelista se relacione con sus huéspedes ilusorios. Allí
está la pequeña escena doméstica de su bien conocido
cuarto: las sillas, cada una con separada individualidad; la mesa central, que sostiene un cestillo, uno o
dos volúmenes y una lámpara apagada; el sofá; la librería; el cuadro sobre la pared; todos estos detalles
tan completamente vistos se hallan tan espiritualizados
por una luz no usual, que parecen perder su actual
sustancia y convertirse en cosas del intelecto. Nada es
demasiado pequeño o demasiado fútil para experimentar este cambio y adquirir dignidad de ese modo. El
zapatito de un niño, la muñeca sentada en su pequeño
y delicado cochecillo, el caballejo de cartón, cualquier
cosa, en suma, que se haya usado o con la que se
haya jugado durante el día, se ve entonces investida
de una cualidad de extrañeza y antigüedad más viva-
mente presente que a plena luz del día. Así pues, por
tanto, el suelo de nuestro cuarto familiar se ha convertido en un territorio neutral, de algún sitio entre el
mundo real y el imaginario, donde pueden tropezarse

lo Actual y lo Imaginario e imbuirse cada uno con la naturaleza del otro. Los espíritus deben entrar aquí sin asustarnos. Sería demasiado, al contemplar la escena con sorpresa excitante, si mirásemos a nuestro alrededor y descubriésemos una forma amada, pero desaparecida de allí, que estuviese sentada tranquilamente en un rayo luminoso de la luna, con un aspecto que nos hiciera dudar si habría vuelto de lejos o si jamás se había movido de nuestro hogar.

El oscuro fuego del carbón tiene una influencia esencial para producir el efecto que he de describir. Arroja sobre la habitación un tinte discreto, con un débil resplandor rojizo sobre las paredes y el techo, y un brillante reflejo sobre el pulimento del mobiliario. Esta luz, más caldeada, se mezcla con la fría espiritualidad de los rayos lunares, y comunica, por decirlo así, corazón y sensibilidades de ternura humana a las formas que nuestra fantasía evoca. Las convierte de imágenes de hielo, en hombres y mujeres. Mirando al espejo vemos, muy dentro de su esfera encantada, el rescoldo de la medio extinguida antracita, el blanco reflejo de la luna sobre el suelo, y una repetición de toda luz y sombra de la pintura, más cerca de lo imaginativo que de lo actual. Entonces, a tal hora, y con esta escena ante él, un hombre que se halla sentado y solo no es capaz de soñar cosas extrañas y hacer que parezcan reales, no debe jamás intentar escribir novelas.

Pero, en cuanto a mí, durante toda mi experiencia en la aduana, la luz de la luna y la del resplandor del fuego eran semejantes, a mi modo de ver, y ninguna de ellas tenía un apéndice más de ventaja que el parpadeo de una vela de sebo. Una completa clase de susceptibilidades y un don con ellas relacionado, de no mayor riqueza o valor, pero lo mejor que yo tenía, me habían abandonado.

Es mi creencia, sin embargo, que de haber intentado otro orden de composición, mis facultades no hubiesen sido tan inciertas e ineficaces.

Me hubiera contentado, por ejemplo, con escribir las narraciones de un veterano patrón de barco, la de uno de los inspectores, a quien sería ingrato no mencionar, ya que escasamente pasaba día sin que me hiciese excitar de risa y admiración por su maravilloso don como cuentista. Si pudiera haber conservado su pintoresca fuerza de estilo y el colorido humorístico con que le dotó la naturaleza para emplearlo en las descripciones, creo honradamente que hubiese constituido una novedad en la literatura, o quizás hubiera encontrado prontamente una tarea más seria. Era una locura, con la materialidad de esta vida cotidiana que tan intrusamente pesaba sobre mí, intentar lanzarme pasos atrás a otras épocas, o insistir en crear la semblanza de un mundo fuera de la materia etérea, cuando a cada momento, la impalpable belleza de mi burbuja de jabón se rompía al rudo contacto de cualquier circunstancia actual. El más sabio esfuerzo hubiera sido difundir el pensamiento y la imaginación a través de la opaca sustancia del hoy, y así hacerla de una brillante transparencia, espiritualizar la carga que comenzaba a hacerse tan pesada, buscar resueltamente el valor verdadero e indestructible que yacía oculto en los incidentes mezquinos y fastidiosos y en los caracteres ordinarios de los que conversaban conmigo. La culpa fue mía. La página de vida que se hallaba extendida ante mí parecíame oscura y vulgar, sólo porque no había sondeado en su más honda significación. Allí estaba el mejor libro que jamás escribiré, presentándose ante mí, hoja tras hoja, como si propiamente estuviese escrito por la realidad de la hora fugaz y se desvaneciera con la misma rapidez con que fue escrito, sólo porque mi cerebro necesitaba su perspicacia y mi mano la agudeza para transcribirlo. En algún día futuro puede ser que recuerde algunos fragmentos desparramados y párrafos incompletos, y los escriba y vea cómo se convierten en oro las letras de sus páginas.

Estas prescripciones han llegado muy tarde. En aquel momento no sabía más que lo que una vez pudiera haber sido un placer entonces era un trabajo inútil. No había ocasión de lamentarse sobre aquel estado de cosas. Había cesado de ser escritor tolerable de pobres cuentos y ensayos literarios, y me había convertido en un tolerable y buen administrador de aduanas. Eso era todo. Pero, no obstante, no deja de ser desagradable el que le asalte a uno la sospecha de que la inteligencia se le va, o la exhalas, sin darte cuenta, como el éter de una redoma, de tal modo que, a cada mirada, ves un residuo menor y menos volátil. Del hecho no podía haber duda y, examinándome y examinando a otros, llegué a conclusiones, con relación al efecto del oficio público sobre el carácter, no muy favorables en cuantro al modo de vida en cuestión. En alguna otra forma, quizá pudiese desarrollar estos efectos. Baste decir aquí que un oficial de aduanas de largo ejercicio, escasamente puede ser un personaje digno de alabanza o respetable, por muchas razones; una de ellas, la tenencia por la cual sostiene su empleo, y otra la propia naturaleza de su cargo, que aunque yo lo creo honrado, es de tal especie que aquél no toma parte en el esfuerzo unido de la humanidad.

Un efecto que creo puede observarse más o menos en todo individuo que haya ocupado el cargo, es el de que mientras él se apoya en el brazo de la República, le abandonan sus propias fuerzas. Pierde la capacidad de su propio sostén en una extensión proporcionada a la debilidad o fuerza de su carácter original. Si posee una parte poco común de su energía nativa, o si no opera sobre él por mucho tiempo la magia enervante del lugar, sus fuerzas perdidas pueden recobrarse. El

oficial expulsado (afortunado porque el áspero empu-
jón le ha echado fuera, a tiempo de luchar entre el
mundo luchador) quizá vuelva en sí y se convierta en
lo que siempre fue. Pero esto ocurre rara vez. Generalmente conserva su puesto el tiempo suficiente para
labrar su ruina, y se le arroja, con todas sus fibras de-
sencordadas, para que vague por la difícil senda de la
vida, como mejor pueda. Conocedor de su propia debilidad, de que su acero templado y su elasticidad se
han perdido, continúa después mirando siempre a su
alrededor en busca de apoyo externo. Su continua y
perseverante esperanza (una alucinación que, a la cara
de toda cobardía y haciendo luz de imposibilidades le
asalta, mientras vive, y supongo que, como las agó-
nicas convulsiones del cólera, le atormenta por breve
espacio después de la muerte) es que, finalmente, y
no tras largo tiempo, por alguna feliz coincidencia o
circunstancia, será repuesto en su empleo. La fe, más
que cosa alguna, le roba la energía y la probabilidad
de cualquier empresa que pudiera soñar o acometer.
¿Por qué había de trabajar y enfangarse y hallarse tan
embarazoso para salir del fango, cuando, dentro de
poco, el fuerte brazo de su tío habrá de alzarle y sos-
tenerle? ¿Por qué había de trabajar para su sustento
aquí o ir a excavar oro a California, cuando tan
pronto va a ser feliz, a intervalos mensuales, con una
pequeña pilita de monedas relucientes de la bolsa de
su tío?, es tristemente curioso observar cómo un ligero
paladeo de un empleo hasta para infeccionar a un pobre sujeto con esta enfermedad singular. El oro del tío
Sam (sin que esto signifique falta de respeto para el
anciano caballero) tiene en este respecto una cualidad
de hechizo como la de los jornales del diablo. Cualquiera que lo toque se mirará bien a sí propio, o encontrará que el trato va duramente en contra suya, envolviendo, si no su alma, muchos de sus mejores atributos; su fuerza vigorosa, su valor y constancia, su

verdad, su propia confianza, y todo cuanto da énfasis al carácter masculino. ¡Aquí había una hermosa perspectiva en lontananza!, no la de que el administrador llevase la lección a casa para él, o admitiese que pudiera dejar de cumplirla completamente, bien continuando en el cargo o siendo expulsado. Sin embargo, mis reflexiones no eran confortables. Comencé a volverme melancólico e intranquilo, atormentado continuamente mi cerebro por descubrir cuáles de sus pobres cualidades habían desaparecido y qué grado de detrimento había ya penetrado en las restantes. Traté de calcular qué tiempo más podía permanecer en la aduana y, sin embargo, continuar siendo un hombre. A decir verdad, fue mi mayor aprensión (ya que nunca hubiese sido una medida de policía despedir a un individuo tan tranquilo como yo y que tan poco impuesto se hallaba en el carácter de oficial público, para resignarse), mi principal trastorno, así pues, el que fuese probable que encaneciera y me hiciese decrépito en la administración y me convirtiera en un animal semejante al viejo inspector; como, en el aburrido lapso de mi vida oficial que tenía por delante, no me ocurriera lo que a ese venerable amigo, hacer núcleo del día la hora de comer y emplear las horas restantes, como lo hace un perro viejo, en dormir al sol o a la sombra. ¡Pavorosa perspectiva para un hombre que la apreciaba como la mejor definición de felicidad a través de toda la serie de facultades y sensibilidades! Pero, durante todo este tiempo, me estaba causando alarma innecesaria. La Providencia había pensado las cosas mejor para mí que yo posiblemente pudiera haberlo hecho.

Un suceso notable, en el tercer día de mi administración, fue (para adoptar el tono de «P. P.») la elección del general Taylor para la Presidencia. Para poder apreciar completamente las ventajas de la vida oficial, es esencial ver la obligación en el ingreso de una administración hostil. Su destino es entonces uno de los más singularmente cargantes y desagradables que, en toda contingencia, pueda posiblemente ocupar un mortal, con rara alternativa de bien, aunque lo que se pretende como el suceso peor, pueda muy bien ser el mejor. Pero para un hombre de orgullo y sensibilidad, es una rara experiencia el saber que los intereses se hallan en manos de individuos que ni le aman ni le entienden, y por quienes, ya que con uno u otro había de ocurrir necesariamente, más bien sería injuriado que alabado. ¡Es también extraño para quien ha conservado su calma durante la contienda observar la sed de venganza que se desarrolla en la hora del triunfo, y tener la convicción de que él mismo está en sus propósitos! Hay pocos rasgos de la naturaleza humana más ricos que esta tendencia, que ahora veo en hombres no peores que sus vecinos, de hacerse crueles, simplemente porque poseen el poder de infringir daño. ¡Si la guillotina, aplicada por los que tienen cargos, fuese un hecho literal en vez de una de las metáforas más adecuadas, es mi creencia sincera que los activos miembros de la partida victoriosa estarían lo bastante excitados para haber segado todas nuestras cabezas, y darían gracias al cielo por la oportunidad! Yo, que he sido un tranquilo y curioso observador, tanto en la victoria como en la derrota, creo que un espíritu fiero y amargo de malicia y venganza ha distinguido el triunfo de mi propio partido, como lo hizo ahora con el de los centralistas. Los demócratas, por regla general, aceptan los cargos porque realmente los necesitan y porque la práctica de muchos años lo ha convertido en ley de lucha política, de la que, a menos de proclamarse otro sistema, sería débil y cobarde murmurar. Pero el viejo hábito de la victoria les ha hecho generosos. Saben cómo parar cuando ven ocasión de hacerlo; y cuando atacan, el hacha podrá estar afilada, en efecto, pero su filo rara vez se envenena con mala

voluntad, ni es su costumbre arrojar ignominiosa-
mente a puntapiés la cabeza que acaban de cortar.

En suma, siendo tan desagradable mi condición, a
lo mejor, vi mucha razón para congratularme de estar
en la parte de la derrota mejor que en la del triunfo.
Si, en otro tiempo, no fui de los mejores partidarios,
en esta época de peligro y adversidad comienzo a sen-
tirme agudamente compenetrado con el partido de mis
predilecciones. Tampoco fue sin algo de sentimiento y
vergüenza, respecto al cálculo razonable de probabilidades, el que yo viera mi propia probabilidad de sostener mi cargo mejor que aquellos de mis hermanos
los demócratas. Pero ¿quién puede ver en lo futuro un
palmo más allá de sus narices? ¡Mi cabeza fue la primera que cayó!

Cuando la cabeza de un hombre se humilla, me inclino a creer que, rara vez o nunca, es el momento
más agradable de su vida. No obstante, como la
mayor parte de nuestras desgracias, aun una contingencia tan seria trae su remedio y consuelo con ella, si
el que sufre hace lo mejor, y no lo peor, del accidente
que le ha ocurrido. En mi caso particular, los tópicos
del consuelo se hallan a mano y, efectivamente, me
condujeron a largas meditaciones antes de que fuese
un requisito el hacer uso de ellas. En vista de mi anterior aburrimiento en el cargo y de mis vagos pensamientos de resignación, mi fortuna parecía la de una
persona que abrigara la idea de suicidarse y, aunque
dentro de sus esperanzas, tropezase con la buena
suerte de ser asesinado. En la aduana, como antes en
la Vieja Mansión, había pasado tres años; un tiempo
lo bastante largo para paralizar un cerebro aburrido,
lo bastante largo para desechar toda costumbre intelectual y hacer puesto para otras nuevas; lo bastante
largo, y demasiado largo, para haber vivido en un estado innatural, haciendo lo que en realidad no era útil
ni agradable para ningún ser humano, y apartándome

del trabajo que, al fin, hubiese acallado en mí un impulso inquieto. Entonces, además, no le desagradaba al anterior administrador, en cuanto a su inceremoniosa cesantía, que le reconocieran los centralistas como un enemigo; puesto que sus inactividades en asuntos políticos (su tendencia a vaguear a su placer en aquel campo ancho y tranquilo donde puede encontrarse toda la humanidad, mejor que confinarse en los estrechos senderos, donde los hermanos de un mismo hogar han de divergirse) habían hecho discutible con sus hermanos demócratas si era un amigo. Ahora, después de haber ganado la corona del martirio (aunque con no mayor cabeza para llevarla), este punto pudiera considerarse como solucionado. Finalmente, siendo tan poco heroico, parecía más decoroso ser arrastrado por la caída del partido con el que había pretendido estar, que permanecer siendo un administrador olvidado, cuando cesaban tantos hombres de más merecimientos, y, por fin, después de subsistir durante cuatro años por la merced de una administración hostil, estar obligado a definir su posición de nuevo y reclamar la todavía más humillante merced de una administración amistosa.

Mientras tanto había tomado la prensa con empeño mi asunto, y me tuvo una o dos semanas recorriendo las imprentas públicas, en mi estado de decapitación, como *El caballero decapitado*, de Irving, pálido y ceñudo, y deseando ser enterrado, como debe ocurrirle a un muerto político. Esto en cuanto a mi ser figurativo. Durante todo este tiempo, el verdadero ser humano, con la cabeza asegurada sobre los hombros, se hizo a la conclusión de que todo ocurrió para su bien, y provisto de tinta, papel y plumas de acero abrió su mesa de escritorio, que ha tiempo no empleaba, y volvió a ser un hombre literario.

Entonces fue cuando las lucubraciones de mi antiguo predecesor el señor Pue vinieron a juego. Enmudecido por larga inactividad, fue necesario un corto espacio de tiempo antes de que mi maquinaria intelectual pudiera ser puesta en movimiento. Aun entonces, si bien mis pensamientos estaban absortos en el trabajo, llevaban a mis ojos un aspecto severo y sombrío; demasiado entristecidos por la genial luz solar, demasiado poco consolados con las influencias tiernas y familiares que suavizan casi toda escena de la naturaleza y de la vida real, y que, indudablemente, habrían de suavizar cualquiera de sus pinturas. Este efecto de desencanto es, debido, tal vez, al período de la casi realizada resolución y a un agitado disturbio en que se presentaba la historia en sí. No indica, sin embargo, falta de jovialidad en el cerebro del escritor, puesto que se hallaba más alegre, extraviándose en la neblina de estas fantasías sin luz, que en tiempo alguno después de que dejara la Vieja Mansión. Algunos de los más breves capítulos que contribuyeron a formar el volumen, han sido también escritos después de mi involuntario abandono de las tareas y honores de la vida pública, y el resto ha sido extraído de anuarios y revistas, de tan lejana época que han ido alrededor del círculo y vuelto a ser novedad [1]. Conservando la metáfora de la guillotina política, el conjunto puede considerarse como *Papeles Póstumos de un administrador decapitado;* y el bosquejo que ahora estoy a punto de concluir, si es demasiado autobiográfico para publicarlo una persona modesta durante su vida, será perdonable en seguida en un caballero que escribe en ultratumba. ¡La paz sea con todo el mundo! ¡Benditos sean mis amigos! ¡Sean perdonados mis enemigos! ¡Ya que estoy en el reino del reposo!

---

[1] Al tiempo de escribir este artículo, el autor intentó publicar, a la vez que *La letra roja,* varios cuentos y bosquejos cortos, pero ha sido prudente diferirlos.

La vida de la aduana queda tras de mí como un sueño. El viejo inspector (que siento decir fue despedido por un caballo y murió hace algún tiempo, de lo contrario hubiese sido eterno), y todos los demás personajes venerables que se sentaban con él a la entrada de la aduana, no son para mí más que sombras, imágenes rugosas de blancos cabellos, que alegraban mi fantasía y han desaparecido ya para siempre. Los comerciantes Pingree, Phillips, Shepard, Upton, Kimball, Bertram, Hunt, estos y otros muchos nombres que tenían tanta familiaridad para mi oído hace seis meses; estos hombres de tráfico que parecían ocupar tan importante posición en el mundo ¡qué poco tiempo ha sido preciso para desligarme de todos ellos, no solamente en los actos, sino en el recuerdo! Es con esfuerzo como recuerdo las figuras y nombres de estos pocos. Pronto también, mi vieja ciudad natal se presentará ante mí entre la niebla de la memoria, como si no fuese un trozo de la tierra real, sino una villa nacida en la región de las nubes, con habitantes imaginarios que moren en sus casas de madera y paseen por sus sendas familiares y por su calle Mayor. De aquí en adelante deja de ser una realidad de mi vida; soy un ciudadano de cualquier parte. Mis buenos conciudadanos no lo sentirán mucho, porque, aunque han sido un objeto tan preciado como otro cualquiera, en mis esfuerzos literarios, ser de alguna importancia ante sus ojos y granjearme una agradable memoria en esta abadía y lugar de enterramiento de tantos de mis antepasados, jamás ha habido para mí la genial atmósfera que necesita un literato para madurar el mejor fruto de su inteligencia. Mejor he de hacerlo entre otras caras; y estas que me fueron familiares, casi no es necesario que lo pasarán exactamente tan bien sin mí.

Puede ocurrir, no obstante, ¡oh pensamiento transportador y triunfante!, que los tataranietos de la presente raza piensen algunas veces, cariñosamente, en el

escritor de pasados días, cuando en la antigüedad de
los días venideros, entre los sitios memorables de la
historia de la ciudad, señalen la localidad de «¡La
bomba de la ciudad!»

I

LA PUERTA DE LA PRISIÓN

Un tropel de hombres y mujeres, aquéllos con vestiduras de colores tristones, barbudos, cubiertos con
altos sombreros grises, y éstas cubriéndose la cabeza,
en su mayoría, con capuchas, hallábase reunido frente
a un edificio de madera, cuya sólida puerta de roble
estaba tachonada de clavos de hierro.

Los fundadores de una nueva colonia, cualquiera
que sea la utopía de virtud humana y felicidad que
puedan primeramente proyectar, han reconocido, invariablemente, entre sus primeras necesidades prácticas, señalar dos espacios de suelo virgen, uno para
cementerio y otro como solar de una prisión. Conforme a esta regla, puede suponerse con acierto que
los antepasados de Boston edificaron la primera casa-
prisión en algún lugar de la vecindad de Cornhill, casi
al mismo tiempo que trazaron el primer cementerio en
un lote de terreno perteneciente a Isaac Johnson, los
alrededores de cuya tumba vinieron a ser, consiguientemente, el núcleo de los sepulcros congregados en el
viejo patio de la capilla del rey. Cierto es que unos
quince o veinte años después del establecimiento de la
población, la cárcel de madera ostentaba ya las huellas
de la intemperie y otras indicaciones del tiempo, que
daban un aspecto aún más oscuro a su ceñuda y sombría fachada. La herrumbre del poderoso herraje de
su puerta de roble hacíale parecer más antiguo que

cualquiera otra cosa del Nuevo Mundo. Como todas
las pertenencias del crimen, parecía no haber conocido
jamás una era juvenil. Ante este feo edificio, y entre
él y el arroyo de la calle, hallábase un prado en el que
había crecido la bardana, la cizaña y la disforme vegetación que, evidentemente, encontró algo congenial en
el suelo donde tan temprano había nacido la flor negra de la sociedad civilizada: una prisión. Pero, a un
lado de la puerta y arraigado casi en su umbral, había
un rosal silvestre, cubierto, en aquel mes de junio,
con sus más delicadas gemas, que parecían ofrecer su
fragancia y frágil belleza al prisionero que entraba y al
criminal condenado, al salir para ser cumplida su sentencia, en señal de que el profundo corazón de la naturaleza podía compadecerle y ser bondadoso con él.
   Por rara casualidad, aquel rosal habíase conservado
vivo a través de la historia, pero no podemos determi-
nar si es que había sobrevivido simplemente a la antigua y áspera selva, tanto tiempo después de la caída
de los pinos gigantescos o de los robles que lo som-
brearon, o si, como es lógico creer, brotó bajo la
pisada de Santa Ana Hutchinson al entrar en la prisión. Encontrándolo tan directamente en el umbral de
nuestro relato, que va a nacer ahora de tan desfavora-
ble portal, casi no podíamos hacer otra cosa que
arrancar una de sus flores y presentársela al lector.
Quizá esto pudiera servir para simbolizar algún dulce
florecimiento moral que pudiera hallarse en el curso
de esta historia, o para aliviar el oscuro compendio de
una novela de humana fragilidad y tristeza.

II

LA PLAZA DEL MERCADO

Hace no menos de dos siglos, en cierta mañana de verano, el prado frontero a la cárcel de Prison-lane hallábase ocupado por un buen número de habitantes de Boston, cuyos ojos miraban fijamente a la puerta de roble tachonada de férreos clavos. En otro pueblo o en un período más moderno de la historia de Nueva Inglaterra, la inflexible rigidez que petrificaba las barbudas fisonomías de aquella buena gente, hubiese augurado que se preparaba algún horrendo asunto. Hubiese significado la anticipada ejecución de algún famoso culpable, en quien la sentencia de un tribunal legal había confirmado el veredicto del sentir público. Pero en aquella temprana severidad del carácter puritano, no podía sacarse, tan indudablemente, una deducción de esta naturaleza. Pudiera muy bien ser que un esclavo holgazán o un niño desobediente, entregado por sus padres a las autoridades civiles, fuera a ser castigado en la picota. Pudiera ser que algún antinomio, algún cuáquero u otro religioso heterodoxo, hubiera de ser azotado y arrojado de la población, o que un indio vagabundo y perezoso fuera a ser internado en las selvas con el cuerpo lleno de cardenales. También pudiera ocurrir que una hechicera, como la anciana señora Hibbins, la malhumorada viuda del magistrado, fuese a morir en la horca. En cualquier caso, era muy parecido el porte de solemnidad adoptado por los espectadores, como cuadraba a gentes para quienes la religión y la ley eran casi idénticas, y en cuyos caracteres se hallaban ambas tan completamente mezcladas, que tanto el acto de disciplina más suave, como el más severo, era para ellas igualmente venerable y horrendo. Débil y fría en verdad era la simpatía que un transgresor podía buscar en aquellos

espectadores estacionados al pie del patíbulo. Por otra
parte, una penalidad que en nuestros días podría inferir un grado de burla infamante y de ridículo, pudiera
en aquellos tiempos estar investida de tanta dignidad
mayestática como la propia pena de muerte.

En la mañana de verano en que da comienzo nuestro relato, era de notarse la circunstancia de que las
mujeres que se hallaban mezcladas en el grupo apa-
rentaban tener un interés peculiar por cualquier castigo penal que hubiera de aplicarse. La época no era
de tal refinamiento para que cualquier sensación de
impropiedad impidiera a quienes vestían faldas y guar-
dainfantes salir a la vía pública y plantar sus insustan-
ciales personas, si había ocasión, entre la multitud más
cercana al patíbulo, para presenciar una ejecución.
Moral y materialmente, había una fibra más soez en
aquellas esposas y solteras de antiguos origen y educación ingleses, que en sus rectos descendientes, sepa-
rados de ellas por seis o siete generaciones, puesto
que, a través de aquella cadena de ascendencia, cada
madre sucesiva había transmitido a su hija una floración más débil, una belleza más delicada y breve y
una constitución física más ligera, si no un carácter de
menor fuerza y solidez que el suyo. Las mujeres que
se hallaban entonces a la puerta de la prisión, caían
dentro del período menor de medio siglo, desde que
la hombruna Isabel fuera la no del todo impropia representante del sexo. Eran sus campesinas; y la carne
de vaca y la cerveza de su tierra natal, con un régimen
moral ni una pizca más refinado, entraban grandemente en su composición. El brillante sol de la mañana refulgía sobre los anchos hombros y los bien de-
sarrollados bustos y sobre las redondas y coloreadas
mejillas, que habían madurado en la lejana isla y que,
escasamente aún, habían palidecido o adelgazado en
la atmósfera de Nueva Inglaterra. Había, además, una
franqueza y rotundidad en el lenguaje de aquellas ma-

tronas, como en su mayoría parecían serlo, que hoy
nos alarmarían, tanto con referencia a su significado,
como al volumen de su tono.

—Buenas esposas —dijo una dama de cincuenta
años, de duras facciones—. Voy a deciros algo de lo
que pienso. Sería de gran provecho público el que nosotras, siendo de edad madura y bien reputadas como
miembros de la Iglesia, pudiéramos disponer de la ma-
léfica mujer Ester Prynne. ¿Qué pensáis de eso, char-
latanas? ¿Si la pícara hubiese de ser juzgada por las
cinco que nos hallamos juntas en este corrillo, saldría
con una sentencia como la que los honorables magistrados han dictado? ¡No lo creo!

—Dice la gente —replicó otro— que el reverendo
Master Dimmesdale, su piadoso pastor, toma muy a
pecho el que ese escándalo haya llegado a oídos de su
congregación.

—Los magistrados son caballeros temerosos de
Dios, pero compasivos en demasía; ésta es la verdad
—añadió una tercera matrona otoñal—. Por lo menos
debieran haber marcado la frente de Ester Prynne con
un hierro candente. La señora Ester hubiese dado
un respingo ante eso, yo os lo garantizo. ¡Pero a esa
díscola ramera la importará muy poco lo que puedan
colocarle sobre el corpiño de su vestido! ¡Puede que lo
cubra con un broche o con un adorno idólatra por el
estilo, y se pasee por las calles con la misma desver-
güenza de siempre!

—¡Ah! —interpuso, más dulcemente, una joven esposa, que llevaba un niño de la mano—, ¡dejad que
cubra la marca con lo que quiera; siempre tendrá la
espina clavada en el corazón!

—¿Para qué hablamos de marcas y señales, bien las
coloquen sobre el corpiño de su vestido o sobre la
carne de su frente? —gritó otra hembra, la más fea y
despiadada de cuantas se habían constituido en

jueces—. Esta mujer nos ha llenado de vergüenza y debe morir... ¿No hay ley para eso? Ciertamente que sí, tanto en las Escrituras como en el libro de los Decretos. ¡Dejad, pues, que los magistrados, quienes han hecho que aquéllas no tengan efecto, se den las gracias, cuando sus esposas y sus hijas se descarríen!

—¡Piedad para nosotros, buena esposa! —exclamó un hombre del grupo—. ¿Es que no hay más virtud en la mujer que la que dimana de un edificante miedo al cadalso? ¡Eso es lo peor! ¡Y ahora callad, murmuradoras! Ya descorren los cerrojos de la prisión y sale la señora Prynne en persona.

La puerta de la cárcel fue abierta de par en par, desde el interior, apareciendo en primer término, como una sombra negra que sale a la luz del sol, el ceñudo y espantoso macero, con una espada al cinto y la maza de su oficio en la mano. Este personaje prefiguraba y representaba en su aspecto toda la lúgubre severidad del código de la ley puritana que era su obligación administrar al ofensor en su más estrecha y final aplicación. Alargando la maza con su mano izquierda, colocó la derecha sobre el hombro de una mujer joven, guiándola así hacia adelante; todavía en el umbral de la puerta de la cárcel, la joven le rechazó, con un gesto natural de dignidad y de fuerza de carácter, y salió al aire libre como si lo hiciese por propia voluntad. Llevaba en brazos una niña, una criaturita de unos tres meses de edad, que parpadeó y volvió la carita ante la vivísima luz del día, ya que su existencia hasta entonces únicamente le había familiarizado con la luz grisácea del calabozo o con algún otro oscuro departamento de la prisión.

Cuando la joven, madre de aquella niña, apareció plenamente ante la multitud, su primera intención fue la de abrazar a la criaturita fuertemente contra su pecho, no por un impulso de afecto maternal, sino por ocultar cierta marca que llevaba escrita o sujeta a su vestido. Al punto, sin embargo, juzgando sabiamente que una marca de su vergüenza pudiera muy pobremente ocultarla otra, colocó la niña sobre su brazo, y con un rubor abrasador y, no obstante, con sonrisa altanera y una mirada imposible de abatir, miró en su derredor a sus conciudadanos y vecinos. Sobre el pechero de su vestido, sobre un fino paño rojo, rodeada de un complicado bordado de fantásticos floreos de hilo de oro, apareció la letra A. Estaba tan artísticamente hecha y con tanta fertilidad y alegre lujo de la fantasía, que hacía el efecto de un adorno final y adecuado a la ropa que vestía, y era de tal esplendor, con relación al gusto de la época, que sobrepasaba grandemente a cuanto permitían las suntuosas regulaciones de la colonia.

La joven era alta, con una figura de perfecta elegancia en gran escala. Tenía negros y abundantes cabellos, tan satinados que rechazaban, en brillantes reflejos, la luz del sol, y una cara que, siendo hermosa por la regularidad de sus facciones y la riqueza de su complexión, impresionaba con el arqueando de sus cejas y la profundidad de sus ojos negros. Era también elegante, a la manera de la femenina gentileza de aquellos días, caracterizada por cierta majestad y dignidad, más que por la gracia delicada, desvanecedora e idescriptible que hoy se reconoce como su indicación. Y nunca había parecido tan elegante Ester Prynne, en la vieja acepción del término, como cuando salió de la prisión. Los que la conocieron antes y creyeron hallarla ceñuda y oscurecida por una nube desastrosa, se asombraron y aun se alarmaron ante su resplandeciente hermosura, e hicieron una aureola de la desgracia e ignominia en que se hallaba envuelta. Tal vez para un observador sensible hubiera en esto algo exquisitamente doloroso. Su atavío, que, en efecto, había preparado para aquella ocasión en la cárcel, y que en gran parte había modelado su fanta-

sía, parecía demostrar la actitud de su espíritu, el
desesperado atrevimiento de su talante, por su peculiaridad agreste y pintoresca. Pero el punto que con-
centraba todas las miradas y transfiguraba a la que lo
llevaba de tal modo, que hombres y mujeres que habían estado familiarmente relacionados con Ester
Prynne se hallaban entonces impresionados como si la
vieran por vez primera, era la letra rota, tan fantásticamente bordada e iluminada sobre su pecho. Producía el efecto de un hechizo que, separándola de las relaciones comunes con la humanidad, la encerrase en
una esfera propia.

—Fue habilidosa en la aguja, eso es cierto —hizo
notar una espectadora—; ¿pero hubo jamás mujer alguna que antes de esta fogosa buena pieza ideara un
medio semejante de lucirla? ¿Qué es eso sino un medio de reírse en la cara de nuestros venerables magistrados y convertir en orgullo lo que ellos pensaron
fuese un castigo?

—No estaría mal —murmuró la vieja dama de cara
más dura— que arrancásemos a jirones de sus deli-
cados hombros el rico vestido; y en cuanto a la letra
roja, que tan curiosamente ha bordado, yo le daría un
trozo de mi franela contra el reuma para que fuese
más apropiado.

—¡Haya paz, vecinas, haya paz! —añadió la compañera más joven—. ¡Que no os oiga! No hay puntada
en esa letra bordada que no la haya sentido en su corazón.

El lúgubre macero hizo entonces un gesto con la
maza.

—¡Haced puesto, buena gente; haced puesto en
nombre del rey! —gritó—. ¡Abrid paso, y yo os prometo que la señora Prynne será colocada en sitio
donde hombres, mujeres y niños puedan contemplarla
en su brava apariencia, desde este instante hasta una

hora pasado el meridiano! ¡Bendita sea la honrada colonia de Massachusetts, donde la iniquidad es sacada a la luz del sol! ¡Venid, señora Ester, y lucid vuestra letra roja en la plaza del mercado!

Se abrió camino entre el tropel de espectadores. Precedida del macero y acompañada por una irregular procesión de hombres ceñudos y mujeres de rostros desagradables, dirigióse Ester Prynner hacia el lugar designado para su castigo. Un grupo de jovenzuelos estudiantes, impacientes y curiosos, no comprendiendo de lo que entre manos se llevaba más que el que les habían concedido medio día de vacación, corrían ante ella, volviéndose continuamente a mirar a la castigada, al bebé que parpadeaba en sus brazos y a la ignominiosa letra que lucía sobre su pecho. En aquellos tiempos no era grande la distancia que mediaba desde la cárcel a la plaza del mercado. No obstante, medida por la experiencia de la prisionera, debió parecerla un largo viaje, puesto que, a pesar de su altiva actitud, sentía una mortal agonía a cada paso que daban los que se estrujaban por contemplarla, como si su corazón hubiera sido arrojado al arroyo para que fuese despreciado y pisoteado. Sin embargo, hay en nuestra naturaleza una provisión, a la vez maravillosa y compasiva, por la que quien sufre no conoce jamás la intensidad de lo que padece por la tortura del momento presente, sino principalmente por la angustia que deja detrás. Así pues, Ester Prynne pasó por aquella parte de su prueba con serena actitud, y llegó a una especie de patíbulo establecido en el lado oeste de la plaza del mercado. El tablado se hallaba bajo el alero de la iglesia más antigua de Boston, y parecía ser allí una cosa fija.

En realidad, este patíbulo constituía una parte de la máquina de castigo que ahora, para dos o tres generaciones ya pasadas, ha sido meramente histórica y tradicional entre nosotros, pero que en los antiguos

tiempos fue mantenida como un agente efectivo en la
promoción de los buenos ciudadanos, como lo fue la
guillotina entre los terroristas de Francia. Era, en
suma, la plataforma de la picota, y sobre ella se alzaba el marco de ese instrumento de disciplina tan en
uso para aprisionar la cabeza humana y mantenerla así
ante las miradas del público. La propia idea de la ignominia tomaba cuerpo y se hacía manifiesta en aquella invención de hierro y madera. No puede haber ul-
traje, me parece (cualquiera que sea la delincuencia
del individuo), más flagrante que prohibir al culpable
esconder su rostro a la vergüenza, como era la esencia
de este castigo. En el caso de Ester Prynne, sin embargo, y no poco frecuente en otros, su sentencia era
la de permanecer de pie en la plataforma durante
cierto tiempo, pero sin que aquella abrazadera opri-
miese su cuello y sujetase su cabeza, cuya propiedad
era la más diabólica característica de tan horrorosa
máquina. Conociendo bien su papel, ascendió los escalones de madera, mostrándose a la multitud que la
rodeaba a la altura de un hombre sobre el nivel de la
calle.

De haber habido un pianista entre el grupo de puritanos, hubiese visto en aquella hermosa mujer, tan
pintoresca en su atavío y porte y con la niña al pecho,
un objeto que le recordase la Divina Maternidad, que
tantos pintores ilusorios rivalizaron entre sí por representar; algo que le recordase, en efecto, pero sólo por
contraste, aquella imagen sagrada de maternidad sin
pecado, cuyo hijo había de redimir al mundo. Allí estaba la mancha del más hondo pecado en la más sagrada cualidad de la vida humana, haciendo tal efecto,
que solamente el mundo era el que oscurecía la belleza de aquella mujer y causaba la pérdida mayor a la
criaturita que había dado a luz.

En la escena no faltaba la mezcla de pavor, que
debe siempre investir el espectáculo de culpa y ver-

güenza en el prójimo, mientras la sociedad no se haya corrompido lo bastante para sonreír en vez de temblar ante ella. Los testigos de la desgracia de Ester Prynne no habían pasado de su simplicidad. Hallábanse lo bastante serenos para haber presenciado su muerte, si ésta hubiera sido su sentencia, sin un murmullo por su severidad; pero no poseía la falta de corazón de otro estado social que no hubiese encontrado en una exhibición como la presente sino un tema de burla. Aunque hubiera existido una disposición para convertir el asunto en ridículo, hubiese sido reprimida y vencida por la solemne presencia de hombres no menos dignificados que el gobernador y varios de sus consejeros, un juez, un general y los ministros de la población; todos los cuales hallábanse de pie o sentados en el balcón del templo protestante, mirando a la plataforma. Cuando tales personajes podían constituir una parte del espectáculo, sin arriesgar la majestad o reverencia de su rango o de su cargo, podía seguramente deducirse que la imposición de una sentencia legal habría de tener un pronto y efectivo significado. Consecuentemente, la multitud se hallaba grave y sombría. La infortunada culpable se sostenía, lo mejor que una mujer podía hacerlo, bajo la pesada mirada de millares de ojos implacables, todos ellos fijos sobre ella y concentrados sobre su pecho. Se hacía asi intolerable el haber nacido. Su carácter impulsivo y apasionado habíala fortificado para afrontar los aguijones y ponzoñosas puñaladas de la injuria pública, coléricos en toda la variedad del insulto; pero había una cualidad mucho más terrible en la solemne forma de la imaginación popular, para que ella dilatase, más bien que mantuviese, todas aquellas rígidas continencias, retorcidas con insolente regocijo. Si de aquella multitud saliese un rugido o una carcajada, a los que cada hombre, cada mujer y cada pequeñuelo de voz chillona contribuyesen individualmente, Ester Prynne les hubiese pagado con una sonrisa amarga y desdeñosa. Pero bajo la pesada pena que era su sino soportar, había momentos en que sentía como un deseo necesario de gritar con toda la fuerza de sus pulmones, y arrojarse sobre la multitud desde el tablado, o volverse loca al punto.

No obstante, había intervalos en que toda la escena, de la que era el objeto más conspicuo, parecía borrarse de sus ojos, o, por lo menos, brillar confusamente ante ellos, como una masa de imágenes espectrales imperfectamente dibujadas. Su cerebro, y especialmente su memoria, eran preternaturalmente activos y continuaban conservando otras escenas distintas a aquella que se desarrollaba en la calle de la pequeña población, al borde del bosque del Oeste; otras caras que descendían sobre ella desde debajo de las alas de aquellos altos sombreros. Volvían a su memoria las reminiscencias más fútiles e inmateriales, pasajes de su infancia y de los días del colegio, los juegos, las riñas de chiquillos y los pequeños castigos domésticos de sus días de soltería, entremezclados con recuerdos de cuanto constituyera mayor gravedad en sucesivos días; una pintura era tan precisamente viva como la otra, como si todo fuese de igual importancia. Es posible que fuera una invención de su espíritu para aliviarse a sí propio, con la exhibición de estas formas fantasmagóricas, del peso y la dureza de la realidad.

Pero aunque así fuese, el tablado de la fiesta era un punto de vista que revelaba a Ester Prynne la completa senda por la que había caminado desde su alegre niñez. De pie en aquella miserable eminencia, vio de nuevo su villa natal en la Vieja Inglaterra, y el hogar de sus padres; una decaída casa de piedra gris, con aspecto de haber venido a menos, pero manteniendo sobre el portal un medio borrado escudo de armas, en señal de su antigua nobleza. Vio la cara de su padre, con su ancha frente y la venerable barba blanca que flotaba sobre la gorguera usada en los antiguos tiempos de Isabel; la de su madre, también, con la mirada de amor anhelante y cautelosa, que siempre conservaba en su recuerdo y que, aun desde su muerte, había sido, con tanta frecuencia, un impedimento de gentil protesta en la senda que seguía su hija. Vio su propia cara, brillando con belleza juvenil e iluminado todo el interior del oscuro espejo, al cual había deseado mirar. Apreció allí otro rostro, el de un hombre bien entrado en años, pálido, delgado, con aspecto de letrado, con ojos legañosos y apagados por la luz de la lámpara, que le sirvieron para caer sobre muchos libros imponderables. No obstante, aquellos ojos legañosos, cuando su propietario se proponía leer en el alma humana, tenían un poder extraño y penetrante. Esta figura del estudio y del claustro, que la fantasía femenina de Ester Prynne no pudo menos de recordar, estaba ligeramente deformada, con el hombro izquierdo un poquito más alto que el derecho. Después se alzaron ante ella, en la galería pictórica de su memoria, las calles intrincadas y estrechas, las altas casas grises, las enormes catedrales y los edificios públicos, antiguos por su fecha y raros por la arquitectura, de la ciudad continental, donde una nueva vida la hubiese aguardado, aun en relación con el desgraciado letrado; una nueva vida, pero alimentada con materiales ganados al tiempo, como el penacho de verde musgo sobre un muro ruinoso. Por último, en lugar de estas escenas mudables, volvió a ver la plaza del mercado del establecimiento puritano, con todas las gentes de la población reunidas en ella, elevando hasta Ester Prynne sus miradas severas; ¡sí, hasta ella, que se hallaba de pie sobre el tablado de la picota, con una criatura en brazos, y la letra A, en rojo, fantásticamente bordada con hilo de oro, sobre su pecho!

¿Podía ser aquello cierto? Tan fieramente apretó a la criaturita contra su pecho, que ésta lanzó un grito;

volvió ella la vista hacia abajo, hacia la letra roja, y
hasta la tocó con su dedo, para convencerse de que
aquella niña y aquella vergüenza eran reales. ¡Sí!
¡Aquéllas eran sus realidades; todo lo demás se había
desvanecido!

III

EL RECONOCIMIENTO

La portadora de la letra roja sintió, por fin, alivio a
su intensa pena por ser objeto de severa observación,
al ver, entre los más alejados del grupo, una figura
que irresistiblemente tomó posesión de sus pensamientos. Un indio, vistiendo su traje nativo, se hallaba allí de pie; pero los hombres rojos no eran visitantes tan infrecuentes de los Estados ingleses, para
que uno de ellos hubiese llamado la atención de Ester
Prynne en aquella hora, y mucho menos para excluir
todos los demás objetos e ideas de su imaginación.
Junto al indio, e indudablemente sosteniendo compañerismo con él, había un hombre blanco vistiendo,
con extraño desgaire, un traje civilizado de salvaje.
Era pequeño de estatura, de cara arrugada, pero
que aún no podía considerarse vieja. Demostraban sus
facciones una notoria inteligencia, como la de una persona que hubiese cultivado de tal modo su parte mental, que no hubiera podido por menos de moldearla y
hacerla manifiesta con señales inconfundibles. Aunque
por el aparente descuido de su atavío heterogéneo había procurado ocultar o disimular cierta característica,
advirtió Ester Prynne que uno de los hombros de
aquel hombre levantaba más que el otro. En cuanto
percibió la enjuta fisonomía y la ligera deformidad de
su figura, oprimió Ester la criaturita nuevamente con-

tra su pecho, con fuerza tan convulsiva, que el pobre bebé lanzó otro grito de dolor. Mas la madre no pareció oírlo.

Cuando llegó a la plaza del mercado, y antes de que le viese, el extranjero había puesto sus ojos en Ester Prynne. Al principio con descuido, como un hombre acostumbrado principalmente a mirar dentro de sí y para quien los asuntos exteriores son de poco valor e importancia, de no tener relación con algo que bullese en su cerebro. Muy pronto, sin embargo, su mirada se tornó aguda y penetrante. Un horror doloroso se reflejó, retorciéndose en sus facciones, cual si una culebra se escurriera suavemente sobre ellas, haciendo una pequeña pausa con todas sus trenzadas evoluciones a la vista. Su cara se oscureció por efecto de alguna emoción poderosa; mas, no obstante, la dominó tan pronto con un esfuerzo de su voluntad que, salvo un solo momento, su expresión hubiese pasado por la de la tranquilidad. Después de breve espacio, la convulsión se hizo casi imperceptible y, finalmente, perdióse en las profundidades de su naturaleza. Cuando vio los ojos de Ester Prynne fijos en los suyos y que ella parecía haberle reconocido, alzó un dedo despacio, y, con tranquilidad, hizo un gesto con él en el aire y se lo llevó a los labios.

Entonces, tocando en el hombro a un ciudadano próximo a él, preguntóle formal y cortésmente:

—Perdone usted, buen señor; ¿quién es esa mujer? ¿Por qué la exponen a la vergüenza pública?

—Por fuerza debe ser usted extraño a esta región, amigo mío —respondió el ciudadano mirando con ansiedad a su interlocutor y a su salvaje compañero—, pues de lo contrario hubiese usted oído hablar de la señora Ester Prynne y de sus malas hazañas. Ha promovido un gran escándalo, se lo aseguro, en la iglesia del venerable Master Dimmesdale.

—Dice usted muy bien. Soy forastero y he sido va-

gabundo, tristemente, contra mi voluntad. He tropezado, por mar y tierra, con desgracias desconsola-
doras, y he permanecido como cautivo entre la gente
atea del sur; ahora me ha traído aquí este indio para
ser redimido de mi cautivero. ¿Así pues, será usted
tan amable que me cuente algo de Ester Prynne, si es
que la he nombrado acertadamente? ¿Algo de las
ofensas que esa mujer haya causado y el motivo de
verla ahí sobre la picota?

—Ciertamente, amigo mío; y de fijo que alegrará su
corazón después de sus trastornos y de su permanencia en la selva —dijo el ciudadano—. Se halla usted
ahora en una tierra donde se busca la iniquidad y se
castiga ante al vista de los regidores y del pueblo: en
nuestra piadosa Nueva Inglaterra. Ha de saber usted,
señor, que esa mujer fue esposa de cierto sabio, inglés
de nacimiento, pero que vivió muchos años en Amster-
dam, hasta que hace algún tiempo se le ocurrió venir a
probar fortuna entre nosotros los de Massachusetts. A
este propósito envió por delante a su esposa, permaneciendo él allí para solventar algunos asuntos necesa-
rios. Durante los dos años, o menos, que esta mujer
ha vivido en Boston, no se han tenido noticias del sabio caballero, quedando ella, por tanto, abandonada a
su propio cuidado.

—¡Ah, ah! Os comprendo —dijo el forastero con
una amarga sonrisa—. El sabio caballero, como usted
dice, debió haber aprendido también eso en sus libros.
¿Y quién, si me hace usted el favor, puede ser el
padre de esa criatura, que supongo tendrá unos
tres o cuatro meses, y que la señora Prynne lleva
en brazos?

—En verdad, amigo, ese asunto ha resultado un
enigma, y el Daniel que haya de interpretarlo es todavía desconocido —contestó el ciudadano—. La señora
Ester se negó a hablar en absoluto, y los magistrados
se han atormentado la cabeza en vano. Afortunada-

mente, la culpable está viendo este triste espectáculo, ocultando al hombre y olvidando que Dios le ve.

—El hombre sabio —observó el forastero con otra sonrisa— debiera venir para indagar personalmente en el misterio.

—Eso sería bueno si viviese. Ahora, buen señor, la magistratura de Massachusetts, considerando que esta mujer es joven y bella y que indudablemente fue impelida por la fuerza a su caída, y que además, como es lo más probable, su marido puede estar en el fondo del mar, no han dudado en poner en ejecución contra ella el mayor castigo de nuestra rigurosa ley. La pena, por consiguiente, es la de muerte. Pero su gran benignidad y ternura de corazón les ha llevado a castigar a la señora Prynne a permanecer, solamente durante tres horas, sobre la plataforma de la picota, y a llevar en ese acto y por el resto de su vida, una señal infamante sobre su pecho.

—¡Sabia sentencia! —hizo notar el forastero, bajando gravemente la cabeza—. Así pues, será un sermón viviente contra el pecado, hasta que la ignominiosa letra sea esculpida sobre su tumba. Me encocora, sin embargo, que el partícipe de su iniquidad no se halle, al menos, junto a ella en el patíbulo. ¡Pero se sabrá quién es! ¡Se conocerá! ¡Se conocerá!

Saludó cortésmente al comunicativo ciudadano, y, diciendo algunas palabras en voz baja al indio que le acompañaba, internáronse ambos entre la multitud.

Mientras esto había ocurrido, Ester Prynne permaneció de pie sobre su pedestal, sin apartar la mirada del forastero; una mirada tan fija que, en momentos de intensa absorción, todos los demás objetos del mundo visible parecían esfumarse, quedando solamente él y ella. Tal entrevista hubiese sido quizá más terrible que encontrarle, como lo hizo ahora, con el ardiente sol de mediodía abrasando su rostro y alumbrando su vergüenza, con la roja señal de la infamia sobre su pecho, con la criatura nacida en el pecado

en sus brazos, con todo un pueblo, arrastrado como a
un festival, contemplando la fisonomía que debiera
tan sólo ser contemplada en la tranquila luz del hogar,
en la alegre sombra de su casa o bajo el velo matro-
nal, en la iglesia. A pesar de ser esto tan espantoso
estaba consciente de un refugio en presencia de aquel
millar de testigos. Era mejor permanecer así con
tantas gentes entremezcladas con él y ella, que encontrarse con él cara a cara, los dos solos. Sintió como si
volara a refugiarse bajo la pública exposición, temiendo el momento en que su protección le fuera retirada. Envuelta en estos pensamientos, escasamente
oyó una voz tras ella, hasta que repitió su nombre varias veces, en tono fuerte y solemne, para que fuese
oído por toda la multitud.

—¡Escúchame, Ester Prynne! —dijo la voz.

Ya se ha dicho que, frente a la plataforma en que
se hallaba la culpable, había una especie de balcón o
galería abierta del templo. Era el sitio desde donde
debía ser hecha la proclamación, entre una asamblea
de magistrados, con todo el ceremonial que reclamaban en aquellos tiempos tales observancias públicas.
Para presenciar la escena que describimos, sentábase
allí el gobernador Bellingham en persona, con cuatro
alguaciles junto a su silla, armados de alabardas, dándole guardia de honor. Adornaba su sombrero una
pluma oscura, y la capa que cubría su túnica de terciopelo negro tenía bordada un cenefa; era un caballero
de edad avanzada, con una dura experiencia marcada
en sus arrugas. Apropiado para ser cabeza y representante de una comunidad que debía su origen y progreso
y su presente estado de desarrollo, no a los impulsos de
la juventud, sino a las energías severas y templadas de la
humanidad y a la sombría sagacidad de los años, que
realizaba aquello, porque, precisamente era tan poco
lo que imaginaba y esperaba. Los otros personajes
eminentes de quienes se hallaba rodeado el regidor-

jefe se distinguían por un empaque de dignidad perteneciente a cierto período en el que la autoridad parecía poseer la santidad de las instituciones divinas. Había allí, sin duda, hombres buenos, justos y sabios. Pero entre toda la familia humana, no hubiera sido fácil elegir igual número de personas sabias y virtuosas, que fuesen menos capaces de sentarse a juzgar el extravío de un corazón de mujer, y desenmarañar la mezcolanza del bien y del mal, como los sabios de aspecto rígido hacia quienes Ester Prynne volvía entonces sus ojos. Abrigaba ésta la sensación de que cualquier simpatía que pudiese despertar yacía en el corazón más grande y ardoroso de la multitud, porque, al levantar la mirada hasta el balcón, la desgraciada mujer palideció y tembló.

La voz que había llamado su atención era la del reverendo y famoso Juan Wilson, el clérigo más antiguo de Boston, gran letrado, como la mayoría de sus contemporáneos en la profesión y, además, hombre amable y de espíritu genial. Este último atributo, sin embargo menos cuidadosamente desarrollado que sus dones intelectuales, constituía, en realidad, más una materia de vergüenza que una propia congratulación. Allí estaba, en pie, bordeando su casquete un círculo de cabellos blancos, mientras sus ojos grises, acostumbrados a la cernida luz de su despacho, guiñaban, como los de la niña de Ester, ante la inadulterada luz solar. Se parecía a los oscuros retratos grabados que se ven antepuestos a los volúmenes antiguos de sermones; y no tenía más derecho que uno de aquellos retratos pudiera tener, para adelantarse, como ahora lo hizo, entrometiéndose en una cuestión de culpa humana, de pasión y de angustia.

—Ester Prynne —dijo el clérigo—, he venido hasta aquí con mi joven hermano, bajo cuya predicación has tenido el privilegio de sentarte. —Entonces el señor Wilson puso la mano sobre el hombro de un joven pá-

lido que se hallaba a su lado—. He tratado de persuadir a este piadoso joven para que viniese a tratar contigo, aquí, ante el cielo, ante estos regidores sabios y
justicieros, para que sean oídas por todas estas gentes
la vileza y negrura de tu pecado. Conociendo tu natural temperamento mejor que yo, podía juzgar con
mayor acierto los argumentos que debieran emplearse,
ya de ternura o de terror, para que prevalecieran sobre tu terquedad y obstinación, para que no ocultes
por más tiempo el nombre de aquel que te indujo a la
falta dolorosa. Pero opone a mi parecer, con dema-
siada suavidad para un joven, por muy sabio que sea
para su edad, que sería equivocar la propia naturaleza
de una mujer forzarla a abrir de par en par los secretos de su corazón, ante tan plena luz del día, y en
presencia de una multitud tan numerosa. Como es
justo, he tratado de convencerle de que la vergüenza
está en la comisión del pecado y no en hacerlo ver
después. ¿Qué dices a esto, una vez más, hermano
Dimmesdale? ¿Has de ser tú o he de ser yo quien
haya de bregar con el alma de esta pobre pecadora?

Hubo un murmullo entre los dignificados y reve-
rendos ocupantes del balcón, y el gobernador Bellingham dio expresión a este significado, diciendo con voz
autoritaria, si bien suavizada por el respeto hacia el
joven clérigo a quien se dirigía:

—Buen Master Dimmesdale, la responsabilidad del
alma de esta mujer está grandemente en sus manos. A
usted le incumbe, pues, exhortarla al arrepentimiento
y a que confiese, como prueba y consecuencia de él.

La rectitud de esta apelación enderezó todas las miradas de la multitud hacia el reverendo señor Dimmesdale, joven clérigo que procedía de una de las
grandes universidades inglesas, trayendo toda la ciencia de la época a nuestra extensa tierra selvática. Su
elocuencia y fervor religioso habíanle proporcionado
una temprana y alta eminencia en su profesión. Era

persona de aspecto atrayénte, de frente alta, blanca e
inminente, de grandes ojos castaños y melancólicos, y
con una boca que, a menos que forzosamente la ce-
rrase, era trémula, expresando una nerviosa sensibilidad y un vasto poder de propio dominio. A pesar de
sus altos dones y de sus logros como hombre sabio,
había en el joven ministro un aire, una aprensión, una
alarma, una mirada medio temerosa, cual la de un ser
que se sintiese extraviado por completo en la senda de
la vida humana y no pudiera estar a sus anchas sino
en su propio retraimiento. Así pues, hasta tanto se lo
permitiesen sus deberes, caminaba por las sendas cer-
canas y sombrías, manteniéndose así sencillo y pueril,
adelantándose, cuando era ocasión, con una frescura,
una fragancia y una pureza de pensamiento que, como
mucha gente decía, impresionaba como la palabra de
un ángel.

Tal era el joven a quien el reverendo señor Wilson
y el gobernador habían presentado, tan abiertamente,
al público, invitándole a hablar, al alcance de todos
los oídos, a aquel misterio del alma de una mujer, tan
sagrado aun en su corrupción. La penosa naturaleza
de su posición hizo que sus mejillas palideciesen y que
sus labios temblasen.

—¡Habla a la mujer, hermano mío —dijo el señor
Wilson—, si es el momento adecuado para su alma y,
como dice el honorable gobernador, trascendental
para la tuya, a cuyo cargo está la de ella! ¡Exhórtala a
que confiese la verdad!

El reverendo señor Dimmesdale humilló la cabeza,
en callada oración, al parecer, y luego se adelantó, e
inclinándose sobre el balcón y mirándola fijamente a
los ojos, dijo:

—¡Ester Prynne, ya oyes lo que dice este buen
hombre y ves la responsabilidad bajo la que obro! ¡Si
crees que sea para la paz de tu alma y para que tu
castigo terrenal sea, por tanto, más efectivo para tu

salvación, te ordeno que digas el nombre de tu compañero de pecado y compañero de sufrimiento! No calles por cualquier piedad equivocada o ternura hacia él; porque, créeme, Ester, aunque tuviese que descender desde un alto puesto y permanecer de pie junto a ti, sobre tu pedestal de vergüenza, mejor sería así que ocultar un corazón culpable durante toda la vida. ¿Qué puede hacer por él tu silencio, sino tentarle, impulsarle a añadir hipocresía al pecado? El cielo te ha concedido una ignominia patente para que así puedas obtener un triunfo, patente también, sobre tu maldad, y sin ello la tristeza. Cuida de cómo le rehúsas a él, que por casualidad no tuvo el valor de cogerla para sí, la amarga pero saludable copa que ofrece a tus labios.

La voz del joven pastor sera temblorosamente dulce, rica, honda y quebradiza. El sentimiento que tan evidentemente manifestaba, más bien que el significado directo de las palabras, hizo que vibrase en todos los corazones y llevó a todos los oyentes a un acuerdo de simpatía. Hasta el pobrecito bebé, colgado del pecho de su madre, sintióse afectado con la misma influencia, porque dirigió su hasta entonces vaga mirada hacia el señor Dimmesdale, y levantó los bracitos con un murmullo medio de complacencia y de súplica. Tan poderosa pareció la apelación del ministro, que la gente no podía sino creer que Ester Prynne iba a pronunciar el nombre del culpable, o que el mismo culpable, cualquiera que fuese su posición, sería impulsado a adelantarse por una necesidad interna e inevitable, y ascendería las gradas del patíbulo.

Ester movió la cabeza.

—¡Mujer, no traspases los límites de la piedad del cielo! —gritó el reverendo señor Wilson, con más acritud que antes—. Ese pequeñín ha sido dotado de una voz para secundar y afirmar lo que has oído. ¡Pronuncia el nombre! Eso y tu arrepentimiento podrán servir para que sea arrancada de tu pecho la letra roja.

—¡Jamás! —replicó Ester, no mirando al señor Wilson, sino a los profundos y trastornados ojos del clérigo más joven—. ¡Está marcada muy hondamente! ¡Tú no puedes arrancarla! ¡Y yo, si lo hiciese, sufriría su agonía y la mía!

—¡Habla, mujer! —dijo otra voz, fría y severamente, que salió del grupo más cercano al patíbulo—. ¡Habla, y da un padre a tu hijo!

—¡No hablaré! —respondió Ester, tornándose pálida como la muerte, pero contestando a aquella voz que también, seguramente, había reconocido—. ¡Y mi niña buscará un padre celestial; nunca conocerá uno terrenal!

—¡No hablará! —murmuró el señor Dimmesdale, quien, inclinándose fuera del balcón, con la mano sobre su pecho, había esperado la respuesta a su apelación—. ¡Maravillosa fortaleza y generosidad del corazón de una mujer! ¡No hablará!

Discerniendo el impracticable estado del cerebro de la pobre culpable, el clérigo más anciano, que se había preparado cuidadosamente para la ocasión, dirigió a la multitud un sermón sobre el pecado, en todas sus ramificaciones, pero con una continua referencia a la letra ignominiosa. Tan tenazmente insistió sobre aquel símbolo durante la hora o más tiempo que sus períodos bullían en los cerebros de las gentes, que llevó nuevos terrores a sus imaginaciones y pareció que derivaba su resplandor rojo de las llamas del abismo infernal. Ester Prynne, mientras tanto, mantuvo su sitio sobre el pedestal de vergüenza, con ojos vidriados y aire de fatigosa indiferencia. Había dado aquella mañana todo cuanto la naturaleza podía soportar; y como su temperamento no era de esa clase que escapa, por desmayo, a un intenso sufrimiento, su espíritu no podía cobijarse más que bajo una corteza pétrea de insensibilidad, mientras permanecían intactas todas las facultades de su vida animal. En este estado, la voz

del predicador tronaba, sin remordimiento, pero inefi-
cazmente, en sus oídos. La criaturita, durante la última parte de su prueba, hirió el aire con sus gemidos
y sus gritos; ella se esforzó por acallarla, mecánica-
mente, pero parecía simpatizar muy poco con su per-
turbación. Se la volvió a llevar a la prisión en la
misma forma ruda, desapareciendo de las miradas del
público, tras el portalón tachonado de clavos de hierro. Los que se acercaron a husmear dijeron que la letra roja, a lo largo del oscuro pasadizo interior, despe-
día un resplandor espeluznante.

IV

LA ENTREVISTA

Después de su vuelta a la prisión, Ester Prynne hallábase en tal estado de excitación nerviosa, que fue
preciso ejercer sobre ella una gran vigilancia para evitar que cometiera algún acto de violencia contra sí
misma o contra la pobre criatura. Como anocheciese y
el carcelero juzgara imposible reprimir su insubordina-
ción con repulsas y amenazas de castigo, Master Brackett, que así se llamaba el carcelero, creyó prudente la
presencia de un médico. Brackett hizo la descripción
de éste como hombre habilidoso en todas las modalidades cristianas de la ciencia médica, así como hallarse familiarizado con cuanto la gente salvaje pudiera
enseñar respecto a hierbas medicinales y raíces cre-
cidas en la selva. A decir verdad, había gran necesidad de asistencia médica, no solamente para Ester,
sino, con más urgencia, para la niña, quien manteniéndose del seno maternal, parecía haber ingerido
con aquella alimentación todo el disturbio, toda la angustia y desesperación que llenaban el sistema de la
madre. La niña se retorcía con dolorosas convulsiones,

y su cuerpecito era el reflejo de la agonía moral pade-
cida por Ester Prynne durante todo el día.

Siguiendo de cerca al carcelero, penetró en el lúgubre departamento aquel individuo de extraño aspecto,
cuya presencia entre el público tanto había interesado
a la portadora de la letra roja. Fue alojado en la cárcel, no como sospechoso de cualquier ofensa, sino como
medio más conveniente y apropiado para disponer de él
en tanto los magistrados hubiesen conferenciado con los
caciques indios respecto a su rescate. Anuncióse con el
nombre de Roger Chillingworth. El carcelero, después
de hacerle entrar en la celda, permaneció un momento
maravillado ante la comparativa tranquilidad que siguió a su entrada, puesto que Ester Prynne quedó inmediatamente como muerta, si bien la niña continuó
quejándose.

—Le ruego, amigo, me deje a solas con la paciente
—dijo el médico—. Confíe usted en mí, muy en breve
reinará la paz en su casa, y le prometo que la señora
Prynne será más amable para su justiciera autoridad
de lo que hasta ahora lo haya sido.

—¡Si es usted capaz de realizar lo que dice —respondió Brackett— le consideraré como un hombre
realmente hábil! Esta mujer ha estado como poseída y
ha faltado poco para que no se decidiera a sacarla los
demonios del cuerpo a fuerza de latigazos.

El forastero penetró en la celda con la tranquilidad
característica de la profesión que había dicho tener. Su
modo de conducirse no cambió al salir el carcelero, de-
jándole frente a frente con la mujer que permaneciera
absorta al notar su presencia entre el grupo, como si entre ambos hubiera habido una relación íntima. Sus primeros cuidados fueron para la niña, cuyos gritos, mientras se retorcía en la carriola, hacían de perentoria necesidad posponer todo auxilio a la madre. Examinó a la
criatura cuidadosamente, y después comenzó a abrir
una cartera de cuero que extrajo de debajo de su

traje. Parecía contener preparados médicos, uno de los cuales mezcló en una taza con agua.

—Mis antiguos estudios de alquimia —observó— y mi permanencia durante más de un año entre gente muy versada en las buenas propiedades de la herborización, han hecho de mí un médico mejor que muchos de los que ostentan ese título. ¡Ya ves, mujer! La niña es tuya, no es nada mío, ni reconocerá mi voz ni mi aspecto como los de un padre. Adminístrale, pues, esta droga con tu propia mano.

Ester rechazó la medicina ofrecida, mirando al médico fijamente con marcada aprensión.

—¿Serías capaz de vengarte con la inocente niña? —murmuró la madre.

—¡Oh, mujer loca! —respondió el médico, en un tono mezcla de frialdad y de consuelo—. ¿Qué habría de inducirme para hacerle daño a esa criatura bastarda y miserable? ¡La medicina es buena, como si fuese para mi propia hija, tan mía como tuya! Nada mejor podría hacer por ella.

Como todavía dudasc, puesto que, realmente, no se encontraba Ester en buen estado de razón, cogió la criatura en sus brazos y él mismo le administró la droga. Pronto probó su eficacia, borrando toda aprensión. Se apaciguaron los quejidos de la enfermita, cesó gradualmente su agitación convulsiva, y en pocos momentos, como ocurre con los niños cuando se les alivia de una pena, cayó en un profundo y tranquilo sueño. El médico, como tenía derecho a que se le llamase, dedicóse después a atender a la madre. Con calma y detención tomóle el pulso, le observó los ojos (mirada que hizo desmayar y temblar su corazón, por serle tan familiar y, sin embargo, tan extraña y fría) y, por último, satisfecho de la investigación, comenzó a mezclar otra droga.

—No conozco a Leteo ni a Nepente —hizo notar—, pero he aprendido muchos secretos nuevos en las

selvas, y he aquí uno de ellos; una receta que me en-
señó un indio a cambio de mis lecciones, que eran tan
viejas como Paracelso. ¡Bébela! Puede que sea menos
confortante que una conciencia sin pecado. Ésta no
puedo dártela. Pero calmará tu pasión agitada, como
el aceite arrojado sobre las olas de un mar tempestuoso calma las iras de la tempestad.

Presentó la taza a Ester, quien la tomó, dirigiéndole
una mirada lenta e inquieta, no precisamente una mirada de temor, sino de duda, interrogante, como si
tratase de indagar cuál fuera su intento; también miró
a su niña dormida.

—He pensado en la muerte —dijo ella—, la he deseado, hasta hubiese rezado pidiéndola, si yo pudiera
rezar por algo. Sin embargo, si la muerte se encuentra
en esta taza, te ruego de nuevo recapacites antes de
que la beba de un trago. ¡Mira! Aún está apoyada en
mis labios.

—¡Bébela! —replicó él con la misma fría compos-
tura—. ¿Tan poco me conoces, Ester Prynne? ¿Tan
triviales han de ser mis propósitos? Aunque imaginase
un plan de venganza, ¿qué cosa mejor podía hacer
para mi propósito que dejarte vivir, dándote las medicinas contra todo daño y peligro de la vida, para que
esta vergüenza ardiente pueda todavía flamear sobre
tu pecho? —Y conforme hablaba señaló con su largo
dedo índice la letra roja, que pareció abrasar en el
acto su pecho, cual si hubiese estado al rojo. Notó él
su gesto involuntario y sonrió. —¡Vive, pues, y lleva
contigo tu sentencia, ante los ojos de hombres y mujeres, ante los ojos del que llamaste esposo, ante los
ojos de esa niña! ¡Y para que puedas vivir, toma esta
droga!

Sin más dilación, Ester Prynne bebió la droga y, a
una señal del hombre habilidoso, sentóse sobre la
cama donde reposaba la niña; acercó él al lecho la
única silla que había en la celda y sentóse junto a Es-

ter. Ésta no pudo menos de temblar ante aquellos preparativos, pues presintió que, habiendo hecho cuanto la humanidad, los principios o una crueldad refinada la indujeron a ello, para alivio de los sufrimientos físicos, iba a tratar con ella como el hombre a quien había injuriado más honda e irreparablemente.

—Ester —dijo el hombre—, no pregunto dónde ni cómo has caído en el abismo, o, mejor dicho, cómo has ascendido al pedestal de infamia donde te he encontrado. La razón no está lejos para ser indagada. Fue mi insensatez y tu debilidad. Yo, el hombre de pensamiento, la polilla de las grandes bibliotecas, un hombre ya en decadencia, que había dado sus mejores años para alimentar el sueño hambriento de la sabiduría, ¿qué había de hacer con una juventud y una belleza como las tuyas? Deformado desde la hora en que nací, ¿cómo había de alucinarme con la idea de que los dones intelectuales podían cubrir la deformidad física en la imaginación de una muchachita? Los hombres me llaman sabio... Si los sabios fueran siempre sabios para su propio provecho, yo debiera haber previsto todo esto. Debiera haber sabido que, al salir de la vasta y lúgubre floresta y penetrar en este establecimiento de los hombres cristianos, el primer objeto que habían de tropezar mis ojos debías ser tú, Ester Prynne, puesta de pie, como una estatua de ignominia, ante el pueblo. ¡Hasta cuando descendimos las gradas de la vieja iglesia, juntos, recién casados, debí haber apreciado el resplandor de esa letra roja, brillando al extremo de nuestra senda!

—Ya sabes —dijo Ester (pues deprimida como estaba no podía soportar esta última y tranquila herida, relativa a su marca de vergüenza)— que fui franca contigo. No sentía amor, ni fingí tenerlo.

—Es cierto —replicó él—, ¡ésa fue mi insensatez! Ya lo he dicho. Pero hasta aquella época de mi vida había vivido en vano. ¡El mundo había sido tan triste!

Mi corazón era una habitación lo bastante grande para albergar muchos huéspedes, pero solitaria y fría, sin el fuego de un hogar. ¡Yo anhelaba poder encender uno! No me pareció un sueño vano —viejo deformado y sombrío como era— el que la simple felicidad desparramada, ancha y lejanamente, para que toda la humanidad pueda recogerla, no pudiese ser mía. ¡Y así, pues, Ester, te arrastré hacia mi corazón, hacia lo más hondo de él, y presumí darte calor con el que tu presencia allí producía!

—Te he engañado grandemente —murmuró Ester.

—Nos hemos engañado los dos —respondió él—. La primera equivocación fue mía, cuando traicioné tu juventud en capullo, poniéndola en una relación falsa e innatural con mi decaimiento. Así pues, como hombre que no ha pensado y filosofado en vano, no busco venganza, ni fraguo ningún daño contra ti. Entre tú y yo está equilibrada la balanza. ¡Pero, Ester, el hombre que nos ha engañado a los dos, vive! ¿Quién es?

—¡No me lo preguntes! —replicó ella, mirándole fijamente a los ojos—. ¡No lo sabrás nunca!

—¿Nunca, dices? —añadió él con una sonrisa sombría y de confiada inteligencia—. ¡No conocerle nunca! Créeme, Ester; hay pocas cosas, bien sea en el ancho mundo o, hasta cierta profundidad, en la invisible esfera del pensamiento, pocas cosas ocultas para el hombre que se dedica ávidamente y sin reservas a la solución de un misterio. Podrás ocultar tu secreto a la curiosa multitud, podrás ocultarlo también a los magistrados y ministros, como hoy lo hiciste, cuando esperaban arrancar de tu corazón el nombre y darte un compañero sobre el pedestal de vergüenza; pero en cuanto a mí, vine al interrogatorio con otros sentidos que los que ellos poseen. Yo buscaré a ese hombre, como he buscado la verdad en los libros; como he buscado el oro en la alquimia. Existe una simpatía que me hará conocerle. Le veré temblar. Me sentiré temblar repentina e inopinadamente. ¡Más pronto o más tarde, forzosamente será mío!

Los ojos del viejo letrado brillaron tan intensamente sobre ella que Ester se llevó las manos al pecho, temerosa de que al momento pudiera leer en él su secreto.

—¿No revelarás su nombre?; a pesar de ello será mío —añadió con una mirada de confianza, cual si el destino estuviese en sus manos—. No lleva, como tú, una letra infamante sobre sus ropas, pero yo la leeré en su corazón. Sin embargo, ¡no temas por él! No creas que he de mezclarme en los métodos de retribución propios del cielo o que, para mi propia pérdida, le haya de arrojar en manos de las leyes humanas. No creas tampoco que he de contraer un juramento contra su vida, ni contra su fama, si, como creo, es un hombre de buena reputación. ¡Dejad que viva! ¡Dejad que se oculte en honores externos, si así lo quiere! ¡No obstante, será mío!

—¡Tus actos son como de piedad —dijo Ester, aturdida y aterrada—, pero tus palabras te delatan como al terror!

—Una cosa he de encargarte, ya que fuiste mi mujer —continuó Roger—. ¡Has guardado el secreto de tu amante; guarda lo mismo el mío! Nadie en esta tierra me conoce. ¡No digas que me llamaste esposo en algún tiempo a ninguna alma humana! Aquí, en este arrabal del mundo, levantaré mi tienda, porque siendo en cualquier parte un vagabundo, y estando insolado por los intereses humanos, encuentro aquí una mujer, un hombre y una niña, entre los cuales y yo existen los más cercanos ligamentos. ¡No importa que sean de amor o de odio, de derecho o no! Tú y el tuyo, Ester Prynne, me pertenecéis. Mi casa está donde tú estés y donde él esté. ¡Pero no me traiciones!

—¿Por qué motivo lo deseas? —preguntó ella, retrocediendo, sin saber por qué, ante aquella secreta ligazón—. ¿Por qué no te presentas abiertamente y me descartas de una vez?

—Quizá sea —replicó él— por no recoger el deshonor que mancilla al esposo de una mujer sin fe. Quizá sea por otras razones. Es lo bastante que sea mi deseo vivir y morir desconocido. Deja, pues, que tu marido sea para el mundo uno que ya ha muerto, y de quien no han de venir jamás noticias de ninguna especie. ¡No me reconozcas por la palabra, por la acción o por la mirada! No pronuncies el secreto, sobre todo al hombre con quien me traicionaste. ¡Si tal hicieras, ten cuidado! Su fama, su posición, su vida estarán en mis manos. ¡Ten cuidado!

—Guardaré tu secreto, como guardo el suyo —dijo Ester.

—¡Júralo! —añadió el médico.

Ester lo juró.

—¡Ahora, señora Prynne —dijo el viejo Roger Chillingworth, como ha de llamársele de aquí en adelante—, te dejo a solas; a solas con tu hija y con la letra roja! Cómo es eso, Ester, ¿te obliga la sentencia a llevar esa marca hasta cuando duermes? ¿No tienes miedo a las pesadillas y a los sueños espantosos?

—¿Por qué sonríes así? —preguntó la prisionera, inquieta ante la expresión de sus ojos—. ¿Eres como el Hombre Negro que vaga por la selva que nos rodea? ¿Me has inducido a una promesa que cause la ruina de mi alma?

—¡No la ruina de tu alma! —respondió él con otra sonrisa—. ¡No, la tuya no!

V

ESTER A SU AGUJA

El término de confinamiento de Ester Prynne tocó a su fin. Fue abierta de par en par la puerta de su prisión, y salió a la luz del sol. Éste, cayendo por igual sobre todas las cosas, parecióle a su enfermo y mórbido corazón no tenía otro propósito que revelar la letra roja que llevaba sobre su pecho. Quizá existía una tortura más real en los primeros inadvertidos pasos que dio en el umbral de la cárcel, que no en la procesión y espectáculo ya descritos, donde quedó hecha la infamia común que toda la humanidad estaba emplazada a señalar con el dedo. Entonces se sostuvo por una innatural tensión de nervios y por toda la batalladora energía de su carácter, que le permitían convertir la escena en una especie de triunfo espeluznante. Fue, además, un suceso suelto y aislado que no debía ocurrir más que una vez en su vida, y para dar cara al cual, falta de recursos, tenía que hacer un llamamiento a su fuerza vital que hubiera bastado para muchos años de quietud. La misma ley que la condenó (un gigante de severas facciones, pero con vigor para asistir, tanto como para aniquilar, con su brazo de hierro) la había sostenido a través de la terrible prueba de la ignominia. Pero ahora, con aquel camino inobservado desde la puerta de la prisión, comenzaba la costumbre diaria; y debía o sostenerla y llevarla adelante con los recursos ordinarios de su carácter, o hundirse bajo ella. Ya no podía pedir al porvenir que la ayudase en la pena presente. El mañana debía traer consigo su propia prueba; lo mismo ocurriría al día siguiente y al otro; cada uno debía llevar consigo su propia ordalía y, no obstante, aquella misma que era entonces tan inenarrablemente penosa de soportar.

Los días del lejano futuro irían sucediéndose, siempre con la misma carga que debía tomar y llevar consigo, sin nunca dejarla caer; porque la acumulación de días y días debía apilar su miseria sobre el montón de la vergüenza. A través de todos ellos, prescindiendo de su individualidad, habría de convertirse en el símbolo general que señalarían predicadores y moralistas, en el que quizá vivificasen y personificasen sus imágenes de fragilidad femenina y pecaminosas pasiones. Así pues, se diría a las jóvenes y puras que la mirasen con la letra roja flameando sobre su pecho; a ella, madre de una niña que más tarde sería una mujer; a ella, que una vez fue inocente, como a la figura, al cuerpo, a la realidad del pecado. Y sobre su tumba, la infamia que habría de seguirla hasta allí, sería su único monumento.

Podrá parecer maravilloso el que, teniendo ante sí el mundo, sin hallarse sujeta a los límites del departamento puritano por ninguna cláusula de su condena, tan remota y tan oscura; libre para volver a su punto natal o a cualquiera otra tierra europea y ocultar allí su carácter e identidad bajo un nuevo exterior, tan completamente como si se sumergiera en otro estado de ser, que teniendo, además, abiertos ante ella los caminos de la oscura e inescrutable selva, donde la rusticidad de su carácter pudiera asimilarse con una gente cuyas costumbres y vida se hallaban libres de la ley que a ella la había condenado; podrá parecer maravilloso que esta mujer llamase todavía su hogar a aquel sitio donde forzosa y únicamente debía ser el modelo de la vergüenza. Pero hay una fatalidad, un sentimiento irresistible e inevitable que tiene la fuerza de un destino y que, casi invariablemente, obliga a los seres humanos a dar vueltas y rondar, como espíritus, sobre el sitio donde algún grande y señalado suceso dio color a toda su vida; y tanto más irresistiblemente, cuanto más oscuro sea al tinte que lo entristezca. Su pecado, su ignominia, eran las raíces que había echado sobre el suelo. Era como si un nuevo nacimiento, con mayores asimilaciones que el primero, hubiera convertido la tierra forestal, todavía tan incongenial con todo otro peregrino y aventurero, en el hogar selvático y espantoso, pero eterno, de Ester Prynne. Todas las demás escenas de la tierra, aun aquella villa de la rural Inglaterra, donde la alegre niñez e impecable juventud parecían estar aún bajo la tutela maternal, como vestiduras de que se había despojado hacía largo tiempo, eran para ella extrañas, en comparación. La cadena que la sujetaba allí era de eslabones de hierro amarrados a lo más profundo de su alma, pero que no podían ser rotos.

Pudiera ser también (e indudablemente lo era, aunque ella conservaba este secreto y palidecía siempre que luchaba por salírsele del corazón, como una serpiente de su agujero), pudiera ser que otro sentimiento la retuviese en aquella escena y en aquel sendero que tan fatales le habían sido. Allí residía alguien a quien se consideraba unida; unida en forma no reconocida en la tierra, pero que había de llevarlos juntos ante el tribunal del juicio final, y hacer allí su capilla nupcial para una futura unión de retribución interminable.

Una y otra vez, el tentador de almas había confiado esta idea a la meditación de Ester, y se había reído de la alegría apasionada y desesperante que la embargaba, para después esforzarse por que la desechase. Ella, escasamente, acarició la idea, apresurándose a encerrarla en lo más profundo de su ser. Lo que se impuso a creer, lo que finalmente razonó, como motivo para continuar residiendo en Nueva Inglaterra, fue una semiverdad y una semi decepción. «Ésta es —se decía— la escena de mi culpa, y debe ser la de mi castigo terrenal»; y así, quizá, la tortura de su vergüenza diaria purgaría por fin su alma, proporcionán-

dole otra nueva pureza para reemplazar a la que había
perdido; otra pureza más santificada a causa del martirio.

Así pues, Ester Prynne no huyó. En los alrededores
de la población, dentro de los límites de la península,
pero no en la vecindad de ninguna otra morada, había
una pequeña vivienda. Fue construida por un antiguo
morador, y abandonada porque el suelo que la rodeaba era demasiado estéril para ser cultivado,
además de hallarse comparativamente lejos de la esfera de actividad social que ya habían señalado los hábitos de los emigrantes. Se hallaba en la playa, dando
cara, a través de una ensenada, a los montes cubiertos
de vegetación. Un grupo de chaparros, de los que solamente crecen en la península, no llegaba a ocultar la
casita, como queriendo significar que allí había algún
objeto que no debiera hallarse o, por lo menos, permanecer oculto. En aquella pequeña y solitaria vivienda, con algunos pocos recursos que poseía y licencia de los magistrados, quienes todavía mantenían sobre Ester su vigilancia inquisitorial, estableciose con
su niña. Inmediatamente quedó envuelto aquel lugar
en una sombra mística de desconfianza. Los niños, demasiado jóvenes para comprender el por qué se habían cerrado para aquella mujer las puertas de la ciudad humana, acercábanse a la casa lo bastante para
verla bordar a la ventana, permanecer en el umbral de
la puerta, trabajar en el pequeño jardín o llegar por la
senda que conducía a la población; y, al ver la letra
roja sobre su pecho, echaban a correr con un miedo
extraño y contagioso.

A pesar del aislamiento de su situación y sin tener
sobre la tierra un amigo que se atreviera a presentarse
allí, jamás sintió el riesgo de la necesidad. Poseía un
arte que la proporcionaba, aun en una tierra que comparativamente tenía pocas probabilidades de poder
existir, alimentos para su niña y para ella. Era el arte

que, antes como ahora, es el único que se encuentra al alcance de la mujer: el bordado. Ester llevaba sobre su pecho, en la letra tan curiosamente bordada, una muestra de su habilidad delicada e imaginativa, de las que las damas de una corte se hubiesen valido alegremente para añadir a sus ropajes de seda y oro mayor riqueza y más adorno espiritual del ingenio humano.

Aquí, en efecto, en la oscura simplicidad que generalmente caracterizaba la moda puritana en el vestir, quizá no fuera frecuente la necesidad de sus más delicadas producciones. Sin embargo, el gusto de la época, demandando todo cuanto se elaboraba en trabajos de esta clase, no dejó de extender su influencia entre nuestros severos progenitores, quienes habían dejado tras sí tantas modas que parecía imposible poder pasar sin ellas. Las ceremonias públicas, tales como ordenaciones, instalación de magistrados, y cuanto pudiese dar majestad a la forma en que un nuevo Gobierno se manifestaba ante el pueblo, eran como materia de policía; se distinguían por un ceremonial majestuoso y bien dirigido y por una sombría, pero, sin embargo, estudiada magnificencia. Sendas gorgueras, bandas penosamente trabajadas, y guantes con bordados chillones, eran cosas consideradas como necesarias para el estado oficial de los hombres que asumían las riendas del poder; y generalmente se concedían a individuos dignificados por rango de nacimiento, mientras se prohibían similares extravagancias a los de orden plebeyo. También en las pombas fúnebres, ya fuera para adornar al muerto o para representar con múltiples dibujos emblemáticos en el paño negro o el níveo linón la pena de los vivos, había una demanda frecuente y característica de la clase de labor que Ester Prynne podía proporcionar. Las ropas de los niños, que entonces usaban túnicas fastuosas, ofrecían también una posibilidad de trabajo y de emolumentos.

Gradualmente, aunque no muy despacio, su trabajo se hizo lo que hoy llamaríamos moda. Bien fuese por conmiseración a una mujer de tan miserable destino, por la mórbida curiosidad que da un valor ficticio a cosas vulgares e inútiles, por cualquiera otra circunstancia intangible que, entonces como hoy, basta para que adopten unas personas lo que otras puedan buscar en vano, o porque Ester llenaba en realidad un hueco que, de otro modo, habría permanecido vacante, lo cierto es que logró empleo para tantas horas como pudiera destinar a su aguja. Quizá se mortificase la propia vanidad, poniéndose, para aquellas ceremonias de pompa y fastuosidad, las vestiduras que fueron bordadas por sus manos pecadoras. Su labor se veía en la golilla del gobernador; los militares la llevaban en sus corbatas y el ministro en su banda; adornaba los gorritos de los niños y se encerraba en los ataúdes para enmohecerse y convertirse en polvo; pero no se recuerda un solo caso en que fuese reclamada su habilidad para bordar el blanco velo que hubiese de cubrir los puros sonrojos de una desposada. La excepción indicaba el sempiterno y empedernido vigor con que la sociedad miraba ceñudamente su pasado.

Ester no pretendía otra cosa que ganar la vida del modo más sencillo y ascético, y una abundancia sencilla para su niña. Su propio vestido era de los materiales más bastos y más sombríos tonos, sin más adorno que la letra roja, marca que era de su sino llevar. En cambio, el atavío de la niña era distinguido y de fantasía, mejor pudiéramos decir, de un ingenio fantástico que, en realidad, servía para dar realce al encanto que prematuramente comenzaba a desarrollarse en la pequeñuela y que parecía tener un más hondo significado. Más adelante hablaremos de esto. Salvo aquel derroche en el adorno de su hija. Ester dedicaba todos sus recursos superfluos a la caridad, a desgraciados menos miserables que ella y que, con frecuencia, insultaban a la mano que les favorecía. Mucho tiempo del que podía haber dedicado a los mejores productos de su arte lo empleaba en coser bastas vestiduras para los pobres. Posible es que en esta clase de ocupación hubiese cierta idea de penitencia y ofreciese un verdadero sacrificio de regocijo al dedicar tantas horas a tan duro trabajo. Tenía su carácter una manifestación rica, voluptuosa oriental; un gusto por lo hermosamente alegre, que, salvo para las exquisitas producciones de su aguja, no encontró, en todas las posibilidades de su vida, medio de ejercitar. La mujer encuentra un placer, incomprensible para el sexo contrario, en la delicada labor de la aguja. Para Ester pudiera haber sido un medio de expresar y, por consiguiente, de consolar la pasión de su vida. Como todas las demás dichas, la rechazaba como pecado. Esta mezcla mórbida de la conciencia con una sustancia inmaterial de que daba muestras, es de temer no fuese una penitencia genuina y resuelta, sino algo dudoso, algo que en el fondo pudiese estar profundamente equivocado.

En este sentido, vino Ester a representar un papel en el mundo. Con su natural energía de carácter y su rara capacidad no podía el mundo arrojarla, si bien puso sobre ella una marca más intolerable para el corazón de una mujer que la que selló la frente de Caín. No obstante, en todo su intercurso con la sociedad, no había nada que la hiciese sentir que pertenecía a ella. Todo gesto, toda palabra y hasta el silencio de aquellos con quienes se ponía en contacto, implicaban y con frecuencia expresaban que se había desvanecido, que estaba tan sola como si habitase otra esfera o se comunicase con la naturaleza común por medio de otros órganos y sentidos que el resto de la humanidad. Se hallaba apartada de los intereses morales y, sin embargo, cerca de ellos; como un espíritu que vuelve a sitiar su hogar, sin poder ya hacerse ver o sentir; no más sonrisas con la alegría del hogar, ni aflicción con la tristeza de sus deudos; y si lograse manifestar su prohibida simpatía, no haría sino despertar terror y horrible repugnancia. Estas emociones, en efecto, y su más amargo desdén, además, parecían ser la única participación que tenía en el corazón humano. No era una época de delicadeza; y su posición, aunque la comprendía bien y se hallaba muy lejos de olvidarla, aparecía con frecuencia ante su viva percepción como una nueva angustia, por un fuerte toque sobre su parte más delicada. Como ya hemos dicho, los pobres, que eran objeto de su generosidad, ultrajaban muchas veces la mano que se extendía para socorrerles; damas de elevado rango, cuyas puertas traspasaba a causa de su trabajo, estaban acostumbradas a destilar en su corazón gotas de amargura unas veces, a través de aquella alquimia de tranquila malicia por la cual las mujeres pueden confeccionar un veneno sutil de las trivialidades ordinarias, y otras, también, por una expresión más ruda, caída sobre el pecho de la mujer indefensa como un golpe brutal sobre una herida ulcerada. Ester se había aleccionado bien y largamente; jamás respondió a estos ataques, salvo con el rojo rubor que subía a sus pálidas mejillas y que de nuevo volvía a las profundidades de su seno. Era paciente, una mártir, en efecto; pero lograba rezar por sus enemigos, a menos que, a pesar de sus aspiraciones de perdón, las palabras benditas se retorciesen obstinadamente en una maldición.

Continuamente y de otras mil formas sintió los innumerables latidos de angustia que tan arteramente inventara para ella la imperecedera y siempre activa sentencia del tribunal puritano. Los clérigos parábanse en las calles para dirigirla palabras de exhortación, que congregaban un grupo, con su ceño fruncido y sus sonrisas burlonas, alrededor de la pobre mujer pecadora. Si entraba en una iglesia esperando compartir la

sonrisa del Sábado del Padre Universal, tropezaba con
la frecuente desgracia de constituir su persona tema
del sermón. Llegó a tener pavor a los niños, porque
sus padres les habían imbuido una vaga idea de algo
horrible de esta espantosa mujer,. que cruzaba silen-
ciosa la población, sin otra compañera que una niña
única. Así pues, dejándola pasar primero, la perse-
guían a distancia, lanzando agudos gritos y pronun-
ciando una palabra que no tenía distinto significado en
sus propias imaginaciones, pero que no era para ella
menos terrible por proceder de labios que la balbucea-
ban inconscientemente. Parecía argüir tan ancha difu-
sión de su vergüenza, como si toda la naturaleza la conociese; no le hubiera causado más honda pena si las
hojas de los árboles hubiesen murmurado entre ellas
su negra historia; si la brisa veraniega murmurase de
ella, o si el viento invernal la pregonase a gritos. Sentía otra tortura peculiar cuando la contemplaban ojos
extraños. Cuando los forasteros miraban con curiosidad su letra roja, cosa que ninguno dejaba de hacer,
la marcaban de nuevo con hierro candente en el alma
de Ester de tal modo, que muchas veces escasamente
podía refrenarse, aunque siempre lo logró, de cubrir
el símbolo con sus manos; pero entonces, también,
unos ojos acostumbrados tenían igualmente su propia
angustia que infligir. Su fría mirada de familiaridad
era intolerable. Desde el primero al último, con todos,
en suma, Ester Prynne tenía esta espantosa agonía al
sentir unos ojos humanos sobre su marca; aquel punto
no se hacía calloso; por el contrario, con la tortura
diaria, era cada vez más sensible.

Pero algunas veces, un día entre muchos, o quizá
entre muchos meses, sentía unos ojos, unos ojos humanos sobre su marca ignominiosa que parecían pro-
porcionarle un rato de consuelo, como si hubiesen
compartido la mitad de su agonía. Al instante siguiente volvía a ella toda la agonía con toda su vibra-

ción dolorosa, más honda, porque en ese breve intervalo había pecado de nuevo. ¿Había pecado ella sólo?
   Su imaginación se hallaba algo afectada, y si hubiese tenido una fibra moral e intelectual más blanda
más lo hubiera estado, por la angustia extraña y solitaria de su vida. Caminando de un lado para otro, sola,
en el pequeño mundo con quien estaba ahora en contacto, le parecía a Ester, de vez en cuando (y aun
siendo fantasía era, no obstante, demasiado potente
para resistirla), percibía o imaginaba que la letra roja
la había dotado de un nuevo sentido. Temblaba al
creer, y, sin embargo, no podía evitar el creerlo, que
le daba un simpático conocimiento de los pecados
ocultos en otros corazones. Estaba aterrorizada por las
revelaciones que de tal forma se le hacían. ¿Qué podían ser? ¿Podrían ser otra cosa sino las murmuraciones insidiosas del ángel malo, de haberse confor-
mado con que la mujer luchadora fuese solamente su
víctima a medias; de que el disfraz de la pureza no era
sino una mentira, y de que, si la virtud había de de-
mostrarse en todas partes, una letra roja había de flamear en otros pechos además del de Ester Prynne?
¿O había de recibir aquellas intimaciones tan oscuras,
pero tan distintas, como una verdad? En toda su miserable experiencia no había nada tan espantoso y abo-
rrecible como ese sentido. La confundía, a la vez que
la impresionaba, por la inoportunidad irreverente de
las ocasiones en que lo traían a una acción viva. Algunas veces, la roja infamia que llevaba sobre su pecho daba un latido de simpatía cuando pasaba cerca
de un ministro venerable o de un magistrado, modelos
de piedad y justicia, para quienes aquella época de antiguas reverencias significaba lo que para un mortal el
compañerismo de los ángeles. «¿Qué desgracia estará
próxima?», solía preguntarse Ester. ¡Al levantar los
ojos nada humano se presentaba al alcance de su
vista, salvo la silueta de este santo terrenal! De nuevo

la asaltaba contumazmente un misticismo de hermana cuando tropezaba con el ceño santificado de alguna matrona, la que, según rumor de toda lengua, había conservado durante toda su vida la nieve fría en su pecho. ¿Qué tenían de común la nieve no soleada del seno de la matrona y la abrasadora vergüenza de Ester Prynne? O una vez más el estremecimiento eléctrico la avisaba: «¡Mira, Ester, ahí tienes una compañera!»; y alzando la vista, observaba que los ojos de una joven dama contemplaban la letra roja, cautelosamente y de lejos, y que los retiraba prontamente, con un rubor débil y frío en sus mejillas, como si su pureza se hubiese manchado por aquella mirada momentánea. ¡Oh, espíritu maligno, cuyo talismán era aquel símbolo fatal! ¿No has de dejar nada, ya en la juventud o en la vejez, para que esta pobre pecadora lo reverencie? Tal pérdida de la fe es siempre uno de los resultados más tristes del pecado. Acéptese como una prueba de que no todo estaba corrompido en esta pobre víctima de su propia debilidad y de la dura ley de los hombres, que Ester Prynne luchaba por creer que no había un mortal semejante más culpable que ella.

Las gentes vulgares que en aquellos viejos y espantosos tiempos contribuían siempre con un grotesco horror a cuanto interesaba a sus imaginaciones, conservaban una historia sobre la letra roja, que, al punto, pudiéramos calificar de leyenda terrorífica. Creían que el símbolo no era simplemente un paño de color escarlata coloreado en una terrenal tina de teñir, sino que era el rojo candente por el fuego infernal, y que podía verse cómo se iluminaba cuando Ester Prynne caminaba de noche. Y hemos de decir, por fuerza, que chamuscaba tan hondamente su pecho, que quizá había más verdad en el rumor de lo que nuestra moderna incredulidad esté inclinada a admitir.

VI

PERLA

Hasta este momento apenas hemos hablado de la niña; esa criaturita cuya inocente vida había brotado, por el insondable secreto de la Providencia, como una flor inmortal y encantadora, de la fértil exuberancia de una pasión culpable. ¡Cuán extraña le parecía a la triste mujer, mientras contemplaba su desarrollo, la belleza que, de día en día, hacíase más brillante, y la inteligencia que derrochaba su temblorosa luz solar sobre las delicadas facciones de la niña! ¡Su Perla! Porque así la llamaba Ester; no como nombre expresivo de su aspecto, que nada tenía del reflejo tranquilo, blanco e inapasionado que pudiera indicar la comparación; llamaba a la niña «Perla», como una gran riqueza comprada con cuanto ella poseía, con el único tesoro de su madre. ¡Cuán extraña, en verdad! Los hombres habían señalado el pecado de aquella mujer con una letra roja, de tan potente y desastrosa eficacia, que no había simpatía humana que pudiera alcanzarla, a no ser siendo pecadora como ella. ¡Dios, como directa consecuencia del pecado que los hombres así castigaban, habíala concedido una criatura encantadora, cuyo puesto estaba en aquel mismo pecho deshonrado, para unir por siempre a su madre con la raza y descendencia de los mortales, y para ser, finalmente, un alma bendita en el cielo! No obstante, estos pensamientos afectaban a Ester Prynne con menos esperanza que aprensión. Sabía que su acción había sido mala; por tanto, no podía tener fe en que su resultado fuese bueno. Día tras día contempló, temerosa, el desarrollo de la niña, temiendo siempre observar alguna particularidad feroz que correspondiese a la culpabilidad a la que debía su ser.

Ciertamente, no tenía ningún defecto físico. Por su

forma perfecta, su vigor y la natural destreza en el uso
de todos sus miembros vírgenes, la criatura debiera
haber nacido en el Edén; era merecedora de haber
sido dejada allí para jugar con los ángeles, después
que los primeros padres del mundo fueron arrojados.
Tenía una gracia natural que no coexiste invariablemente con la belleza sin tacha; su atavío, por simple
que fuese, daba siempre la impresión de ser el que
mejor le sentaba. Pero la pequeña Perla no vestía
ropa rústica. Su madre, con un mórbido propósito que
más adelante se comprenderá mejor, había comprado
los más ricos tejidos que pudo procurarse, y permitió
a su facultad imaginativa toda su potencia en el arreglo y adorno que la niña llevaba en público. Tan magnífica era la pequeña figura cuando así iba vestida, y
eran tales la propia belleza y esplendor de Perla, brillando sobre el alegre ropaje, que había en su derredor un círculo absoluto de radiación sobre el suelo de
la oscura casita. Y no obstante, una túnica burda, rota
y sucia por los rudos juegos de la niña, le daba un aspecto igualmente perfecto. La apariencia de Perla estaba imbuida por un encanto de variedad infinita; en
aquella niña única había muchas niñas; desde la belleza de flor silvestre de la hija de un aldeano, hasta la
pompa, en pequeño, de la de una princesa. ¡A través
de todas ellas, sin embargo, había un tinte de pasión,
cierta intensidad de color que nunca perdía; y si, en
cualquiera de sus cambios, se hubiese hecho más débil
o más pálida, hubiera cesado de ser ella, de ser Perla!
Esta inestabilidad exterior indicaba y expresaba claramente las varias propiedades de su vida interna. Su
naturaleza parecía poseer intensidad además de variedad; pero, a menos que los temores de Ester la enga-
ñasen, le faltaban referencia y adaptación al mundo en
que había nacido. La niña no podía ser amoldada a
reglas. Al darle existencia se había quebrantado una
gran ley, y el resultado fue un ser cuyos elementos

eran quizá hermosos y brillantes, mas todos en desorden, o con un orden peculiar a sí mismos, entre los cuales era difícil o imposible descubrir el punto de variación y arreglo. Ester podía comprender el carácter de la niña únicamente (y aun entonces vaga e imperfectamente) recordando lo que ella misma había sido durante el período momentáneo en que Perla absorbía su alma del mundo espiritual, y su forma corpórea del material de la tierra. El estado apasionado de la madre había sido el medio a través del cual fueron transmitidos a la criatura no nacida los rayos de su vida moral; y no obstante lo blancos y claros que fueran en su origen, habían adquirido las hondas manchas de carmín y oro, el brillo de fuego, la negra sombra y la luz intemperante de la sustancia intercurrente. Sobre todo, la lucha del espíritu de Ester, en aquella época, se había perpetuado en Perla. Podía reconocer en la niña su modo rudo, desesperado y desafiador, la prontitud de su genio y hasta algunas de las propias nubes de tristeza y de desaliento que habían anidado en su corazón. Entonces se hallaban iluminadas por el resplandor matutino de la disposición de una niña pequeña, pero más tarde, en el día de la existencia terrena, pudieran ser fecundas en tormentos y torbellinos.

La disciplina de familia, en aquellos días, era mucho más rígida que hoy. El enojo, la dura repulsa, la frecuente aplicación de la disciplina prescrita por la autoridad bíblica, se usaban, no como mero castigo por actuales ofensas, sino como un régimen soberano para el desarrollo y promoción de todas las virtudes infantiles. Ester Prynne, sin embargo, la solitaria madre de aquella niña única, corría pequeño riesgo en el sentido de una indebida severidad. Pensando en sus propios errores y desgracias, trató pronto de imponer una dirección tierna, pero estricta, a la niña que le había sido encomendada. Mas la tarea era demasiado para

su habilidad. Después de probar con sonrisas y re-
gaños, y viendo que no había medio que tuviera ninguna calculable influencia, Ester viose obligada a desistir y dejar que la criatura fuese llevada por sus propios impulsos. La compulsión física o la represión hacían efecto mientras duraban. Cualquiera otra clase de
castigo, bien dirigido a su inteligencia o a su corazón,
hacía o no efecto en la pequeña Perla, según el capricho que regía el momento. Su madre, cuando Perla
era aún pequeñita, habíase acostumbrado a cierta mirada peculiar que la advertía cuándo debía insistir,
persuadir o rogar. Era una mirada tan inteligente e
inexplicable, tan perversa, algunas veces tan maliciosa;
pero, generalmente, acompañada de una eflorescencia
de facultades que Ester no podía menos de preguntarse, en aquellos momentos, si Perla era una criatura
humana. Parecíala más bien un espíritu alado que,
después de realizar sus fantásticos juegos a la puerta
de la casita, por un corto espacio de tiempo, habría de
desaparecer volando, con sonrisa burlona. Cuando
aparecía aquella mirada en sus ojos grandes, brillantes
y profundamente negros, la investía de una extraña in-
tangibilidad y alejamiento; era como si estuviese sus-
pendida en el aire y fuera a desvanecerse, como una
luz vacilante que no sabemos de dónde viene ni
adónde va. En tales casos se veía obligada Ester a correr tras la niña, a perseguir al duendecillo en su
vuelo, para luego apretarla contra su pecho fuertemente y cubrirla de besos, no tanto por amor como
por asegurarse de que era de carne y hueso y no de
vapores impalpables. Pero la risa musical de Perla,
cuando su madre la atrapaba, aunque henchida de alegría, llenábala de dudas más profundas que antes.

Muchas veces, descorazonada por estos períodos
que la aturdían y contrariaban, vertía Ester lágrimas
apasionadas. Entonces, quizá, fruncía Perla el entre-
cejo, apretaba los puños y daba a sus pequeñas fac-

ciones un aspecto severo, y a sus ojos una mirada de antipático descontento. Algunas veces, no frecuentes, reía de nuevo y con más fuerza que antes, como una cosa incapaz de sentir la tristeza humana. También, aunque esto ocurría muy rara vez, veíase atacada por una desesperación convulsiva, y manifestaba a su madre el amor que le profesaba entre sollozos y con palabras entrecortadas, lo que parecía probar poseía un corazón. No obstante esto, Ester no confiaba en aquella ternura, que pasaba con la misma rapidez que venía. Meditando sobre todas estas modalidades, la madre tenía la sensación de haber evocado un espíritu, pero que, por alguna irregularidad en el proceso del sortilegio, no hubiera acertado con la palabra precisa para dominar esta inteligencia nueva e incomprensible. No tenía consuelo más que cuando la niña caía en un sueño plácido. Entonces estaba segura de sí misma y saboreaba horas tranquilas, de triste y deliciosa felicidad; hasta que Perla, quizá con la perversa expresión que brillaba bajo sus entreabiertos párpados, despertaba.

¡Qué pronto, con qué extraña rapidez llegó Perla a una edad en que era capaz del intercurso social! ¡Qué felicidad hubiera causado a su madre oír su voz de pájaro clara, entre otras voces de niños, y desentrañar el amado significado de sus palabras entre el confuso griterío que producían en sus juegos! Pero esto no sucedería jamás. Perla era una desterrada del mundo infantil. Un duendecillo del mal, emblema y producto del pecado, y no tenía derecho a mezclarse con los niños cristianos. Nada tan notable como el instinto con que la niña comprendió su soledad, el destino que la había rodeado de un círculo inviolable, toda la peculiaridad de su posición respecto a los demás niños. Nunca, desde su salida de la prisión, se presentó Ester sin su hija en público. En todos sus paseos por la población iba Perla con ella; primero, como bebé, en sus

brazos, y después, ya mayorcita, como pequeña compañera de su madre, cogida a un solo dedo, caminando a su lado a una velocidad de tres o cuatro pasos
por cada uno de Ester. La desgraciada mujer veía los
niños del departamento en la calle o en los umbrales
de sus casas, ostentando las lúgubres modas que la naturaleza puritana permitía, jugando a ir a la iglesia, a
disciplinar a los quáqueros, a arrancarse el cuero cabe-
lludo en lucha con los indios o a espantarse unos con
otros con fenómenos imitativos de brujería. Perla los
veía y contemplaba intensamente, pero nunca preten-
dió hacer amistad con ellos. Si la hablaban no respondía. Si los niños la rodeaban, como sucedía algunas
veces, Perla se ponía colérica, terrible, y cogía piedras
para arrojárselas, en medio de gritos y exclamaciones
incoherentes, que hacían temblar a su madre, porque
tenían mucho de anatemas de brujo, en un lenguaje
desconocido.

Lo cierto era que los pequeños puritanos, pertene-
ciendo a la generación más intolerante que jamás existió, habían adquirido la vaga idea de que la madre y
la hija eran algo que no pertenecía a la tierra o que se
salía de las costumbres ordinarias; y, por tanto, las
despreciaban y frecuentemente lo daban a entender
con sus insultos. Perla los comprendía y los rechazaba
con el odio más amargo que podía suponerse cabía en
su corazón infantil. Las exaltaciones de su fiero temperamento tenían una especie de valor y aun de consuelo para su madre, porque al menos significaba una
inteligente vivacidad, en vez del capricho vacilante en
sus modales que tan frecuentemente se manifestaba en
la niña. También veía en ello un oscuro reflejo de la
maldad que ella misma había abrigado. Toda esta animadversión y apasionamiento los había heredado
Perla, por inalienable derecho, del corazón de Ester.
Madre e hija se hallaban en el mismo círculo de reclusión de la sociedad humana, y en el carácter de la hija

parecían hallarse perpetuados los inquietos elementos que habían aturdido a la madre antes del nacimiento de Perla, y que comenzaron a desaparecer con las suaves influencias de la maternidad.

En la casita y en los alrededores no sentía Perla la necesidad de un círculo de amistades. El hechizo de su vida salía de su espíritu creador, comunicándose a miles de objetos, como una antorcha prende una llama dondequiera que se aplica. Los materiales más inadecuados, un palo, un lío de trapos, una flor, eran la muñecas de la brujería de Perla, y sin que tomasen otra forma extraña, se adaptaban espiritualmente a cualquier drama en el escenario de su mundo interno. Su propia vocecita infantil servía a multitud de personajes imaginarios, jóvenes y viejos, para hablar al mismo tiempo. Los grandes pinos, viejos, negruzcos y solemnes, lanzando gruñidos y produciendo por la brisa otros sonidos melancólicos, necesitaban poca transformación para figurar como viejos puritanos; las plantas más feas del jardín eran sus hijos, y Perla las tronchaba y arrancaba de raíz sin compasión. Era maravillosa la gran variedad de formas que daba a su inteligencia, sin continuidad, en efecto, pero saltando y bailando, siempre en un estado de actividad preternatural, cayendo exhausta por tan rápida y febril marea de la vida, y volviendo a adquirir otras formas de una salvaje y similar energía. Nada se le parecía tanto como el juego fantasmagórico de la aurora boreal. En el mero ejercicio de la fantasía, sin embargo, y en el retozo de su cerebro en desarrollo, tal vez hubiera poco más de lo que se observaba en otros niños de facultades brillantes; salvo que Perla, al carecer de compañeros de juego, se inclinaba más al tropel visionario de gentes que ella creaba. La particularidad estaba en los sentimientos hostiles con que Perla miraba todos estos florecimientos de sus propios corazón e imaginación. Nunca creaba un amigo, sino que parecía que sembraba a voleo los dientes del dragón, cuando saltaba una banda de enemigos armados, contra quienes volaba a la batalla. Era inexplicablemente triste (¡profunda tristeza para una madre que sentía en su corazón la causa!) observar en una niña tan joven ese constante reconocimiento de un mundo adverso y la fiera amenaza de sus energías, que debían hacer buena su causa en la batalla que tenía que sobrevenir.

Mirando a Perla, Ester dejaba caer frecuentemente la labor sobre sus rodillas y gritaba angustiosa e involuntariamente: «¡Oh, Padre que estás en los cielos, si todavía eres mi Padre! ¿qué clase de ser es este que he traído al mundo?» Y Perla, oyendo la jaculatoria, o dándose cuenta, por algún otro conducto más sutil, de aquellas vibraciones de amargura, volvía hacia su madre su carita hermosa y vivaracha, sonreía con inteligencia de trasgo y reanudaba sus juegos.

Aún queda por contar una peculiaridad del comportamiento de esta niña. La primera cosa que notó en su vida fue no la sonrisa de su madre, respondiendo a ella, como hacen otros bebés; aquella sonrisa en embrión de la boquita, que se recuerda después tan dudosamente y es causa de honda discusión sobre si es o no sonrisa. ¡En modo alguno! ¡El objeto que Perla pareció notar primero (¿hemos de decirlo?) fue la letra roja sobre el pecho de Ester!

Un día que la madre se hallaba junto a la cuna, los ojos de la niña se fijaron en el reluciente bordado de la letra, y alzando su manita la cogió, sonriente; no con vacilación, sino con un gesto decidido, que diole aspecto de ser una criatura de mayor edad. Entonces Ester, falta de respiración, cogió involuntariamente el símbolo fatal, tratando de rasgarlo; tan infinita fue la tortura infligida por el roce de la manita de Perla. ¡Como si el gesto agonizante de la madre sólo significase un indicio de juego para ella, la pequeñuela la miró a los ojos y sonrió! Desde entonces, salvo

cuando la niña dormía, no tuvo Ester un momento de
reposo, de tranquila alegría. Verdad es que transcu-
rrían semanas enteras sin que la pequeña Perla posase
los ojos sobre la letra roja; pero cuando lo hacía quedaba inopinadamente absorta, como por un golpe de
muerte repentina, y siempre con aquella sonrisa peculiar y aquella extraña expresión de sus ojos.

Cierta vez ese matiz fantástico y caprichoso refle-
jóse en los ojos de la niña cuando Ester contemplaba
en ellos su propia imagen, cosa que acostumbran a
hacer las madres; y repentinamente creyó ver, no su
propia imagen en miniatura, sino otra cara, otra fisonomía diabólica, llena de maliciosa sonrisa; y, sin embargo, facciones que conocía bien, aunque rara vez
con una sonrisa y nunca con un tinte de maldad. Era
como si un espíritu perverso se hubiese posesionado
de la niña y se asomase por sus ojos haciéndole
muecas. Muchas veces después, si bien con menos intensidad, fue torturada Ester por la misma ilusión.

En la tarde de cierto día de verano, cuando ya Perla
había crecido lo bastante para corretear, se divertía
cogiendo flores silvestres y arrojándolas una a una sobre el pecho de su madre, danzando de un lado a otro
como un duendecillo cuando hacía blanco en la letra
roja. La primera intención de Ester fue cubrirse el pecho con las manos; pero fuese por orgullo o por resignación, o por creer que su penitencia sería extinguida
por aquella pesadumbre inexplicable, resistió aquel
impulso y sentóse erguidamente, pálida como la
muerte, mirando tristemente a los ojos indómitos de
la pequeña Perla. Continuó ésta arrojando proyectiles,
haciendo blanco, casi invariablemente, en la marca, y
cubriendo el pecho de su madre de heridas para las
cuales no podía hallar bálsamo en este mundo, ni sabía cómo procurárselo en el otro. Por fin, habiendo
agotado todos sus proyectiles, quedó la niña frente a
su madre, contemplándola con aquella mirada son-

riente, de diablillo, que salía del insondable abismo de
sus ojos negros.

—Niña, ¿qué es lo que eres? —gritaba la madre.

—¡Oh, yo soy tu pequeña Perla! —respondía la
niña.

Pero al mismo tiempo reía y saltaba con la humorís-
tica gesticulación de un duendecillo cuyo próximo capricho fuera el de salir volando por la chimenea.

—¿Eres realmente mi niña? —preguntó Ester.

No hizo la pregunta con descuido, sino con genuina
avidez, porque era tal la maravillosa inteligencia de
Perla, que su madre medio dudaba de si estaba ente-
rada de la secreta pena de su existencia.

—¡Sí, yo soy tu pequeña Perla! —repitió la niña, sin
dejar de agitarse.

—¡Tú no eres mi hija! ¡Tú no eres mi Perla! —dijo
la madre retozonamente, porque ocurría con frecuencia que la embargaba un impulso juguetón en medio
de sus hondos sufrimientos—. Dime, ¿qué eres y
quién te ha enviado aquí?

—¡Dímelo tú, madre! —decía la niña con seriedad,
acercándose a su madre y apretándose contra sus rodillas—. ¡Dímelo, dímelo!

—¡El Padre celestial te envió! —respondió Ester
Prynne.

Pero esto lo dijo con duda, que no escapó a la agudeza de Perla. Fuera por su carácter antojadizo o por
impulsarla a ello un mal espíritu, levantó su manita y
tocó la letra roja.

—¡Él no me envió! —gritó, positivamente—. ¡Yo
no tengo Padre celestial!

—¡Calla, Perla, calla! ¡No debes hablar así! Él nos
ha puesto a todos en el mundo. ¡Él me ha enviado a
mí, a tu madre, y, por consiguiente, a ti! Si no, tú,
niña extraviada y fantástica, ¿de dónde viniste?

—¡Dímelo! ¡Dímelo! —repitió Perla, no ya con seriedad, sino riéndose y golpeando el suelo con los pies—. ¡Tú eres quien ha de decírmelo!

Pero Ester, sumida en un laberinto de dudas, no podía resolver aquel acertijo. Recordaba, temblorosa y sonriente al mismo tiempo, las murmuraciones de la gente de la población, quienes tratando de indagar en vano la paternidad de la niña y observando algunos de sus extraños atributos, habían deducido que Perla era una hija del demonio, tales como, desde los antiguos tiempos católicos, se habían visto en la tierra por la acción pecadora de sus madres, para promover alguna vileza o algún mal propósito. Lutero, por el escándalo de sus enemigos monásticos, fue un pregonero de aquel engendro del infierno; y no era Perla la única criatura a quien asignaban este origen infeliz los puritanos de Nueva Inglaterra.

VII

EL SALÓN DEL GOBERNADOR

Ester Prynne fue un día a casa del gobernador Bellingham con un par de guantes que por orden suya había bordado para llevarlos puestos aquél en algún acto oficial; porque si bien las elecciones populares le habían hecho descender un escalón o dos desde el más alto rango, aún mantenía un puesto honorable e influyente entre la magistratura de la colonia.

Otra razón más importante que la de llevar los guantes bordados impulsó a Ester a buscar una entrevista con un personaje de tanto poder y actividad en los asuntos del departamento. Había llegado a oídos suyos que algunos de los más significados habitantes, acariciando los más rígidos principios de religión y gobierno, tenían la pretensión de privarla de su hija. Suponiendo que Perla fuese de origen diabólico, como ya hemos indicado, aquella buena gente argüía, no sin razón, que un cristiano interés por el alma de la madre requería quitar de su camino aquel bloque entorpecedor. Por otra parte, si la niña fuera realmente capaz de un desarrollo moral y religioso y poseyera los elementos últimos de salvación, seguramente disfrutaría la posibilidad de todas estas ventajas, siendo transferida a una tutoría más sabia y mejor que la de su madre. El gobernador Bellingham era uno de los que con más cariño acariciaban semejante idea. Tal vez parezca singular y un tanto ridículo el que un asunto de esta clase, que en días venideros no tendría referencia más que con los hombres más selectos de la población, pudiera ser entonces una cuestión públicamente discutida, y en la cual hubieran de intervenir los hombres de Estado más eminentes. Sin embargo, en aquella época de sencillez primitiva cualquier asunto de leve interés público y de mucho menos peso intrínseco que el bienestar de Ester y su hija, se mezclaba con las deliberaciones de los legisladores y los actos de Estado. Aquel período, poco anterior al de nuestra historia, en que una disputa concerniente a la propiedad de un cerdo no sólo causaba un debate fiero y amargo en el cuerpo legislador de la colonia, sino que resultaba de él una modificación importante en la propia legislación.

Llena de interés (pero tan consciente de su propio derecho que le parecía una lucha desigual entre el público, por una parte, y una mujer solitaria, rechazada por las simpatías de la naturaleza, por la otra), Ester Prynne dejó su casita solitaria. La pequeña Perla, claro es, era su compañera. Hallábase la niña en una edad que le permitía hacer el camino al lado de su madre, puesto que, estando desde la mañana a la noche en continuo movimiento, podía andar aquella distancia sin fatiga. Algunas veces, más por capricho que por necesidad, pedía que la subiese en brazos, pero en seguida, y con el mismo imperio, solicitaba que la bajase, y corría delante de Ester, saltando por la vereda bordeada de hierba, dando muchos tropezones y sufriendo no pocas caídas sin consecuencias.

Ya hemos hablado de la rica y esplendente belleza de Perla; una belleza que brillaba con tonos profundos y vivos; una complexión brillante, ojos que poseían profundidad y brillo, y un cabello de tono castaño oscuro y satinado, que en posteriores días sería negro. Había dentro y fuera de ella un fuego que parecía ser el disparo impremeditado de un momento de pasión. Su madre, al confeccionar las ropas de Perla, había concedido a sus alegres tendencias imaginativas toda su expansión; la vistió una túnica de terciopelo rojo carmín, de corte peculiar, con abundantes y fantásticos bordados en hilo de oro. Aquella intensidad de colorido, que a otra criatura hubiera dado un aspecto de mayor palidez a sus mejillas, se adaptaba admirablemente a la belleza de Perla convirtiéndola en la llamita de fuego más brillante que jamás había danzado sobre la tierra.

Pero era un atributo notable del vestido, y, en realidad, de la general apariencia de la niña, que irresistiblemente recordaba la marca que Ester Prynne estaba condenada a llevar sobre su pecho. ¡Era la letra roja en otra forma; la letra roja hecha vida! La propia madre (cual si la roja ignominia estuviese tan hondamente grabada en su cerebro que todas sus concepciones adquiriesen su forma) había procurado, cuidadosamente, quitarle semejanza, empleando muchas horas de mórbido ingenio para crear una analogía entre el objeto de su afecto y el emblema de su culpa y tortura. Pero, en verdad, Perla era tanto una cosa como otra y, sólo a consecuencia de aquella identidad, pudo Ester representar con tanta perfección en su apariencia la letra roja.

Como las dos caminantes tuvieron que entrar en la

población, los hijos de los puritanos abandonaban sus juegos para levantar la mirada y murmurar unos a otros, con toda gravedad:

—¡Mirad, ahí está la mujer de la letra roja, y, además, ved corriendo a su lado la semejanza de la letra! ¡Vamos a tirarles barro!

Pero Perla, que era una niña intrépida, después de poner el semblante ceñudo, patear el suelo y agitar la mano con variedad de gestos amenazadores, volaba al encuentro del grupo enemigo y lo ponía en precipitada fuga. Parecía en su persecución fiera una niña pestilente, la fiebre escarlatina o una especie de alado ángel justiciero, cuya misión fuese castigar los pecados de la creciente generación. Chillaba y gritaba además con un terrible volumen de voz que, indudablemente, hacía temblar los corazones de los fugitivos. Una vez conseguida la victoria, volvía tranquila al lado de su madre y la miraba a la cara sonriendo. Sin otro contratiempo llegaron a la vivienda del gobernador Bellingham. Era ésta una gran casa de madera, edificada en el estilo del que aún quedan especies cn las calles de nuestras más antguas poblaciones, pero que ahora están musgosas, declinando hacia la ruina y poniendo melancolía en el corazón con los muchos sucesos recordados u olvidados que han ocurrido dentro de sus polvorientas habitaciones. Entonces, sin embargo, había en ella la frescura interior del año que transcurría y la alegría que penetraba por sus ventanas soleadas; era una vivienda humana en la que jamás había penetrado la muerte. Realmente tenía un aspecto alegre; las paredes exteriores hallábanse cubiertas por una especie de estuco, en el que mezcláronse una gran cantidad de fragmentos de cristal; de tal modo que cuando el sol brillaba sobre la fachada del edificio, refulgían y centelleaban como diamantes que hubiesen sido arrojados sobre ella a manos llenas. Aquella brillantez más bien cuadraba al palacio de Aladino que a la mansión de un viejo y grave regidos puritano. Además, se hallaba decorada con figuras y diagramas extraños y, al parecer, cabalísticos, apropiados al fantástico gusto de la época.

Perla, viendo aquella brillante maravilla de casa, comenzó a hacer cabriolas y a bailar, pidiendo imperativamente que toda la luz solar penetrase en la estancia, para jugar con ella.

—¡No, mi querida Perla! —dijo la madre—. ¡No debes jugar más que con tu propia luz! ¡Yo no puedo darte otra!

Se acercaron a la puerta de forma de arco y que estaba flanqueada por una torre a cada lado, como proyecciones del edificio; ambas torres tenían ventanas con celosías y persianas que a ser preciso podrían plegarse sobre sí. Levantando el llamador de hierro que pendía de la puerta, Ester Prynne dio un aldabonazo que fue contestado por uno de los criados del gobernador, un inglés de nacimiento, pero que en aquel entonces era esclavo por siete años. Durante este tiempo tenía que ser propiedad de su amo, estando expuesto a ser cambiado o vendido como un buey o un mueble. El siervo llevaba puesta una casaca verde, que en aquella época era el traje que solían vestir los criados en los palacios hereditarios de Inglaterra.

—¿Está en casa su señoría el gobernador Bellingham? —preguntó Ester.

—Sí, ciertamente —contestó el esclavo, mirando con ojos desmesuradamente abiertos la letra roja que, siendo recién llegado a la población, no había visto antes—. Sí, su señoría honorable está en casa, pero están con él unos piadosos ministros y un médico. Tal vez no pueda usted verle ahora.

—Sin embargo, entraré —respondió Ester Prynne; el esclavo, pensando quizá por el aire resuelto de la mujer que era una gran dama del país, no puso impedimento.

Así pues, Ester y la pequeña Perla fueron admitidas en el salón de entrada. Con muchas variantes, sugeridas por la naturaleza de sus materiales de construcción, la diversidad del clima y la diferencia de la vida social, el gobernador Bellingham había planeado su nueva vivienda al estilo de las residencias señoriales de su tierra natal. Había, pues, allí, un espacioso salón de entrada que se extendía a toda la profundidad de la casa, formando un medio de comunicación, más o menos directo, con los otros departamentos. En un extremo estaba iluminada esta estancia por las ventanas de las dos torres que formaban dos pequeños huecos, uno a cada lado del portal. En el extremo opuesto, aunque en parte sombreado por una cortina, el salón se hallaba más poderosamente iluminado por uno de esos ventanales rasgados que nos han descrito los libros antiguos, el cual se hallaba provisto de un mullido asiento. Sobre éste había un libro, probablemente de las Crónicas de Inglaterra o de otra sustanciosa literatura por el estilo, como en nuestros días esparcimos dorados volúmenes sobre las mesas para que puedan ser hojeados por los huéspedes casuales. El mobiliario del salón consistía en algunas sillas ponderosas, en cuyos respaldos de roble había talladas complicadas guirnaldas de flores. La mesa era del mismo estilo, perteneciente a la época de Isabel o, tal vez, anterior; muebles heredados de la casa paterna del gobernador. Sobre la mesa, como prueba de que no se había extinguido el sentimiento de la antigua hospitalidad inglesa, descansaba un jarro de grandes proporciones, en cuyo fondo podían apreciarse residuos de cerveza recientemente bebida.

Sobre la pared había una fila de retratos representando los antepasados del linaje de Bellingham, algunos cubriendo sus pechos con armaduras y otros con tiesas gorgueras y ropajes de paz. Todos ellos estaban caracterizados por la altivez y severidad peculiar a todo retrato antiguo, como si fuesen duendes más bien que pinturas de deudos que se fueron, y mirasen con áspero e intolerable aire de censura las tareas y diversiones de los vivos.

En el centro de los paneles de roble que defendían la pared, se hallaba suspendido un traje completo de malla, no como los retratos, una reliquia ancestral, sino de la fecha más reciente, porque había sido construido por un hábil armero de Londres; el mismo año en que el gobernador Bellingham vino a Nueva Inglaterra.

Se componía de un casco de acero, una coraza, una gorguera y grebas, con un par de guanteletes y una espada colgados debajo; todos, y especialmente el casco y el peto, tan bien bruñidos que brillaban con blancos reflejos e iluminaban el suelo por todas partes. Esta centelleante panoplia no era un simple adorno, sino que usábala el gobernador en muchas revistas solemnes y campos de ejercicio y, además, había lanzado sus reflejos a la cabeza de un regimiento en la batalla de Pequod, pues, aunque criado en la abogacía y acostumbrado a hablar de Bacon, Coke, Noye y Finch, como sus asociados profesionales, las exigencias de su nuevo país habían transformado al gobernador Bellingham en un soldado, tanto como en un político y regidor.

La pequeña Perla, que se hallaba tan complacida con la resplandeciente armadura como lo estuvo con el brillante frontispicio de la casa, pasó algún tiempo contemplando el pulimentado espejo de la coraza.

—¡Madre! —gritó—. ¡Te veo aquí! ¡Mira, mira!

Ester miró, por complacer a la niña, y vio que, debido al peculiar efecto del espejo convexo, la letra roja se hallaba exagerada en proporciones gigantescas, convirtiéndose en el rasgo más prominente de su apa-

riencia. En realidad, parecía oculta por completo tras
ella. Perla señaló también hacia arriba, hacia el casco,
sonriendo a su madre con la inteligencia de duendecillo, que era una expresión tan familiar en su pequeña
fisonomía. Aquella mirada de traviesa alegría se reflejó también en el espejo, con tanta intensidad de
efecto que hizo sentir a Ester Prynne como si no fuese
aquélla la imagen de su hija, sino un duende que tratase de adoptar la forma de Perla.

—Ven, Perla —dijo la madre apartándola de allí—.
Mira qué jardín tan bonito. Puede ser que veamos algunas flores más lindas que las que hallamos en las
selvas.

Perla corrió a la ventana del extremo del salón y
miró a lo largo de un andador alfombrado de hierba
compacta y segada, bordeado por algunos matorrales
rudos y verdosos. El propietario parecía haber desis-
tido, por imposible, del esfuerzo por perpetuar en
aquel lado del Atlántico, en un suelo tan árido y en
medio de la cercana lucha por la vida, el gusto inglés
por la ornamentación de la jardinería. Las berzas
crecían a plena vista, y una parra, arraigada a alguna
distancia, se había corrido a través de aquel espacio,
depositando uno de sus productos gigantescos directamente bajo el ancho ventanal del salón, como advir-
tiendo al gobernador que aquel gran racimo de oro
vegetal era el ornamento más rico que la tierra de
Nueva Inglaterra podía ofrecerle. Sin embargo, había
algunos rosales y manzanos, probablemente descendientes de los que plantó el reverendo señor Blacks-
tone, primer morador de la península; aquel semimito-
lógico personaje que cabalga, a través de nuestros antiguos anales, montado sobre un toro.

Perla, al ver los rosales, comenzó a gritar pidiendo
una flor roja, y no había medio de pacificarla.

—¡Calla, niña, calla! —dijo la madre, encarecida-
mente—. ¡No grites, querida! ¡Oigo voces en el jar-

dín! ¡El gobernador viene acompañado de otros señores.

En efecto, se veía que un número de personas se dirigía a la casa. Perla, con el mayor desprecio por el intento de su madre de apaciguarla, lanzó un agudo chillido y permaneció quieta, no por obediencia, sino porque la pronta y mudable curiosidad de su temperamento excitóse ante la aparición de aquellos nuevos personajes.

VIII

LA NIÑA TRASGO Y EL MINISTRO

El gobernador Bellingham, vestido de bata y gorro, como era costumbre de los señores de la época cuando se hallaban en casa dedicados a sus asuntos particulares, caminaba delante y parecía ir enseñando sus dominios a los visitantes y explicándoles las mejoras que en proyecto tenía. La ancha circunferencia de la complicada gola, asomando bajo su barba gris, al estilo de los tiempos del rey Jaime, daba a su cabeza un aspecto parecido a la de San Juan Bautista sobre la fuente. La impresión rígida y severa de su aspecto y su edad más que otoñal, contrastaban mal con las aparatosas comodidades de que se había rodeado. Pero es un error suponer que nuestros antepasados, aunque acostumbrados a hablar y pensar de la existencia humana como de un estado de prueba y de lucha, y a sacrificar bienes y vida en el cumplimiento de su deber, hacían caso de conciencia de rechazar los medios de comodidad y aun de lujo que estaban a su alcance. Este credo jamás fue predicado por el venerable pastor Juan Wilson, cuya barba, blanca como el ampo de la nieve, se veía sobre el hombro del gobernador Bellingham, mientras sugería que las peras y los melocotones tal vez pudiesen naturalizarse en el clima de Nueva Inglaterra, y que las uvas purpúreas tal vez floreciesen contra la soleada tapia del jardín. El viejo clérigo, nutrido en el rico seno de la Iglesia inglesa, tenía un rancio y legítimo gusto por cuanto era bueno y confortable, y por muy severo que pudiera parecer en el púlpito o en los reproches públicos de tales transgresiones, como la de Ester Prynne, la genial benevolencia de su vida privada habíale granjeado más afectos de los que se dispensaban a sus compañeros de profesión contemporáneos.

Detrás del gobernador y del señor Wilson venían otros dos huéspedes; uno, el reverendo Arturo Dimmesdale, a quien recordará el lector por haber tomado parte, aunque con repugnancia, en la desgraciada escena de Ester Prynne; y el otro, el viejo Roger Chillingworth, persona de gran pericia médica, que había fijado su residencia en la población hacía dos o tres años. Este hombre sabio era el médico y amigo del joven pastor, cuya salud se había quebrantado mucho últimamente, a causa de haberse consagrado sin reservas a las labores y deberes de su cargo.

El gobernador, adelantándose a sus visitantes, ascendió uno o dos escalones y, abriendo de par en par las puertas vidrieras del gran ventanal, se encontró frente a la pequeña Perla. La sombra que proyectaba la cortina ocultaba a Ester Prynne parcialmente.

—¿Qué es lo que tenemos aquí? —dijo el gobernador, mirando con sorpresa a la pequeña figura roja que tenía delante—. Confieso que no he vuelto a ver una figurita semejante desde mis tiempos de vanidad, en la época del rey Jaime, cuando estimaba como un gran favor el que me admitiesen en las mascaradas de la corte. Allí acostumbraba a ver un enjambre de estas pequeñas apariciones, en los días de vacaciones. ¿Pero cómo ha venido a mi casa esta visitante?

—¡En efecto! —exclamó el buen viejo señor Wilson—. ¿Qué puede ser este pajarillo de pluma escarlata? Sin duda he visto tales imágenes cuando el sol brilla a través de una vidriera coloreada, trazando sobre el suelo figuritas de oro y rojo. Pero eso era en el viejo país. Dime, pequeñita, ¿quién eres y qué ha inducido a tu madre a vestirte de ese modo tan extraño? ¿Eres una niña cristiana? ¿O eres una de esas hadas o trasgos que creíamos haber dejado con otras reliquias papistas en la alegre y vieja Inglaterra?

—Yo soy la niña de mi madre —respondió la visión roja—, y mi nombre es Perla.

—¿Perla? ¡Rubí, más bien! ¡O coral! ¡O rosa roja, por lo menos, a juzgar por tu resplandor! —replicó el viejo ministro, extendiendo en vano su mano para acariciar la mejilla de Perla—. Pero, ¿dónde está esa madre de que hablas? ¡Ah, ya la veo! —añadió; y, volviéndose al gobernador, murmuró a su oído: —¡Ésta es la niña de quien hemos hablado, y aquella desgraciada mujer, Ester Prynne, su madre!

—¿Es posible? —exclamó el gobernador—. ¡Debíamos haber adivinado que esta niña no podía ser sino la hija de la mujer roja! Pero llega a tiempo; ahora mismo trataremos del asunto.

El gobernador atravesó el ventanal, penetrando en el salón, seguido de sus tres huéspedes.

—Ester Prynne —dijo, fijando su severa mirada sobre la portadora de la letra roja —, hemos hablado mucho de ti en estos últimos días. El asunto ha sido pesado y discutido; hemos entablado discusión sobre si nosotros, que tenemos autoridad e influencia, hacemos bien en descargar nuestras conciencias confiando un alma inmortal, como esa niña, al cuidado de una mujer que ha tropezado y caído entre las añagazas de este mundo. ¡Habla tú que eres su madre! ¿No crees que, por su vida temporal y eterna, debiera la niña no estar a tu cuidado y ser educada severamente, corregida con rectitud e instruida en las verdades del cielo y de la tierra? ¿Qué puedes tú hacer por la niña en este sentido?

—¡Yo puedo enseñar a mi pequeña Perla todo cuanto esto me ha enseñado! —contestó la madre apoyando el dedo sobre la letra roja.

—Mujer, ésa es la divisa de tu vergüenza —replicó el severo magistrado—. Por la mancha que esa letra significa es por lo que pondríamos tu hija en otras manos.

—Sin embargo —dijo la madre con calma, aunque palideciendo—, esta divisa me ha enseñado, y me enseña diariamente, me está enseñando en este mismo momento, lecciones por las que mi hija puede ser más instruida y más buena, a pesar de que a mí no pueden serme de provecho alguno.

—Nosotros juzgaremos el asunto cuidadosamente —dijo Bellingham—, y veremos qué es lo que podemos hacer. Buen Master Wilson, ruego a usted examine a Perla, ya que ése es su nombre, y vea si tiene la educación cristiana que debe tener una criatura de su edad.

El viejo clérigo sentóse en un sillón y trató de colocar a Perla entre sus rodillas; pero la niña, no acostumbrada a que la tocasen, ni a familiaridad alguna más que con su madre, escapó, saltando por la ventana abierta, y permaneció en pie sobre la última grada, mirando como un pájaro salvaje de los trópicos, de rico plumaje, dispuesto a remontarse por los aires. El señor Wilson, un poco asombrado ante aquella violencia, era un personaje cariñoso y favorito de los niños; trató, no obstante, de proceder al examen.

—Perla —dijo, con gran solemnidad—, necesitas ser instruida de tal modo, que puedas llevar sobre tu pecho la perla de más precio. ¿Puedes decirme, hija mía, quién te creó?

Perla sabía muy bien quién la había creado, porque Ester Prynne, hija de una casa piadosa, muy pronto después de su charla con la niña respecto a su Padre celestial, comenzó a informarla de esas verdades que el espíritu humano, de cualquier edad que sea, asimila con el más vivo interés. Así pues, Perla podía, después de tres años de cuidados, sufrir el examen del devocionario de Nueva Inglaterra o de la primera columna de los Catecismos de Westminster, si bien desconociendo la forma externa de estas dos célebres obras. Pero esa perversidad de que, en mayor o menor grado, están dotados todos los niños, y de la que tenía una décima parte la pequeña Perla, tomó entonces, en momento tan oportuno, posesión de su ser, y selló sus labios, o impidió que salieran las palabras a través de ellos. Después de meterse el dedo en la boca, de rehusar muchas veces responder a la pregunta del bueno del señor Wilson, dijo, por fin, la niña que ella no había sido hecha, ni mucho menos, sino que había sido cogida por su madre del rosal que crecía a la puerta de la prisión.

Esta fantasía tal vez le fuera sugerida por la cercana proximidad de las rojas rosas del gobernador, puesto que se hallaba la niña en la parte exterior de la ventana, y por el recuerdo del rosal de la puerta de la prisión.

El anciano Roger Chillingworth, con una sonrisa en su rostro, murmuró algunas palabras al oído del joven clérigo. Ester Prynne miró a aquel hombre habilidoso, y aún entonces, con su sino pendiente de la balanza, se alarmó al notar el cambio que habían sufrido sus facciones, lo mucho más feas que se habían vuelto, lo mucho más lúgubre que era su rostro y lo mucho más desgraciado que era su cuerpo, desde los días en que le había conocido familiarmente. Tropezó con sus ojos por un instante, pero tuvo que reprimirse inmediatamente a la escena que se estaba desarrollando.

—¡Esto es terrible! —exclamó el gobernador, reponiéndose despacio del asombro que le causó la respuesta de Perla—. ¡He aquí una criatura de tres años que no puede decir quién la creó! ¡Sin duda están a oscuras, como lo está su alma, su presente depravación y su destino futuro! Creo, señores, que no necesitamos seguir indagando.

Ester cogió a Perla, a la fuerza, en brazos, y, con la más fiera expresión, se puso frente al viejo magistrado puritano. Sola en el mundo, arrojada de él, con aquel solo tesoro para conservar vivo su corazón, sintió que poseía indudables derechos contra el mundo, y estaba dispuesta a defenderlos hasta la muerte.

—¡Dios me dio la criatura! —gritó—. Él me la dio en compensación de todas las cosas que vosotros me habíais quitado. ¡Es mi ventura! ¡Es, también, mi tormento y la que me sostiene aquí, viva! ¡Perla también me castiga! ¿No veis que ella es la letra roja, única capaz de ser amada y, por tanto, dotada del poder de retribución de mi pecado? ¡No, no me la quitaréis! ¡Antes la muerte!

—¡Pobre mujer! —exclamó el buen clérigo anciano—. La niña será atendida con todo cuidado, mejor que tú puedas hacerlo.

—¡Dios la puso bajo mi tutela! —repitió Ester, convirtiendo su voz en un chillido—. ¡No la entregaré! —Y entonces, por un impulso repentino, volvióse al joven clérigo, señor Dimmesdale, a quien hasta entonces no había dirigido la vista.

—¡Habla por mí, tú! ¡Tú fuiste mi pastor y tuviste mi alma bajo su cuidado! ¡Tú me conoces mejor que estos hombres! ¡Yo no pierdo mi hija! ¡Habla por mí! ¡Tú conoces las simpatías de que carecen estos hombres! ¡Tú conoces mi corazón, y lo que son los derechos de una madre! ¡Tú sabes lo poderosos que son cuando la madre no tiene más que su hija y la letra roja! ¡Mírala! ¡No perderé mi hija! ¡Mírala!

Ante aquella altiva y singular apelación que indicaba cómo la situación de Ester Prynne había provocado en ella poco menos que la locura, el joven ministro se adelantó, pálido, y se puso la mano sobre el corazón, como tenía por costumbre cuando se agitaba su peculiar temperamento nervioso. Parecía mucho más delicado y enflaquecido que cuando le describimos en la escena de la pública ignominia de Ester, y fuera por falta de salud o por otra causa cualquiera, sus grandes ojos oscuros reflejaban un mundo de dolor en su conturbada y melancólica profundidad.

—¡Hay verdad en lo que dice —comenzó diciendo el ministro, con voz dulce, trémula, pero tan poderosa que hacía resonar el salón con su eco y retumbar la hueca armadura—, verdad en lo que dice Ester y hay verdad en el sentimiento que la inspira! Dios le dio la criatura, y le dio, además, un conocimiento instintivo de su naturaleza y necesidades; ambas tan peculiares, al parecer, que ningún otro ser mortal puede poseer. ¿Y, a mayor abundamiento, no hay una relación de enorme santidad entre la madre y esta niña?

—¡Eh! ¿Cómo es eso, Master Dimmesdale? —interrumpió el gobernador—. ¡Acláreme eso, se lo ruego!

—Hasta eso puede haber —reasumió el ministro—, porque ¿si nosotros lo juzgásemos de otro modo, no diríamos que el Padre celestial, el Creador de toda carne humana, ha reconocido ligeramente una comisión de pecado y que, en modo alguno, ha hecho la distinción entre la prohibida lascivia y el amor sagrado? Esta hija de la culpa de su padre y de la vergüenza de su madre ha venido de la mano de Dios, para laborar en su corazón de mil formas diversas, en el corazón de la que pide, tan ávidamente y con tanta amargura de espíritu, el derecho a tenerla. ¡Fue indicada para su bendición, para la única bendición de su vida! ¡Fue indicada, sin duda, como la propia madre nos ha dicho, como una retribución además; como una tortura para ser sentida en muchos e impensados momentos; como una espina, como una mancha, como

una sempiterna agonía en la neblina de una inquie-
tante alegría! ¿Si ella no hubiese expresado este
pensamiento en el aspecto de esta pobre niña, nos
recordaría tan forzosamente el rojo símbolo que ostenta sobre su seno?

—¡Muy bien dicho! —exclamó el señor Wilson—.
Yo temí que la mujer no tenía otro pensamiento que
el de hacer de su niña una saltimbanqui.

—¡Oh, no, nada de eso! —continuó el señor Dimmesdale—. Ella reconoce, creedme, el solemne milagro que Dios forjó en la existencia de esa niña. ¡Y, tal
vez, sienta (y creo que así sea) que esta fortuna fuese
indicada, sobre todas las cosas, para guardar viva el
alma de la madre y preservarla de mayores negruras
de pecado a que Satanás hubiera tratado de arrojarla!
Es así, pues, un bien para esta pobre pecadora, que
tuviera una inmortalidad infantil, un ser capaz de dichas y tristezas eternas, confiado a su cuidado, para
ser conducido por ella con toda rectitud, para recordarle en todo momento su caída; pero para enseñarla,
no obstante, como si fuera por la sagrada señal del
Creador, que, si condujese su hija al cielo, también la
hija llevaría al cielo a su madre. ¡Así pues, por el
bien de Ester Prynne y por el de la pobre niña, dejé-
moslas donde la Providencia ha creído apropiado de-
jarlas!

—Habla usted, amigo mío, con mucho ardor —dí-
jole, sonriendo, Roger Chillingworth.

—Y hay un profundo significado en lo que mi joven
hermano ha dicho —añadió el reverendo Wilson—.
¿Qué dice usted, honorable Master Bellingham? ¿No
cree usted que ha abogado bien por la pobre mujer?

—En efecto, y ha aducido tales argumentos, que habremos de dejar el asunto tal como ahora está; al
menos, mientras la mujer no sea causa de otro escándalo. Sin embargo, ha de tenerse cuidado de que la
criatura sea puesta en manos de usted o de Master

Dimmesdale para la debida instrucción en el cate-
cismo; y a su debido tiempo, además, los cabezas de
familia han de cuidarse de que acuda a la escuela y a
la capilla.

Cuando cesó de hablar, el joven pastor se había re-
tirado unos pasos del grupo, permaneciendo medio
oculto por los pesados pliegues del cortinaje de la ventana; y la sombra de su figura que la luz solar proyectaba sobre el suelo, tremolaba con la vehemencia de
su apelación. Perla, aquel duendecillo arisco y luchador, dirigióse a él lentamente, y tomando una de sus
manos entre las suyas, apoyó sobre ella la mejilla; fue
una caricia tan tierna y, además, tan voluntaria, que
su madre, que la estaba observando, se preguntó:
«¿Es ésa mi Perla?» Sabía que había amor en el corazón de la niña, aunque casi siempre se revelaba como
pasión; y escasamente dos veces en su vida había mos-
tiádose tan gentilmente tierna como entonces. El pastor (porque, salvo las interrogantes y largas miradas
de las mujeres, nada hay más dulce que las muestras
de preferencia de los niños, de acuerdo espontáneo
por su instinto espiritual y que, por tanto, parece que
nos impone algo verdaderamente merecedor de ser
amado) miró alrededor, puso la mano sobre la cabeza
de la niña, dudó un instante, y luego la besó en la
frente. La pequeña Perla se despojó de aquel aspecto
sentimental, comenzó a reír y penetró en el salón con
tal ligereza, tan vaporosamente, que el viejo señor
Wilson creyó que ni las puntas de sus pies tocaron el
suelo, y le dijo a Dimmesdale:

—¡La pequeña envoltura debe ocultar una brujería! ¡No necesita la escoba de las mujeres viejas para
volar!

—¡Es una criatura extraña! —hizo notar Roger Chillingworth—. Fácil es ver en ella la parte de su madre.
¿Si pudiese caer dentro del estudio de un filósofo,
creen ustedes, señores, que, analizando la naturaleza

de esa niña, su factura y moldeado, no daría con el padre?

—Sería pecaminoso, en ese asunto, seguir la pista de la filosofía profana —dijo el señor Wilson—. Más vale rezar y rogar por ella; y aun quizá sea mejor dejar el misterio como lo hemos encontrado, a menos que la Providencia lo revele por su propio acuerdo. De ese modo, todo buen cristiano tiene un título que mostrar de bondad paternal hacia el desgraciado y abandonado bebé.

Habiendo terminado el asunto tan satisfactoriamente, Ester Prynne y su niña abandonaron la casa. Cuando descendían las gradas, se abrieron las persianas de una ventana y asomó a la luz del sol la cabeza de la señora Hibbins, la malhumorada hermana del gobernador Bellingham, la misma que, pocos años después, fue ejecutada como bruja.

—¡Chist, chist! —dijo, mientras su cara de mal agüero parecía echar una sombra sobre la alegre fachada—. ¿Irás con nosotras esta noche? Habrá una compañía muy alegre en la selva; y poco menos que prometí al Hombre Negro que Ester Prynne sería una de las nuestras.

—¡Excúsame, te lo ruego! —contestó Ester con una sonrisa de triunfo—. Tengo que trabajar en casa y cuidar de mi pequeña Perla. Si me la hubiesen arrebatado, probablemente hubiese ido muy gustosa contigo al bosque, y hubiese firmado mi nombre, además, en el libro del Hombre Negro, ¡y con mi propia sangre!

—¡Ya te tendremos allí pronto! —respondió la dama-bruja, refunfuñando y retirándose de la ventana.

Pero si suponemos que esta entrevista entre la señora Hibbins y Ester Prynne fuese auténtica y no una parábola, era ya una ilustración del argumento del joven ministro contra el separar la relación de una madre caída con la eflorescencia de su fragilidad. Ya tan pronto había salvado la niña a su madre de los lazos de Satán.

IX

EL MÉDICO

Bajo el nombre de Roger Chillingworth recordará el lector se ocultaba otro nombre, el que su primitivo portador resolvió no volviera a ser pronunciado. Se ha dicho cómo, entre el grupo que presenció la ignominiosa exposición de Ester Prynne, un hombre entrado en años, extenuado por el trabajo, recientemente evadido de la peligrosa selva, contempló a la mujer en quien esperó encontrar unidos el calor y la felicidad de un hogar, expuesta ante el público como modelo de pecado. El balbuceo de su infamia la envolvía en la plaza del mercado. Para sus parientes, si alguna vez llegase a ellos la noticia, y para los compañeros de su vida sin mancha, no quedaba nada sino el contagio de su deshonor, el cual no dejaría de ser distribuido con estricta relación y proporción a la intimidad y santidad de sus anteriores relaciones. Entonces, ¿por qué el individuo, cuya conexión con la mujer caída había sido la más íntima y sagrada de todas ellas, adelantóse a vindicar su reclamación en una herencia tan poco deseable? Resolvió no ser empicotado junto a ella sobre el pedestal de su vergüenza. Desconocido para todos, excepto para Ester Prynne, y poseyendo el candado y la llave de su silencio, optó por ocultar su nombre a la humanidad y, en lo referente a sus anteriores ligaduras e intereses, desvanecerse como si en realidad yaciera en el fondo del océano, donde hacía largo tiempo que el rumor público le había puesto. Una vez efectuado este propósito, debían sobrevenir nuevos intereses e, igualmente, un nuevo propósito, oscuro, es

cierto, si no culpable, pero de fuerza suficiente para
ocupar todo el poder de sus facultades. Para perseguir
esta resolución fijó su residencia en la población puritana como Roger Chillingworth, sin otra presentación
que el saber y la inteligencia que en medida poco común poseía. Como sus estudios en anterior período de
su vida habíanle familiarizado extensamente con la
ciencia médica de la época, presentóse como médico,
y como tal fue cordialmente recibido. Hombres habili-
dosos en la profesión médica y quirúrgica eran raros
en la concurrencia de la colonia. Rara vez aparecían
para tomar parte en el celo religioso que llevó a otros
emigrantes a cruzar el Atlántico. En sus sondeos en el
cuerpo humano, quizá ocurriera que las facultades
más altas y sutiles de esos hombres se materializasen,
y que perdieran la visión espiritual de la existencia
entre los intrincados y maravillosos mecanismos que
parecían envolver el arte necesario para comprimir
dentro de ello todo lo de la vida. De toda suerte, la
salud de la buena población de Boston, en cuanto a lo
que la medicina tenía que ver con ella, había estado
hasta entonces bajo la tutela de un viejo diácono y bo-
ticario, cuya piedad y santo comportamiento eran más
fuertes testimonios en su favor que los que pudiese
haber producido en forma de título. El único cirujano
era uno que combinaba el ejercicio casual de aquel
arte noble con el blandido diario y habitual de una na-
vaja de afeitar. Comparado con aquel cuerpo profesional, Roger Chillingworth era una brillante adquisición.
Pronto manifestó su familiaridad con la ponderosa e
imponente maquinaria de la física antigua, en la que
todo remedio contenía una multitud de ingredientes
heterogéneos y de viejo descubrimiento, elaborados
tan complicadamente, como si el resultado de su propósito hubiese sido el elixir de la vida. En su cautivi-
dad india había adquirido, además, mucho conocimiento de las propiedades de yerbas y raíces nativas, y

no ocultaba a sus enfermos que estas sencillas medicinas tenían para él mayor confianza que la farmacopea europea, que tantos sabios doctores emplearon siglos en elaborar.

Este sabio extranjero era ejemplar, al menos en la forma externa de su vida religiosa, y al poco tiempo de su llegada eligió al reverendo señor Dimmesdale para su guía espiritual. El joven pastor, cuyo nombre todavía se recordaba en Oxford con encomio, era considerado por sus más fervorosos admiradores poco menos que como un apóstol enviado del cielo, destinado a realizar grandes hechos en pro de la hoy debilitada Iglesia de Nueva Inglaterra, como los antiguos Padres lo hicieron en los comienzos de la fe cristiana. En aquel período, sin embargo, había comenzado el señor Dimmesdale a sentirse enfermo. Para los que conocían mejor sus costumbres, la palidez de las mejillas del joven ministro era debida al exceso de estudio y, más que nada, a los ayunos y vigilias de que hacía práctica frecuente para evitar que la incivilidad de este estado terreno oscureciese su lámpara espiritual. Algunos llegaban a declarar que si el joven clérigo había realmente de morir, era porque el mundo no merecía ser hollado por sus plantas. Él, por otra parte, con su característica humildad, manifestaba su pensamiento de que, si la Providencia creía necesario que muriese, sería por su falta de merecimientos para cumplir su humilde misión en la tierra. Con toda esta diferencia de opiniones respecto a la causa de su enfermedad, no podía negarse el hecho; su cuerpo adelgazaba; su voz, aunque todavía rica y dulce, tenía cierta profecía melancólica de decaimiento; observábase con frecuencia que, cuando sufría la más ligera alarma o cualquier otro accidente repentino, se llevaba la mano al corazón, primero, y luego coloreábanse sus mejillas con una densa palidez indicadora del dolor.

Tal era la condición del joven pastor y la inminente

perspectiva de que se extinguiese la luz de su amanecer, cuando Roger Chillingworth llegó a la población.
Su primera entrada en escena pocas personas podrán
decir si era por haber caído de las nubes o por haber
brotado del fondo de la tierra; tenía su aparición un
aspecto de misterio, que fácilmente podía elevarse a lo
milagroso. Se le consideraba hombre de habilidad; se
observó que recogía hierbas y flores silvestres, que
arrancaba raíces y cortaba ramitas de los árboles de la
selva, como uno que conociese las virtudes ocultas,
que no tenían valor para los ojos vulgares. Se le oía
hablar de Sir Kenelm Digby y de otros hombres fa-
mosos, cuyos experimentos científicos se tenían poco
menos que por sobrenaturales, como de haber sido sus
corresponsales o asociados. ¿Por qué, con aquella posición en el mundo de la ciencia, había ido allí? ¿Qué
podía buscar en las selvas, cuando su campo eran las
grandes ciudades? Respecto a estas preguntas tomó
cuerpo el rumor, aunque pareciera absurdo, entre la
gente sensible, de que el cielo había hecho el milagro
de transportar un eminente físico, incorpóreamente, a
través del aire, desde una Universidad alemana hasta
la puerta del estudio del señor Dimmesdale. Individuos de más sabia fe, quienes saben que el cielo rea-
liza sus propósitos sin recurrir al efecto escénico de lo
que se llama interposición milagrosa, inclinábanse a
ver una mano providencial en la oportuna llegada de
Roger Chillingworth.

Esta idea tomó cuerpo por el decidido interés que el
médico manifestaba siempre por el joven clérigo. Se
hizo su feligrés y trató de granjearse su amistad y confianza. Expresó gran alarma por el delicado estado de
salud de su pastor, sintiendo vivos deseos de procurar
su curación, que, aunque tarde, creía pudiera tener favorable resultado. Los ancianos, los diáconos, las madres de familia y las jóvenes del rebaño del señor
Dimmesdale le importunaban pidiéndole aceptase los

ofrecimientos de su pericia, que sinceramente le ofrecía el médico. El joven ministro rechazó delicadamente sus ruegos.

—No necesito medicina —dijo.

Pero ¿cómo podía decir tal cosa el joven clérigo, cuando cada sábado sus mejillas eran más pálidas y enjutas y su voz más temblorosa? ¿Cuándo se había hecho en él un hábito constante, más bien que un gesto casual, el oprimirse el corazón con la mano? ¿Le fatigaba su trabajo? ¿Deseaba morir? Estas preguntas le hacían solemnemente los más viejos pastores de Boston y los diáconos de su iglesia, por el pecado de rechazar la ayuda que tan manifiestamente le ofrecía la Providencia. Él les escuchó en silencio, y finalmente prometió conferenciar con el médico.

Cuando el reverendo señor Dimmesdale, en cumplimiento de este ruego, pidió consejo profesional al viejo Roger, le dijo:

—Desearía, si esa fuese la voluntad de Dios, que mis labores, mis tristezas, mis pecados y penas terminasen pronto conmigo; que lo que hay de terreno en ellos fuese enterrado en mi fosa; y lo espiritual me acompañase al estado eterno; me alegraría esto más que no que pusiera usted a prueba su pericia en beneficio mío.

—¡Ah! —replicó Chillingworth con la calma, fingida o natural, que le caracterizaba—. ¿Es así como debe hablar un joven ministro? ¡Despreciar así la vida un hombre joven que aún no ha echado hondas raíces! ¡Un hombre piadoso que camina con Dios por la tierra desfallecer así para no pisar con Él el pavimento de oro de la Nueva Jerusalén!

—No —replicó el pastor con expresión de dolor, llevándose la mano al corazón—; si me considerase digno de ir allá, me contentaría el trabajar aquí.

—Los hombres buenos siempre se juzgan miserablemente —dijo el médico.

De este modo logró el viejo Roger hacerse el conse-
jero médico del reverendo señor Dimmesdale. Como
no sólo interesaba al médico la enfermedad, sino que
tenía vivo interés por escudriñar en el carácter y cualidades del paciente, estos dos hombres, tan distintos en
edad, llegaron a emplear mucho tiempo juntos. En
beneficio del ministro y para que el médico pudiera
recoger plantas de que extraer los bálsamos, daban
largos paseos por la orilla del mar y por la selva, mez-
clando su charla con el chapoteo y murmullo de las
olas y el solemne rumor que producía el viento en las
copas de los árboles. Con frecuencia era el uno huésped del otro en su lugar de estudio y retiro. Para el
ministro había algo de fascinación en la compañía del
hombre de ciencia, en quien reconocía un cultivo intelectual de profundidad y alcance inmoderados, juntamente con una extensión y libertad de ideas, que en
vano hubiera buscado entre los miembros de su propia
profesión. Verdaderamente estaba alarmado, sobresaltado, de hallar en aquel hombre este atributo. El
señor Dimmesdale era un verdadero sacerdote, un
verdadero religionista, con el sentimiento reverencial
largamente desarrollado, y con un orden de inteligencia que le impulsaba poderosamente a seguir la huella
de un credo y conservar el camino, cada vez más
hondo, con el lapso del tiempo. En ningún estado de
sociedad hubiese sido lo que se llama un hombre de
miras liberales; siempre hubiera sido esencial para su
paz el sentir la presión de su fe dentro de él, soportarla mientras le confinaba en su marco de hierro.
Tampoco dejaba de sentir, aunque con un disfrute
tembloroso, el alivio casual de contemplar el universo
a través del medio de otra clase de intelecto que aquellos con quienes mantenía conversación habitualmente.
Era como si se abriese de par en par una ventana, ad-
mitiendo, en el estudio cerrado y severo, una atmósfera más libre, en cuyo despacho se gastaba su vida

entre la luz de la lámpara o los obstruidos rayos del
día y la rancia fragancia, sea sensual o moral, que ex-
halan los libros. Pero el aire era demasiado fresco o
helado para ser respirado con gusto. Así es que el ministro, y el médico con él, se recogieron en los límites
de lo que su iglesia definía como ortodoxo.

Así escudriñó Roger a su paciente con todo cuidado, tanto cuando le veía en su vida ordinaria, siguiendo la senda acostumbrada en el recorrido de los
pensamientos que le eran familiares, como cuando,
arrojado a otro escenario moral, la novedad de éste
hacía que apareciese algo nuevo en la superficie de su
carácter. Consideraba esencial, al parecer, conocer al
hombre antes de intentar hacerle un bien. Dondequiera que hay un corazón y una inteligencia, las enfermedades del cuerpo físico están matizadas con sus
peculiaridades. En Arturo Dimmesdale eran tan activos el pensamiento y la imaginación y tan intensa la
sensibilidad, que la enfermedad corporal parecía tener
allí su campo de operaciones. Por eso el hombre de
pericia, el médico amigo y amable, trató de ahondar
en el seno del enfermo, sondeando en sus principios,
atisbando en sus recuerdos y probándolo todo con un
toque cauteloso, como un buscador de tesoros en una
oscura caverna. Pocos secretos pueden escapar a un
investigador que tenga oportunidad y licencia para
acometer tal empresa y pericia para llevarla adelante.
Un hombre agobiado con un secreto debiera evitar
especialmente la intimidad con este médico. Si éste
poseyese una sagacidad nativa y algo más incalificable,
llamémosle intuición, si no demostrase un egoísmo in-
trusivo ni características prominentes desagradables; si
tuviese el poder, que fuese innato en él, de llevar su
imaginación a tal afinidad con la del enfermo que éste
ignorase haber dicho lo que imaginaba que sólo había
pensado; si tales revelaciones fuesen recibidas sin tumulto y reconocidas por el silencio, con más frecuen-

cia que por una expresada simpatía; por un aliento inarticulado, y, aquí y allá, una palabra, para indicar que todo estuviese comprendido; si a estas calificaciones de un confidente se añadiesen las ventajas aportadas por conocer su carácter como médico, entonces, en algún momento inevitable, se disolvería el alma del paciente y correría como un arroyo transparente en la oscuridad, exponiendo todos sus misterios a la luz del día.

Roger Chillingworth poseía todos o casi todos los atributos enumerados. Sin embargo, el tiempo transcurría; una especie de intimidad, como hemos dicho, crecía entre los dos cerebros cultivados, los cuales tenían un campo tan ancho para encontrarse como la esfera toda del pensamiento y estudio humanos; discutían todo tópico de ética y religión, de asuntos públicos y de carácter privado; ambos hablaban mucho sobre asuntos que parecían serles personales y, no obstante, los que el médico imaginaba que existían allí, jamás salieron del conocimiento del ministro para llegar a oídos dc su compañero. Éste tenía sospechas, en efecto, de que ni la naturaleza de la enfermedad física del pastor se le había revelado. ¡Era una reserva extraña!

Después de algún tiempo, por indicación de Roger, los amigos del joven pastor hicieron un arreglo, por el cual se hospedaron los dos en la misma casa; así, las alzas y bajas en la marea de la vida del clérigo, podían se apreciadas por el ojo experto y amigable de su médico. Cuando se logró este objeto, largo tiempo deseado, fue grande la alegría en la población. Se apreció como la mejor medida posible para el bienestar del enfermo, salvo que, como con frecuencia se afirmaba por los que se sentían autorizados para hacerlo, hubiese elegido alguna de las muchas florecientes damiselas, espiritualmente afectas a él, para convertirla en su esposa. Sin embargo, no había propósito presente de que Arturo Dimmesdale intentase dar ese paso; rechazaba toda indicación de ese género, como si el celibato sacerdotal fuese uno de los artículos de la disciplina eclesiástica. Destinado por su propia elección, como evidentemente lo estaba, a comer su pan amargo en mesa ajena y a soportar el frío de toda la vida, que es el sino del que busca para calentarse el hogar extraño, parecía realmente que este médico sagaz, experimentado y benévolo, con su concordia de amor paternal y reverente para con su joven pastor, era el hombre único de la humanidad para permanecer constantemente al alcance de su voz.

La nueva residencia de los dos amigos estaba próxima a la capilla del Rey, y en ella vivía una piadosa viuda perteneciente a familia distinguida. Había a un lado de la casa un cementerio, que antiguamente fue propiedad de Johnson, el cual se amoldaba a las respectivas profesiones del pastor y del cirujano, y que les sugería serias reflexiones. El cuidado maternal de la buena viuda asignó a Dimmesdale una habitación exterior bien soleada, con tupidos cortinajes para cerner la luz de la ventana, cuando así lo desease. Las paredes se hallaban cubiertas con tapices gobelinos, representando las historias de Daniel y Bathsheba y de Nathan el profeta, de tonos aún no descoloridos, pero que daban a estos personajes un aspecto terriblemente pintoresco. En este cuarto estableció el clérigo su biblioteca, abundosa en libros encuadernados en pergamino, pertenecientes a los antiguos Padres y a la erudición rabina y monástica, de la que se servían los pastores protestantes, aun cuando difamaban y desacreditaban esa clase de escritores. Al otro extremo de la casa estableció su estudio y laboratorio el viejo Roger; no un laboratorio completo, como un hombre moderno de ciencia lo hubiera puesto, sino provisto de aparatos destilatorios y de lo necesario para componer drogas y productos químicos que el práctico alquimista sabía muy bien cómo obtener. Con aquella situación tan cómoda, estos hombres de estudio se instalaron cada uno en su propio dominio, pero, sin embargo, pasando familiarmente de un departamento a otro y otorgándose una mutua y curiosa inspección en sus respectivos asuntos.

Los amigos que mejor conocían al joven Arturo Dimmesdale imaginaban, como ya hemos dicho, que la mano de la Providencia había realizado todo aquello con propósito de restablecer la salud del ministro, propósito implorado en muchos rezos públicos, domésticos y secretos. Pero otra parte de la comunidad había mirado últimamente la relación entre el pastor y el viejo médico desde otro punto de vista. Cuando una multitud ignorante trata de ver con sus propios, está excesivamente dispuesta a engañarse. No obstante, cuando forma su juicio, como lo hace con frecuencia, en las sustituciones de su corazón grande y ardoroso, las conclusiones obtenidas así son tan profundas e inequívocas como si poseyeran el carácter de verdades reveladas supernaturalmente. La gente, en el caso de que hablamos, no podía justificar su prejuicio en contra de Roger, por hechos o argumentos dignos de una seria reputación. Es cierto que había un artesano, que fue ciudadano londinense en la época en que se cometió el asesinato de Sir Tomas Overbury, y que hoy contaba treinta años de edad, quien afirmaba haber visto al médico, bajo algún otro nombre, que el narrador de esta historia ha olvidado, en compañía del doctor Forman, el viejo y famoso nigromante que se vio complicado en aquel suceso. Dos o tres individuos apuntaban que el médico, durante el cautiverio indio, había aumentado sus conocimientos médicos, por haberse mezclado en los encantamientos de los sacerdotes salvajes, quienes eran universalmente reconocidos como poderosos hechiceros, y que, aparentemente, realizaban curas milagrosas por su habilidad en el arte negro. Un gran número de personas, muchas de las cuales eran de buen sentido y de observación práctica para que sus opiniones tuviesen valor en otras materias, afirmaban que Roger Chillingworth había sufrido un gran cambio en su aspecto desde que se estableció en la población y más aún desde que vivía con Dimmesdale. En un principio su expresión era de calma, meditativa y de estudio; ahora había en su semblante algo feo, algo de maldad, que anteriormente no habían observado, y que se hacía más visible mientras más se le miraba. Según la idea del vulgo, el fuego de su laboratorio había sido llevado desde las profundas regiones y alimentado por un fuelle infernal y, por tanto, como era de presumir, su cara iba ennegreciéndose con el humo.

En suma, llegó a ser opinión casi general que el reverendo Arturo Dimmesdale, como otros muchos personajes de santidad especial en todas las épocas del mundo cristiano, se hallaba encantado por el propio Satanás, o por su emisario, en la forma del viejo Roger Chillingworth. Este agente diabólico tenía permiso divino durante algún tiempo para granjearse la intimidad del clérigo y conspirar contra su alma. Ningún hombre sensible podía dudar de parte de quién había de quedar la victoria. La gente creía a pies juntillas que el ministro saldría del conflicto transfigurado con la gloria que, incuestionablemente, había de ganar. Mientras tanto, no obstante, era triste pensar en la mortal agonía por que había de pasar para conseguir su triunfo. Pero ¡ay!, a juzgar por la tristeza y el terror que se advertían en los ojos profundos del pobre ministro, la batalla era amarga y la victoria insegura.

X

EL MÉDICO Y SU PACIENTE

El viejo Roger Chillingworth había sido de temperamento tranquilo y amable, si bien jamás tuvo calurosos afectos; pero fue siempre un hombre puro y recto en sus relaciones con el mundo. Había comenzado una investigación con la integridad severa y ecuánime de un juez, deseoso únicamente de hallar la verdad; como si la cuestión no envolviese más que las líneas trazadas en el espacio y las figuras de un problema geométrico, en vez de pasiones y maldades que se le hubiesen infringido. Pero, prosiguiendo en su empeño, se apoderó del anciano una terrible fascinación, una especie de calma fiera que no le abandonaría ya. Ahora ahondaba en el corazón del pobre clérigo, como un minero que busca oro, o, más bien, como un sepulturero cavando en una fosa, con la posibilidad de hallar la joya que hubiera sido enterrada con el muerto; pero, probablemente, con la de no encontrar más que mortalidad y corrupción. ¡Ay de su propia alma, si fuese eso lo que buscaba!

Algunas veces, brillaba una luz en los ojos del médico, una luz abrasadora, azul y siniestra, como el reflejo de un horno. La tierra donde trabajaba este minero lúgubre le había dado, quizá, algún indicio para animarle.

«Este hombre —se decía en tales momentos—, puro, como lo creen, espiritual, como parece, heredó de sus padres una fuerte naturaleza animal. ¡Ahondemos un poco más en la dirección de esta vena!»

Luego, después de larga rebusca en el oscuro interior del enfermo, de revolver muchos materiales preciosos, en forma de altas aspiraciones para el bienestar de su raza, amor ardoroso de las almas, sentimientos puros, religiosidad natural fortalecida por el pensamiento y el estudio e iluminada por la revelación, todo este oro incalculable que para el indagador quizá no tuviese más valor que la basura, quedaba descorazonado y dirigía sus investigaciones a otro punto. Seguía tanteando tan furtivamente, con paso tan cauteloso y mirada tan astuta, como el ladrón que penetra en el cuarto donde hay echado un hombre medio dormido (o tal vez despierto), con el propósito de robarle el tesoro en el que tiene puestos sus ojos. A pesar de su precaución premeditada, el suelo cruje de vez en cuando; sus ropas producen ruido con el roce, y la sombra de su presencia, en una proximidad prohibida, va a dar sobre su víctima. En otras palabras, el señor Dimmesdale, cuya sensibilidad nerviosa producía con frecuencia el efecto de intuición espiritual, se daba vaga cuenta de que algo que le era adverso se había puesto en relación con él. Pero el viejo Roger tenía también percepciones que eran casi intuitivas; y cuando el ministro arrojaba sobre él una mirada alarmante, se sentaba y seguía siendo el amigo cariñoso, vigilante, simpático, pero nunca entrometido.

No obstante, el joven pastor hubiese visto más perfectamente el carácter de este individuo, si cierto estado mórbido, al que están expuestos los corazones enfermos, no le hubiese hecho sospechar de toda la humanidad. No fiándose de ningún hombre como amigo, no podía reconocer al enemigo cuando aparecía. Así pues, continuó manteniendo con Roger una relación familiar, recibiéndole diariamente en su estudio, o visitando el laboratorio y, a guisa de recreo, observando el proceso por el que las plantas se convertían en drogas de potencia.

Un día, con el codo apoyado en el antepecho de la ventana que daba al cementerio, y la cabeza sobre la palma de la mano, hablaba con Roger Chillingworth, mientras éste examinaba un manojo de plantas disformes.

—¿Dónde —preguntó, echando una mirada de soslayo a las plantas (porque era, por esta época, costumbre suya no mirar directamente a ningún objeto, bien humano o inanimado)—, dónde, mi querido doctor, ha recogido usted esas hierbas con hojas tan oscuras y lacias?

—Hasta en ese mismo cementerio tan a la mano —respondió el médico—. Me son desconocidas. Las vi que crecían en una sepultura que no tenía lápida, ni otro recuerdo del muerto más que estas feas plantas que se habían apropiado el derecho de recordarle. Brotaban de su corazón y quizá representaban algún secreto espantoso que estaba enterrado con él y que hubiera sido mejor que lo hubiese confesado cuando vivía.

—Tal vez —dijo el clérigo— deseara ardientemente confesarlo y no pudiese.

—¿Y por qué no? —continuó el médico—. ¿Por qué no, ya que todos los poderes de la naturaleza invitan con tanta vehemencia a la confesión del pecado, que estas plantas negras brotan de un corazón sepulto para hacer manifiesto un crimen callado?

—Eso, buen señor, es una fantasía de usted —replicó el ministro—. No puede haber poder, salvo para la Divina Clemencia, que descubra los secretos enterrados con un corazón humano, ya sea por palabras o por signos o emblemas. El corazón, haciéndose culpable de tales secretos, tiene forzosamente que retenerlos hasta el día en que todas las cosas ocultas hayan de revelarse. Ni he leído o interpretado en las Sagradas Escrituras que el descubrimiento de los pensamientos o hechos humanos que entonces haya de hacerse, sea como una parte de retribución. No; estas revelaciones, de no estar yo grandemente equivocado, se nombran simplemente para fomentar la satisfacción intelectual de todo ser inteligente, que esperará ver claro en aquel día todo el oscuro problema de esta vida. Será necesario un conocimiento del corazón humano, para llegar a la solución más completa de ese problema. Y creo, además, que los corazones que ocultan los miserables secretos de que usted habla, los expondrán en aquel último día, no con repugnancia, sino con alegría indecible.

—¿Entonces, por qué no revelarlos aquí? —preguntó Roger, mirando tranquilamente al ministro—. ¿Por qué los culpables no han de proporcionarse antes esa alegría inexplicable?

—En su mayoría lo hacen —dijo el clérigo, oprimiéndose fuertemente el pecho, como si le afligiese algún dolor agudo—. Muchas, muchas pobres almas me han dado su confianza, no sólo en el lecho de muerte, sino vivos y fuertes y bien reputados. Y siempre, después de aquellas confianzas, ¡oh, qué alivio he presenciado en aquellos hermanos pecadores!; como uno que, por fin, respira aire libre, después de haber estado ahogándose durante largo tiempo con su propio aliento putrefacto. ¿Cómo puede ser de otro modo? ¿Por qué un hombre perverso, culpable, digámoslo así, de asesinato, había de preferir enterrar el cadáver en su propio corazón, en vez de arrojarlo fuera en seguida y dejar que el universo se encargase de él?

—No obstante, hay hombres que entierran así sus secretos —observó el médico.

—En efecto, los hay, pero quizá lo hagan por la especial constitución de su carácter; porque reteniendo cierto fervor por la gloria de Dios y por el bien de la humanidad, eviten mostrarse ante los hombres con sus negruras e impurezas, ya que en lo futuro ningún bien podrían reportar, ni podrían redimir el pasado con mejores actos. Por eso, y para su tormento, se mueven entre sus prójimos, pareciendo puros como la nieve recién caída, mientras sus corazones están llenos de una iniquidad de la que no pueden desprenderse.

—Esos hombres se engañan a sí mismos —dijo Chi-

llingworth, con marcado énfasis y haciendo un gesto
con el dedo índice—. Temen echar sobre ellos la vergüenza que realmente les pertenece. Su amor por los
hombres, su celo para el servicio de Dios, esos sagrados impulsos, podrán o no podrán coexistir en sus
corazones con los perversos huéspedes a quienes su
culpa ha cerrado la puerta, pero han de propagar, por
fuerza, dentro de ellos, un engendro infernal. ¡Pero, si
tratan de glorificar a Dios, no les dejemos elevar al
cielo sus manos manchadas! ¡Si han de servir a su prójimo, dejémosles que lo hagan manifestando el poder
y la realidad de la conciencia, obligándoles a la penitencia de su propio envilecimiento! ¿Queréis hacerme
creer, sabio y piadoso amigo, que una falsa apariencia
puede ser mejor, puede ser más para la gloria de
Dios, o para el bien de la humanidad, que la propia
verdad de Dios? ¡Créame usted; esos hombres se engañan a sí mismos!

—Puede ser que así sea —respondió el joven clérigo, evitando una discusión que le parecía irreverente
e irracional; porque, en efecto, el pastor tenía una facultad pronta para eludir cualquier tópico que pudiera
agitar su temperamento demasiado sensible y nervioso—. Pero ahora pregunto yo a mi experimentado
médico: ¿En realidad considera que ha beneficiado a
mi débil cuerpo con sus cuidados cariñosos?

Antes de que Roger pudiese contestar, oyeron la
voz clara y la risa chillona de una niña, que venía del
cementerio. Mirando instintivamente fuera de la ventana, vio el ministro que Ester Prynne y la pequeña
Perla caminaban por una senda que atravesaba el cer-
cado. Perla estaba hermosa como aquel día de verano,
pero se hallaba en uno de aquellos estados de alegría
perversa que parecían privarle de toda simpatía y contacto humanos. Fue saltando de tumba en tumba, irre-
verentemente, hasta que, al llegar a una sepultura ancha y plana, en cuya losa se hallaban esculpidas las

armas de algún poderoso desaparecido (tal vez las de Isaac Johnson), comenzó a bailar sobre ella. En contestación a las amenazas y advertencias de su madre para que se comportara más decorosamente, la pequeñuela cesó en su danza para recoger la semilla de la bardana que crecía junto a la tumba. Una vez que tuvo en su poder un puñado de estas semillas tan adherentes, comenzó a colocarlas, una a una, alrededor de la letra roja que adornaba el pecho de su madre. Ester no trató de arrancárselas.

Roger, que se había acercado a la ventana, echó una terrible mirada al cementerio.

—No hay ley, ni respeto a la autoridad, ni miramiento para las ordenanzas u opiniones humanas, sean o no equivocadas, en la extraña composición de esa criatura —hizo notar el médico—. El otro día la vi echar agua al propio gobernador, en el abrevadero de Spring-lane. ¿Qué puede ser esa niña, en el nombre de Dios? ¿Es el espíritu del mal? ¿Tiene alguna esencia de ser que pueda descubrirse?

—Ninguna, salvo la libertad de una ley quebrantada —respondió Dimmesdale, en forma tranquila, como si discutiera el asunto consigo mismo—. Si es capaz del bien, no lo sé.

La niña oyó, probablemente, sus voces, porque mirando hacia la ventana con sonrisa traviesa de regocijo e inteligencia arrojó una de las semillas al reverendo Dimmesdale. El sensible clérigo se echó atrás, con un movimiento nervioso, para evitar el ligero proyectil. Al notar su novimiento, Perla comenzó a palmotear con éxtasis extravagante. Ester Prynne miró a la ventana involuntariamente; y las cuatro personas, jóvenes y viejas, miráronse unas a otras en silencio, hasta que la niña rió fuertemente y dijo en voz alta:

—¡Vámonos, mamá, vámonos; si no, te cogerá el Hombre Negro que está allí! ¡Mira, ya ha cogido al ministro! ¡Vámonos, madre, que te cogerá! ¡Pero no podrá coger a la pequeña Perla!

Diciendo esto, asióse a su madre y la arrastró de allí, saltando, bailando y retozando fantásticamente entre los montecillos de las tumbas, como una criatura que nada tuviese de común con una generación pasada y enterrada, ni se hallase emparentada con ella. Era como si hubiese sido creada de nuevo, con nuevos elementos, y forzosamente tuviese que vivir su propia vida y ser su propia ley, sin que sus excentricidades hubieran de ser reconocidas como un crimen.

—Ahí va una mujer —continuó Roger Chillingworth, después de una pausa— que, cualesquiera que sean sus méritos, nada tiene de ese misterio de pecado oculto que usted considera tan doloroso de soportar. ¿Cree usted que Ester Prynne es menos miserable por esa letra roja que lleva sobre el pecho?

—Lo creo firmemente —respondió el clérigo—; sin embargo, no puedo responder por ella. Había una expresión de dolor en su semblante, que me hubiese alegrado no ver. Pero con todo, me parece que es forzosamente mejor para el que sufre estar en libertad de mostrar su pena, como esa pobre Ester lo está, que ocultarla, encerrándola en su corazón.

Hubo otra pausa, y el cirujano comenzó de nuevo a examinar las plantas que había recogido.

—Me preguntó usted, hace poco rato —dijo, por fin—, mi parecer con respecto a su salud.

—Ciertamente —respondió el ministro—. Hábleme usted con franqueza, se lo ruego, sea cuestión de vida o muerte.

—Pues franca y plenamente —dijo el médico, todavía entretenido con las plantas, pero sin perder de vista a Dimmesdale—, el desorden es extraño, no tanto en sí como en sus manifestaciones exteriores; al menos con arreglo a los síntomas que he podido apreciar. Observándole a usted diariamente, mi buen señor, y estudiando los rasgos de su aspecto desde hace meses, me atrevería a creer que es usted un hombre enfermo de amargura, quizá, mas no tan enfermo para que un físico observador e instruido no tuviese esperanza de curarle. Pero no sé qué decir; la enfermedad es la que creo conocer y, sin embargo, no la conozco.

—Habla usted en enigma, sabio amigo —dijo el pálido joven, mirando fuera de la ventana.

—Entonces, para hablar más claramente —continuó el médico—, y pido perdón por la claridad de mi discurso, permita usted que le pregunte, como amigo suyo, como uno encargado por la Providencia de su vida y salud física: ¿Me ha sido descubierta toda la operación de este desorden, claramente?

—¿Cómo puede usted preguntar eso? —interrogó a su vez el clérigo—. ¡Sería ciertamente un juego de niños llamar a un médico para luego ocultarle la herida!

—¿Luego usted dice que lo sé todo? —añadió Roger, deliberadamente, y fijando sobre el ministro una mirada brillante, de intensa inteligencia concentrada—. ¡Sea así! Pero repito que aquel a quien no se muestra más que el mal físico externo, conoce, muchas veces, solamente la mitad del niño que debe curar. Una enfermedad corporal que examinamos por completo, puede, después de todo, no ser más que un síntoma de algún alifafe de la parte espiritual. Perdone usted, una vez más, si mis palabras tienen la sombra de una ofensa. Usted, señor, es, entre todos los hombres que he conocido, aquel cuyo cuerpo está estrechamente conjuntado, e imbuido, e identificado, por decirlo así, con el espíritu, que es el instrumento.

—En vista de esto no necesita preguntar más —dijo el clérigo Chillingworth, levántandose con cierto apresuramiento—. ¡No creo tenga usted que medicinar el alma!

Roger, sin alterar su tono tranquilo, ni darse por

aludido con la interrupción, se levantó también y, poniéndose frente al macilento y pálido ministro, continuó en voz baja y con el aspecto oscuro y desgraciado de su figura:

—Así pues, una enfermedad, un sitio dolorido, por llamarlo así, de su espíritu, tiene inmediatas y apropiadas manifestaciones en su constitución física. ¿Quiere usted que de ese modo cure el médico su enfermedad corporal? ¿Cómo podrá hacerlo, mientras usted no le muestre la herida o molestia de su alma?

—¡No, a usted no! ¡No a un físico de la tierra! —gritó Dimmesdale, apasionadamente, echando sobre Roger una mirada llena de fuego y de fiereza—. ¡No a ti! ¡Si fuese una enfermedad del alma, me encomendaría al único médico de almas! ¡Él solo, si le pluguiera, podría curar o matar! ¡Deja que haga conmigo lo que, con su justicia y sabiduría, quiera hacer! ¿Pero quién eres tú para mezclarte en este asunto? ¿Quién eres tú para interponerte entre el enfermo y su Dios?

Y dicho esto, salió precipitadamente de la habitación con un gesto de terror.

Chillingworth quedó mirándole con una grave sonrisa y se dijo: «No está mal que haya dado este paso. Nada se ha perdido. Volveremos a ser amigos en seguida. ¡Pero ved cómo se apodera la pasión de este hombre y le hace desbordarse! ¡Tanto con una pasión como con otra! ¡Mal paso ha dado el piadoso Master Dimmesdale con la ardorosa pasión de su corazón!»

No hubo dificultad para que se restableciese la intimidad entre los dos compañeros, en la misma forma y grado que hasta entonces. El joven clérigo, después de unas horas de soledad, lamentó que el desorden de sus nervios le hubiese conducido a una intemperancia, puesto que nada había que diera motivo a ella en las palabras del médico. Se maravillaba, en efecto, de la violencia con que había tratado al anciano y cariñoso compañero, por haberle aconsejado lo que sencillamente era su deber y que él mismo le había pedido expresamente. Con estos sentimientos de remordimiento, no perdió tiempo en darle todo género de amplias excusas y rogó al viejo amigo continuase prodigándole sus cuidados, los que si no consiguieron restaurar su salud, con toda probabilidad habían prolongado hasta entonces su débil existencia. Roger Chillingworth admitió las excusas de buen grado y continuó la médica supervisión del ministro, haciendo cuanto podía por él, con la mejor buena fe; pero, al dejar el cuarto del enfermo, después de una entrevista profesional, imprimía a sus labios una sonrisa misteriosa y enigmática. Esta expresión era invisible en presencia del clérigo, pero se hacía plenamente clara en cuanto el físico cruzaba el quicio de la puerta.

«¡Un caso raro! —murmuró—. ¡Tengo, por fuerza, que ahondar más en él! ¡Es una extraña simpatía la que existe entre el cuerpo y el alma! ¡Aunque sólo sea por bien del arte, he de buscar la causa en lo más profundo!»

Ocurrió, no mucho después de la escena que acabamos de relatar, que el reverendo señor Dimmesdale, al mediodía, y sin darse cuenta de ello, cayó en un sueño profundo, sentado en el sillón, como estaba, y con un volumen de gruesos y negros caracteres abierto sobre la mesa. Debía ser éste una obra de vasta habilidad en la soporífera escuela de literatura. Era sumamente notable la profundidad del reposo en que se hallaba sumido el ministro, tanto más por ser una de esas personas cuyo sueño, ordinariamente, es tan ligero, tan vacilante y fácil de desbaratar. Hasta tal punto se había alejado involuntariamente su espíritu; hasta tal punto, sin embargo, se había encerrado, que no se movió en absoluto sobre el sillón cuando el viejo Roger, sin adoptar ninguna precaución extraordinaria, entró en el cuarto. El médico se dirigió directamente frente a su enfermo, le puso la mano sobre el pecho y desabrochó el hábito, que, hasta entonces, jamás había descubierto aún a los ojos profesionales.

Entonces, en efecto, el señor Dimmesdale tembló y se movió ligeramente.

Después de una pausa breve, el viejo físico se fue.

¡Pero con qué mirada de asombro, de alegría y de horror! ¡Con qué espantosa enajenación; como si fuese demasiado poderosa para ser expresada solamente con los ojos y las facciones y, por tanto, brotase a través de toda la fealdad de su figura, haciéndose hasta desenfrenadamente manifiesta por los gestos extravagantes con que alzaba sus brazos al techo y pateaba sobre el suelo! Si un hombre hubiese visto al viejo Roger en aquel momento de su éxtasis, no hubiera tenido necesidad de preguntar cómo se comporta Satanás cuando se pierde un alma preciosa para el cielo y se gana para su reino.

¡Pero lo que distinguía al éxtasis del médico del de Satán era el marcado asombro que había en él!

XI

EL INTERIOR DE UN CORAZÓN

Después del incidente que acabamos de relatar, la relación entre el clérigo y el médico, aunque exteriormente la misma, era de muy distinto carácter al que hasta entonces había sido. La inteligencia de Roger Chillingworth tenía ahora delante una nueva senda, suficientemente llana y distinta a la que había pensado seguir. Aunque parecía ser sosegado, gentil, desapasionado, había en el viejo cirujano un fondo tranquilo de malicia, hasta entonces latente, pero ahora activa, que le arrastraba a imaginar una venganza más íntima que la que jamás mortal alguno tomó sobre un enemigo: ¡Hacerse el hombre de confianza a quien pu-

diera trasladarle todos los temores, los remordimientos, la agonía, el arrepentimiento sin efecto, el
retroceso de los pensamientos pecaminosos expulsados
en vano! ¡Toda esa culpable tristeza ocultada al
mundo, cuyo gran corazón la hubiese compadecido y
perdonado, iba a serle revelada a él, que no perdo-
naba! ¡Todo aquel oscuro tesoro iba a desparramarse
sobre el hombre a quien con nada tan adecuado podía
pagársele la deuda de venganza!

La reserva tímida y sensitiva del ministro había des-
baratado este plan. Roger, sin embargo, no se hallaba
menos satisfecho con el aspecto de los asuntos que la
Providencia había sustituido para sus negras estrata-
gemas, utilizando al vengador y a su víctima para sus
propósitos, y quizá perdonando, cuando parecía que
debía castigar. Una revelación podía decir, al menos,
que le había sido concedida, importándole poco para
su objeto que fuese celestial o no. Con su ayuda,
todas las subsiguientes relaciones entre él y Dimmesdale parecía que habían de ofrecérsele a la vista, no
en su forma externa, sino en lo más hondo de su
alma; de tal modo que podría ver y comprender todos
sus movimientos. Así se convirtió no sólo en espectador, sino en el primer actor del mundo interno del pobre ministro; podía representar en él a su placer. ¿Le
despertaría con una vibración de agonía? La víctima
estaba para siempre en el potro del tormento; no necesitaba más que conocerse el resorte para el manejo
de la máquina, ¡y el médico lo conocía bien! ¿Le es-
pantaría con un miedo repentino? ¿Como al contacto
de la varita mágica de un encantador, hacer aparecer
un espantoso fantasma, miles de fantasmas, de muchas
formas, de muerte, de terrible vergüenza, volando
todos alrededor del clérigo y señalando con sus dedos
al pecho?

Todo esto fue realizado con tan astuta perfección
que el ministro, si bien tenía constantemente una débil

sensación de que alguna dañina influencia le vigilaba, nunca pudo tener conocimiento de su efectiva naturaleza. Cierto es que miró dudosa, temerosamente, aun con horror y con la amargura del aborrecimiento, a la figura deforme del viejo físico. Sus gestos, su continente, su barba gris, sus actos más ligeros y más indiferentes, la misma forma de vestir, eran odiosos a los ojos del clérigo. Así como era imposible dar una razón para tal desconfianza y aborrecimiento, el señor Dimmesdale, sabiendo que el veneno de un sitio insano inficionaba toda la sustancia de su corazón, no atribuía todos sus presentimientos a otra causa. Se propuso desechar las malas simpatías hacia Roger, despreció la lección que podía haber sacado de ellas, e hizo cuanto pudo por arrancarlas de raíz. Imposibilitado para realizar esto, continuó, sin embargo, sus costumbres de familiaridad social con el viejo, dándole así constantes ocasiones para perfeccionar el propósito, al que, pobre y abandonada criatura como era, y más desgraciado que su víctima, se había consagrado al vengador.

Mientras sufría así, bajo una enfermedad corporal, corroído y torturado por algún negro trastorno de su alma, y entregado a las maquinaciones de su mortal enemigo, el reverendo señor Dimmesdale había adquirido una brillante popularidad en su oficio sagrado. La obtuvo, es cierto, en gran parte, por sus tristezas. Sus dones intelectuales, sus percepciones morales, su poder para experimentar y transmitir emoción, se conservaban en un estado de actividad extraordinaria, debido a la excitación y angustias de su vida. Su fama, aunque detenida en su más alto declive, oscurecía las más sobrias reputaciones de sus compañeros, eminentes como eran muchos de ellos. Había entre éstos eruditos que emplearon más años en adquirir profunda ciencia relacionada con la divina profesión, que los que había vivido el señor Dimmesdale; y quienes, por consiguiente, podían estar más hondamente versados en más sólidos y valiosos elementos que su joven hermano. Había hombres, además, de cerebro más vigoroso que el suyo y dotados de mucha mayor parte de comprensión perspicaz, dura, férrea o de granito, que, mezclada debidamente con una apropiada proporción de ingrediente doctrinal, constituye una altamente respetable, eficaz e inefable variedad de las especies clericales. Había otros, verdaderos padres virtuosos, cuyas facultades habían sido elaboradas por fatigosa labor entre sus libros, por constante pensamiento, y espiritualizados, además, por comunicaciones espirituales con el mundo mejor, en el que su pureza de vida casi había introducido estos personajes, llevando puestos aún sus hábitos de mortalidad. Lo que les faltaba era el don que descendió sobre los discípulos elegidos en el Pentecostés, en forma de lenguas de fuego, simbolizando, quizá, no el poder oratorio en lenguajes extraños y desconocidos, sino aquel que se dirige a toda la humanidad en el idioma nativo del corazón. Estos padres, por otra parte, tan apostólicos, carecían de la última y más rara deposición del cielo para su oficio: la lengua de fuego. Ellos hubiesen tratado en vano de expresar las más altas verdades con los humildes medios de palabras e imágenes familiares. Sus voces caían, lejos e indistintas, desde las más elevadas alturas, donde residían habitualmente.

Probablemente el señor Dimmesdale pertenecía a esta clase de hombres, a juzgar por muchos rasgos naturales de su carácter. Hubiese alcanzado las más altas cimas de la fe y de la santidad, a no haber impedido esa tendencia el peso, cualquiera que fuese, del crimen o angustia, bajo el cual estaba condenado a agitarse. Esto le mantenía al nivel de los más bajos; a él, el hombre de los atributos eternos, cuya voz hubiesen quizá escuchado los ángeles y a la que hubieran respondido. Pero esta misma carga era la que le daba

simpatía para intimar con la hermandad pecadora de
la humanidad; de tal modo que su corazón latía al uní-
sono con el de ellos, recibía en él sus penas, y comunicaba sus vibraciones de dolor a otros mil corazones
en párrafos de triste y persuasiva elocuencia. ¡Persuasiva con frecuencia, pero, algunas veces, terrible! Las
gentes desconocían la fuerza que así les conmovía.
Consideraban al joven pastor como un milagro de santidad. Se lo imaginaban como el portavoz de los sabios mensajes del cielo, de reproche y de amor. A sus
ojos, el propio terreno que pisaba estaba santificado.
Las vírgenes de su iglesia palidecían víctimas de una
pasión así imbuida con un sentimiento religioso, que
ellas imaginaban que era toda la religión, ostentándola
abiertamente sobre sus blancos senos, como su más
aceptable sacrificio ante al altar. Los ancianos de su
rebaño, al ver la debilidad corporal del pastor, consi-
derándose más fuertes, creían que gozaría del cielo
antes que ellos, y pedían a sus hijos que enterrasen
sus viejos huesos junto a la sagrada fosa del joven
pastor. ¡Y quizá en todo este tiempo, mientras el pobre Dimmesdale pensaba en su tumba, se preguntaba
si crecería sobre ella la hierba, ya que, por fuerza, debía enterrarse allí una cosa maldita!

¡Es inconcebible la agonía con que esta pública veneración le torturaba! Su genuino impulso era adorar
la verdad y reconocer todas las cosas en la sombra,
privadas por completo de peso o valor, que no tuviesen su divina esencia como la vida dentro de su vida.
¿Qué era él, entonces? ¿Una sustancia? ¿La más débil
de todas las sombras? Sentía deseos de hablar desde
lo alto de su propio púlpito, con toda la potencia de
su voz, y decir a las gentes lo que él era. «¡Yo, a
quien contempláis vistiendo los negros hábitos del
clero; yo, quien sube a la cátedra sagrada y eleva su
cara pálida al cielo; quien se encarga de sostener la
comunión, en favor de vuestras almas, con la más alta

omnisciencia; yo, en cuya vida diaria veis la santidad de Enoch; yo, cuyos pasos, como vosotros suponéis, dejan una estela luminosa en mi sendero terrenal, para que los peregrinos que vengan después de mí puedan guiarse a la región de los benditos; yo, que he puesto la mano del bautismo sobre vuestros hijos; yo, que he rezado la oración póstuma junto a vuestros amigos moribundos, a quienes el amén llegaba, débilmente, desde un mundo que habían dejado; yo, vuestro pastor, a quien así reverenciáis y en quien así confiáis, soy una corrupción y una mentira.

Más de una vez había subido al púlpito con el propósito de no bajar hasta después de haber pronunciado palabras como las anteriores. Más de una vez había limpiado su garganta, y suspirado hondamente, trémulamente, para que, al salir de nuevo aquel suspiro, llevase envuelto en él el negro secreto de su alma. ¡Más de una vez, más de cien veces, hubiese hablado! ¡Hablar! ¿Pero, cómo? ¡Había dicho a sus oyentes que era vil, el más vil de todos los viles, el peor de los pecadores, una abominación, una cosa inicua imposible de imaginar; y que lo maravilloso era que no hubiesen visto su desgraciado cuerpo consumirse ante sus ojos por la ardiente cólera del Todopoderoso! ¿Podía haber una oración más clara que ésta? ¿No debía la gente saltar de sus asientos por un impulso simultáneo y arrojarle del púlpito que profanaba? ¡No, no en verdad! Ellos lo oían todo y no hacían sino reverenciarle aún más. Ellos no podían adivinar qué propósito mortal encerraban aquellas palabras de su propia condenación. «¡El joven piadoso!», le llamaban. «¿El santo en la tierra», se decían, «viendo así los pecados en su alma pura, qué horrible espectáculo no verá en la tuya o en la mía?» El ministro sabía bien (sutil pero hipócrita lleno de remordimientos) la luz con que sería vista su vaga confesión. El clérigo había tratado de poner un engaño sobre sí mismo, haciendo la confesión de una conciencia culpable, pero no había hecho sino cometer otro pecado y abrogarse una vergüenza, sin el alivio momentáneo de engañarse. Hablando la propia verdad, la transformó en la misma mentira. Y, sin embargo, por la constitución de su naturaleza, amaba la verdad y odiaba la mentira, como lo hacían pocos hombres. ¡Así pues, sobre todas las cosas, odiaba su miserable ser!

Su trastorno interno le llevaba a prácticas más en relación con la antigua y corrompida fe de Roma que con la luz más clara de la iglesia en la que había nacido y se había criado. En el secreto del ministro, cerrado con candado y llave, existía una flagelación sangrienta. Frecuentemente, este protestante y puritano sublime la había aplicado sobre sus hombros, riendo amargamente mientras lo hacía, y castigándose más a causa de aquella risa amarga. Era también costumbre suya, como lo era de muchos otros puritanos, ayunar; no, sin embargo, como ellos, para purificar el cuerpo y convertirlo en medio más adecuado para la iluminación celestial, sino rigurosamente, hasta que sus rodillas se doblaban bajo él, como un acto de penitencia. Guardaba también las vigilias, noche tras noche, a veces en completa oscuridad; unas veces a la luz de una débil lámpara; y otras contemplando en su espejo su propio rostro, bajo la luz más potente que podía proporcionarse. Así simbolizaba el constante examen de conciencia con que se torturaba, pero no se purificaba. En estas interminables vigilias, su cerebro se ofuscaba con frecuencia y le parecía que se alzaban ante él mil visiones; tal vez vistas dudosamente, por una débil propia luz, en lo más profundo de su celda, o con más claridad y más cerca de él, en el espejo. Ya era un enjambre de figuras diabólicas que gruñían y se burlaban del pálido ministro y le arrastraban con ellas; ya era un grupo de ángeles resplandecientes, que se remontaban volando hacia el cielo pesadamente, como cargados de tristeza, pero que se iban haciendo más etéreos conforme ascendían. Ora llegaban los amigos de su juventud, su padre con la barba blanca, y su madre, que le volvía el rostro cuando pasaba junto a él. ¡El fantasma maternal, la más tenue fantasía de una madre bien podía haber echado sobre su hijo una mirada compasiva! Y luego, en la celda por donde habían desfilado estos pensamientos espectrales, tan horrorosamente, aparecía Ester Prynne, conduciendo a la pequeña Perla vestida de color rojo y señalando con su índice, primero, a la letra roja que su madre llevaba sobre el pecho, y luego, al propio pecho del clérigo.

Ninguna de estas visiones le alucinaron jamás por completo. En cualquier momento, por un esfuerzo de su voluntad, podía discernir las sustancias a través de su brumosa falta de sustancia y convencerse que no eran sólidas en su naturaleza, como lo era la mesa de roble labrado o el volumen grande y cuadrado, encuadernado con piel y cerrado con abrazaderas de bronce, de la divinidad. Pero con todo eso, aquéllas eran, en cierto modo, las cosas más verdaderas y sustanciosas con que bregaba el pobre ministro. La indecible miseria de una vida tan falsa como la suya es la que roba la esencia y sustancia de cualquier realidad que nos rodea y que el cielo quiso que fuesen la alegría y nutrición del espíritu. Para el hombre falso, todo el universo lo es; es impalpable, se convierte en la nada entre sus manos. Y él mismo, mientras se da a ver en una luz falsa, se convierte en una sombra, o, en realidad, cesa de existir. La única verdad que continuaba dando a Dimmesdale una existencia real en esta tierra era la angustia en su alma interna y su desfigurada expresión en el aspecto. ¡Si alguna vez hubiese logrado fuerza para sonreír y llevar un semblante alegre, no hubiera sido tal hombre!

Una de esas lúgubres noches, que pálidamente
hemos apuntado, el ministro se alzó precipitadamente
del sillón. Le había asaltado un nuevo pensamiento.
Tal vez en él hubiese un momento de sosiego. Ata-
viándose con tanto cuidado como si hubiera sido para
el respeto público, y precisamente en la misma forma,
descendió las escaleras suavemente, abrió la puerta y
salió.

XII

LA VIGILIA DEL MINISTRO

Como si caminase en la sombra de un sueño, y
quizá bajo la influencia de cierta especie de sonambu-
lismo, llegó el señor Dimmesdale al sitio donde no hacía mucho tiempo había vivido Ester Prynne sus primeras horas de pública ignominia. La misma plataforma o patíbulo negro y con las huellas que en él habían dejado la lluvia y el sol de siete largos años, des-
gastado además por las pisadas de muchos culpables
que desde entonces lo habían hollado, permanecía
bajo el balcón de la capilla. El ministro subió las escaleras.

Era una oscura noche de comienzos de mayo. Un
paño mortuorio de nubes monótonas cubría el cielo
desde el zenit al horizonte. Si la misma multitud que
había sido testigo presencial cuando Ester Prynne
aguantaba su castigo pudiese haber sido convocada entonces, no hubiera podido discernir cara alguna sobre
la plataforma, ni escasamente la silueta de una figura
humana, en el gris oscuro de aquella medianoche.
Pero toda la población dormía. No había temor de
descubrimiento. El ministro podía permanecer allí, si
así le placía, hasta que la mañana coloréase de rojo el
Este, sin otro riesgo que el de que el aire húmedo y

frío de la noche hiriese su cuerpo, entumeciese sus articulaciones con reumatismo y le hiciera atrapar un catarro laríngeo y una tos pertinaz que defraudasen al expectante auditorio del rezo y sermón del siguiente día. Ningunos ojos podían verle, salvo los siempre despiertos del que le había visto en su estudio manejando las ensangrentadas disciplinas. ¿Por qué había ido allí entonces? ¿Era aquello una burla de la penitencia? ¡Una burla, en efecto, pero en la cual su alma jugueteaba consigo misma! ¡Una burla ante la que se sonrojaban y lloraban los ángeles, mientras los malos espíritus se regocijaban con risa burlona! El clérigo había sido arrastrado hasta allí por el impulso de aquel remordimiento que le acompañaba a todas partes y cuya sola hermana era aquella cobardía que invariablemente le hacía retroceder, asiéndole con mano trémula en el preciso instante en que el otro impulso le había empujado al borde de una confesión. ¡Pobre hombre miserable! ¿Qué derecho tenía una debilidad como la suya a echar sobre sí el peso del crimen? ¡El crimen es para los nervios de hierro, que pueden elegir entre sufrirlo o, si oprime demasiado, sacar su fuerza fiera y salvaje para un buen propósito y arrojarlo fuera en seguida! Este espíritu débil y sensible ninguna de las dos cosas podía hacer, y, sin embargo, estaba haciendo constantemente una cosa u otra, que intervenía, en el mismo nudo intrincado, la agonía de la culpa que retaba al cielo y el vano arrepentimiento.

Así pues, mientras permanecía en el patíbulo, en su vana exposición expiatoria, se apoderó del señor Dimmesdale un gran terror de imaginación; como si el universo estuviese contemplando la letra roja sobre su pecho desnudo, precisamente sobre su corazón. En realidad, en aquel sitio se hallaban, y allí habían estado mucho tiempo, los dientes venenosos del dolor corporal. Sin esfuerzo alguno de su voluntad, o poder para refrenarse, gritó fuertemente; fue un chillido que retumbó en la noche, rebotando de una a otra casa y desde los montes a los últimos confines, como si una legión de demonios lanzase en él su miseria y terror, hubiera hecho un juguete del sonido y lo zarandease de un lado para otro.

«¡Está hecho!», murmuró el ministro cubriéndose el rostro con las manos. «¡Toda la población despertará, se apresurará a salir y me encontrará aquí!»

Pero no fue así. El grito tal vez sonase con mucho más poder que el que en realidad tenía para sus alarmados oídos. La población no despertó, o, si lo hizo, los amodorrados durmientes confundieron el grito con alguna cosa espantosa de su sueño o con el ruido de las brujas, cuyas voces, por aquella época, se oían al pasar sobre los poblados o casas aisladas, conforme caminaban con Satán por los aires.

Así pues, el clérigo, no escuchando síntomas de disturbio, descubrió sus ojos y miró a su alrededor. En una de las ventanas de la mansión del gobernador Bellingham, que se alzaba a alguna distancia en la línea de otra calle, vio aparecer al propio anciano magistrado con una lámpara en la mano, un gorro blanco de dormir y una larga bata blanca envolviendo su figura. Parecía un espectro evocado intempestivamente de su tumba. Era evidente que el grito le había sobresaltado. En otra ventana de la misma casa apareció la vieja señora Hibbins, la hermana del gobernador, también con una lámpara, que, a pesar de la distancia, revelaba la expresión de su rostro agrio y descontento. La vieja sacó la cabeza fuera de la ventana y miró ansiosamente hacia arriba. Fuera de toda sombra de duda, aquella venerable señora bruja oyó el grito del señor Dimmesdale, con sus múltiples ecos y reverberaciones, como el clamor de los malos espíritus y de las brujas nocturnas, con las que era bien sabido hacía excursiones a la selva.

Al ver el resplandor de la lámpara del gobernador, la vieja dama apagó prontamente la suya y desapareció. Es posible que se desvaneciese entre las nubes; el ministro no pudo apreciar más sus movimientos. El magistrado, después de una cautelosa observación de la oscuridad (en la que podía ver poco más que a través de una piedra de molino), se retiró de la ventana.

El ministro quedó relativamente tranquilo. Pronto, sin embargo, hirió sus ojos el brillo débil de una lucecita que al principio lejos, se aproximaba avanzando por la calle. Aquí y allá arrojaba su resplandor de reconocimiento sobre un poste, una valla, el panel de una ventana, el chorro de agua de una bomba, sobre una puerta de roble con su llamador de hierro y sobre el tosco escalón de roble de su entrada. El reverendo Dimmesdale notó todas estas minuciosidades, aun cuando estaba firmemente convencido de que el castigo de su existencia caminaba hacia adelante, en los pasos que entonces escuchaba, y que la luz de la linterna debía caer sobre él a los pocos momentos, y revelar su secreto largo tiempo oculto. Conforme se acercó la luz vio dentro del círculo iluminado a su hermano clérigo o, para hablar con más claridad, a su padre profesional, a la vez que valioso amigo, el reverendo señor Wilson, quien, como conjeturaba ahora el joven ministro, había estado rezando junto al lecho de algún moribundo. Y así era. El buen anciano ministro venía de la cámara mortuoria del gobernador Winthrop, que había pasado de la tierra al cielo en aquella misma hora. ¡Y en aquel momento, rodeado, como los santos personajes de los tiempos antiguos, de un nimbo radiante que le glorificaba entre la bruma de la oscura noche de pecado (como si el fallecido gobernador le hubiese dejado la herencia de su gloria, o como si hubiese echado sobre sí el lejano brillo de la ciudad celestial, mientras miraba hacia allá para ver si el

triunfante peregrino traspasaba sus puertas), el buen
padre Wilson se encaminaba a casa, ayudando sus
pasos con una linterna encendida! El resplandor de
esta luminaria sugirió al señor Dimmesdale los anteriores conceptos, y sonrió (más bien se rió de ellos); y
luego pensó si estaba volviéndose loco.

Cuando el reverendo señor Wilson pasó junto al patíbulo, agitando el manteo con una de sus manos y
sosteniendo con la otra la linterna, el joven ministro
apenas pudo reprimirse de hablar.

«¡Buenas noches tenga usted, venerable padre Wilson! ¡Suba usted aquí, yo se lo ruego, y pasaremos
una hora agradable!»

¡Cielos! ¿Habló en realidad el señor Dimmesdale?
Por un instante creyó que aquellas palabras habían salido de sus labios, pero sólo fueron pronunciadas con
la imaginación. El padre Wilson continuó su camino
despacio, observando cuidadosamente el enfangado
pavimento antes de echar el pie, y sin volver la cabeza
ni una vez hacia la culpable plataforma. Cando se ex-
tinguió en la lejanía la luz de su linterna, descubrió el
ministro, por el desfallecimiento que se apoderó de él,
que los últimos momentos habían constituido una terrible crisis de ansiedad, aunque su imaginación hizo
un esfuerzo involuntario por aliviarse con una especie
de espeluznante travesura.

Inmediatamente después, el espantoso sentido de
humorismo volvió a embargar los solemnes fantasmas
de su pensamiento. Sintió que sus miembros se anqui-
losaban con la inacostumbrada frescura de la noche, y
dudó si podría descender las gradas del patíbulo. El
día iba a clarear y a sorprenderle allí. El vecindario
iba a comenzar a levantarse. Los madrugadores que
saliesen de casa descubrirían su figura, vagamente de-
lineada en la opaca luz, sobre la plataforma de vergüenza, y, medio locos de alarma y curiosidad, irían
llamando de puerta en puerta e invitando a toda la

gente a que fuera a ver el fantasma de algún transgresor difunto, como ellos creerían. Un tumulto espantoso agitaría sus alas de casa en casa. Entonces, cada vez haciéndose más clara la luz del amanecer, se levantarían los viejos patriarcas a toda prisa, vestidos con batas de franela, y las damas matronas, sin preocuparse de cambiar sus ropas de dormir. Toda la tribu de personajes decorosos, que jamás fueron vistos con un solo cabello en desorden, saldrían a la vista del público con el aspecto de una pesadilla en sus semblantes. El viejo gobernador Bellingham se adelantaría con cara ceñuda y la peluca del rey Jaime ladeada; la señora Hibbins con algunas ramitas de la selva adheridas a su ropa y con aspecto más agrio que nunca, después de haber escasamente pegado un ojo, a causa de su vuelo hechicero de la noche; y el bueno del señor Wilson, también, después de haber perdido la mitad de la noche junto al lecho de muerte, y deseoso de no ser interrumpido tan temprano en su sueño con los santos glorificados. Del mismo modo llegarían hasta allí los padres de familia, los diáconos del señor Dimmesdale y las jóvenes vírgenes, quienes tanto idolatraban a su ministro que le habían descubierto sus blancos senos; senos que ahora, en su apresuramiento y confusión, no acertarían a cubrir con sus pañuelos. Todas las gentes, en una palabra, atravesarían los umbrales de sus casas dando tumbos y alzarían sus rostros hacia el patíbulo, sobrecogidas de asombro y de terror. ¿A quién iban a encontrar allí, alumbrado por la rojiza luz del alba? ¡A quién sino al reverendo Arturo Dimmesdale, medio muerto de frío, abrumado de vergüenza y de pie en donde había estado Ester Prynne!

Llevado del horror grotesco de esta pintura, sin darse cuenta, y con infinita alarma, rompió el ministro en una sonora carcajada. Esta risotada fue inmediatamente contestada por una risa ligera, aérea, de niña, en la que reconoció los tonos de la pequeña Perla por un estremecimiento del corazón, no supo si de pena exquisita o de placer.

—¡Perla! ¡Pequeña Perla! —gritó, después de un momento de pausa; y luego, bajando el tono de su voz—: ¡Ester! ¡Ester Prynne! ¿Estás ahí?

—¡Sí; soy Ester Prynne! —respondió ella en tono de sorpresa; y el clérigo oyó sus pasos que se acercaban por el camino lateral—. ¡Soy yo, y mi pequeña Perla!

—¿Cómo viniste, Ester? —preguntó el ministro—. ¿Qué te trajo aquí?

—He estado velando a un moribundo; al gobernador Winthrop, en su morada, y le he tomado medida para coser un hábito; ahora me voy a casa.

—Sube aquí, Ester, sube con la pequeña Perla. Las dos habéis estado aquí antes, pero yo no estuve con vosotras. ¡Subid aquí de nuevo y permaneceremos los tres juntos!

Ester ascendió las gradas en silencio y se puso en pie sobre la plataforma, cogiendo de la mano a Perla. El ministro sintió el contacto de la otra mano de la niña y la tomó. En el momento de hacerlo le sobrevino un torrente tumultuoso de nueva vida; otra vida distinta a la suya, que se destilaba en su corazón, atropelladamente, a través de sus venas, como si la madre y la niña comunicasen su calor vital a su sistema aletargado. Los tres formaban una cadena eléctrica.

—¡Ministro! —murmuró la pequeña Perla.

—¿Qué quieres, niña? —preguntó el señor Dimmesdale.

—¿Estarás aquí con mamá y conmigo mañana al mediodía?

—No; nada de eso, mi pequeña Perla —respondió el ministro, pues, con la nueva energía del momento, había vuelto a él todo el pavor a la exposición pública, que durante tanto tiempo fue la angustia de su vida; y estaba temblando por la conjunción en que se hallaba, pero, sin embargo, con un placer extraño—. No, hija mía. Estaré contigo y con tu madre en algún otro día, pero no mañana.

Perla rió e intentó retirar la mano; pero el ministro la retuvo fuertemente.

—¡Espera un momento, hija mía! —dijo.

—¿Pero prometerás —preguntó Perla— que nos darás la mano mañana al mediodía a mamá y a mí?

—Mañana no, sino otro día.

—¿Cuándo? —persistió la niña.

—En el gran día del juicio —murmuró el ministro—. Entonces, y allí, ante el tribunal, tu madre, tú y yo permaneceremos juntos.

Perla volvió a reír.

Pero antes que el señor Dimmesdale hubiese terminado de hablar, un ligero resplandor brilló a lo lejos, anchamente, sobre el encapotado celaje. Fue, sin duda, uno de esos meteoros que los observadores nocturnos pueden ver con frecuencia, que se consumen en las regiones vacantes de la atmósfera. Tan poderosa fue su radiación que iluminó completamente las densas nubes que se mezclaban entre el cielo y la tierra. La inmensa bóveda se iluminó como el disco de una lámpara enorme. Hizo ver la familiar escena callejera con la claridad del mediodía, pero, al propio tiempo, con el terror que producen los objetos familiares iluminados por una luz desacostumbrada. Las casas de madera, con sus salientes guardillas y sus anchos y macizos aleros; las pisaderas de las puertas y sus umbrales bordeados de la hierba temprana; los surcos de los jardines, negros por las recientes labores que removieron su tierra; las rodadas de los vehículos, destacándose sobre el suelo verdoso; todo esto se hizo visible, pero con una singularidad de aspecto que parecía dar otra interpretación moral a las cosas de este mundo, que nunca tuvieron. Y allí estaba el ministro, con la mano sobre su corazón; y Ester Prynne, con la

letra bordada relumbrando sobre su pecho; y la pequeña Perla, que era un símbolo y el escalón de enlace entre aquellos dos. Allí estaban en el mediodía de
aquel extraño y solemne esplendor, como si fuese la
luz que hubiera de revelar todos los secretos, o el alba
que había de unir a todos los que se pertenecían unos
a otros.

En los ojos de la pequeña Perla había una hechice-
ría; y su cara, cuando la elevaba hacia el ministro, tenía aquella sonrisa traviesa que le daba cierta expresión de duendecillo. Retiró su mano de la del ministro
y señaló a la calle. Pero él cruzó ambas manos sobre
el pecho y elevó su mirada al zenit.

Nada era tan común en aquellos días como el interpretar todas las apariencias meteóricas y otros fenómenos naturales, que ocurrieran con menos regularidad que la salida y puesta del sol y la luna, como revelaciones de un origen sobrenatural. Así pues, una
lanza resplandeciente, un sable flamígero, un arco o
un manojo de flechas vistos en el celaje de medianoche, lo prejuzgaban como guerra con los indios. La
pestilencia se sabía que fue representada por una lluvia de luz rojiza. Dudamos si cualquier suceso notable, para bien o para mal, dejó de ser anunciado por
algún espectáculo de esta naturaleza a los habitantes
de la Nueva Inglaterra, desde su establecimiento allí
hasta los tiempos de la Revolución. Con más frecuencia, sin embargo, descansaba su credulidad en la fe de
un solo testigo presencial, quien observó la maravilla a
través de su pintoresca, magnificente y tergiversada
imaginación, y luego le dio forma más clara en su pensamiento. Era, en efecto, una idea magnífica, que el
destino de las naciones fuese revelado por estos terribles jeroglíficos en la bóveda celeste. Un pergamino
tan ancho quizá no pareciese demasiado extenso para
que la Providencia escribiese sobre él el sino de las
gentes. Era una creencia favorita entre nuestros ante-

pasados, como si representase que su nación estaba bajo la tutela celestial de peculiar intimidad y rectitud. ¿Pero qué habremos de decir, cuando un individuo descubre una revelación, dirigida a él solo, en el mismo extenso pergamino? ¡En tal caso, tan sólo podría ser el síntoma de un estado mental altamente desordenado, cuando un hombre que, por larga e intensa pesadumbre, se hubiese vuelto mórbidamente contemplativo de sí mismo, hubiera extendido su egoísmo sobre el universo entero, hasta que el propio firmamento no pareciese más que una pequeña página de la historia y destino de su alma!

Nosotros imputamos, así pues, solamente a la enfermedad de su corazón y de su vista que el ministro, al mirar a lo alto, percibiese la apariencia de una letra inmensa; la letra A, marcada con líneas de una luz rojo oscuro. Nada sino un meteoro pudo haberse visto en aquel punto, brillando oscuramente a través de un velo de nubes; pero no en la forma que le dio su culpable imaginación o, al menos, tan poco definida que otro culpable pudiera haber visto en ella otro símbolo.

Hubo otra circunstancia singular que caracterizó en aquel momento el estado psicológico del señor Dimmesdale. Al mismo tiempo que contemplaba el zenit, se hallaba, no obstante, perfectamente sabedor de que la pequeña Perla señalaba con su dedo hacia el viejo Roger Chillingworth, que estaba de pie a no larga distancia del patíbulo. El ministro le vio con la misma singular mirada que veía la letra milagrosa. La luz meteórica imprimía a sus facciones, como a todos los demás objetos, una expresión nueva; o también pudiera ser que el médico no se cuidase entonces, como en otros tiempos, de ocultar la maldad con que contemplaba a su víctima. Cierto que si el meteoro iluminó el firmamento y descubrió la tierra, con un temor reverencial que amonestaba a Ester Prynne y al clérigo para el día del juicio, pudiera haber pasado

para ellos Roger Chillingworth como el espíritu malo,
de pie allí, sonriente y ceñudo, para reclamar lo suyo.
Tan viva era la expresión, o tan intensa la percepción
del ministro, que parecía seguir aún dibujada en la oscuridad, después que se desvaneció el meteoro, con
un efecto como si la calle y todas las cosas hubieran
sido aniquiladas de repente.

—¿Quién es ese hombre, Ester? —preguntó el ministro, abrumado por el terror—. ¡Tiemblo ante él!
¿Conoces a ese hombre? ¡Yo le odio, Ester!

Recordó ella su juramento y calló.

—¡Te digo que mi alma se estremece ante su vista!
—continuó el clérigo—. ¿Quién es él? ¿Quién es él?
¿No puedes hacer algo por mí?

—¡Ese hombre me produce un horror indecible!

—¡Ministro! —dijo la pequeña Perla—. ¡Yo puedo
decirte quién es!

—¡Pronto! —exclamó Dimmesdale agachándose
hasta colocar su oreja junto a los labios de la niña—.
¡Pronto, hija, y tan en voz baja como puedas decirlo!

Perla pronunció algo a su oído, que sonó, realmente, como un lenguaje humano, pero que no fue
sino la jerigonza que oímos a los niños, y con la que
se divierten. De todos modos, si envolvía alguna secreta información respecto al viejo Chillingworth, fue
dicha en una lengua desconocida para el erudito clérigo y no hizo más que aumentar la locura de su cerebro. Entonces la niña trasgo lanzó una sonora carcajada.

—¿Te burlas de mí? —dijo el ministro.

—¡Tú no fuiste claro! ¡Tú no fuiste sincero! —respondió la niña—. ¡Tú no prometiste coger mi mano y
la de mi madre mañana al mediodía!

—¡Apreciable señor! —respondió el médico, que
había avanzado hacia el pie del cadalso—. ¡Piadoso
señor Dimmesdale! ¿Es posible que seais vos? ¡Bien,
bien, en verdad! Nosotros los hombres de estudio,

cuyas cabezas están en nuestros libros, tenemos necesidad de ser debidamente cuidados. Soñamos despiertos y caminamos durmiendo. ¡Venid, buen señor y querido amigo, yo se lo ruego; permitid que os acompañe a casa!

—¿Cómo supiste que estaba yo aquí? —preguntó el clérigo temerosamente.

—En realidad —respondió Roger— no sabía nada de este asunto. Pasé la mayor parte de la noche junto al lecho de muerte del gobernador Winthrop, haciendo cuanto mi pobre saber me dictó para aliviarle. Habiendo partido él para un mundo mejor, partí yo también para mi casa, y me sorprendió el resplandor de esa luz extraña. Venga usted, yo se lo ruego, reverendo señor; si no lo hace, será usted incapaz de cumplir con su deber de sábado mañana. ¡Ah, vea usted cómo trastornan la cabeza esos libros!, ¡esos libros! Debiera usted estudiar menos, buen señor, y proporcionarse alguna pequeña distracción; de lo contrario, le ocurrirán estas extravagancias nocturnas.

—Iré a casa con usted —dijo el clérigo.

Con una fría desesperación, como uno que despierta completamente decaído de un horroroso sueño, se rindió al médico y éste le acompañó.

Al siguiente día, siendo sábado, pronunció un sermón que se tuvo como el más rico y poderoso y más repleto de influencias celestiales que jamás saliera de sus labios. Más de un alma, se dijo, fue conducida a la verdad por la eficacia de la oración, y llenáronse los pechos de eterna y santa gratitud hacia el señor Dimmesdale. Pero al descender las gradas del púlpito, un viejo de cabellos blancos le hizo entrega de un guante negro, que el ministro reconoció como suyo.

—Fue encontrado —dijo el viejo— esta mañana en el patíbulo donde se expone a los perversos a la vergüenza pública. Satán lo arrojó allí, supongo yo, intentando un acto injurioso contra vuestra reverencia.

Pero, sin duda, estaba ciego o loco, como siempre lo estuvo y lo estará. ¡Una mano pura no necesita guante para cubrirse!

—Gracias, mi buen amigo —dijo el ministro, gravemente, pero con alarma en el corazón; pues tan confusos eran sus recuerdos, que los sucesos de la noche pasada le parecían visionarios—. Sí, en efecto, parece que es mi guante.

—Y puesto que Satán juzgó apropiado quitárselo, vuestra reverencia, de ahora en adelante, tendrá por fuerza que manejarle sin guantes —apuntó el anciano feligrés, sonriendo espantosamente.

—¿Y no ha oído hablar vuestra reverencia del portento que se presenció anoche? Se vio en el firmamento una gran letra roja, la letra A, que nosotros interpretamos que quiere decir Ángel. ¡Porque, como nuestro buen gobernador Winthrop fue hecho ángel esta noche pasada, era indudable que debiera haber algún aviso!

—¡No —respondió el ministro—, no he oído hablar de cllo!

XIII

OTRO ASPECTO DE ESTER

En su última entrevista con Dimmesdale, quedó impresionada Ester ante la condición a que encontró reducido al clérigo. Sus nervios parecían estar completamente destrozados. Su fuerza moral quedó reducida a la debilidad de un niño. Se arrastraba, impotente, sobre el suelo, a pesar de que sus facultades intelectuales conservaban su fuerza primitiva, o habían adquirido una insana energía que sólo podía haberle dado la enfermedad. Con su conocimiento de una serie de circunstancias ocultas para todos los demás, Ester podía inferir que, aparte la acción legítima de su propia conciencia, ejercía aún sobre el ministro una influencia terrible que se veía obligado a soportar. Sabiendo lo que este pobre y decaído hombre había sido en tiempos, toda su alma conmovióse ante el terror convulsivo con que le pidió, a ella, a la mujer descastada, que le amparase contra su enemigo instintivamente descubierto. Ester pensó que tenía el clérigo derecho a su ayuda. Poco acostumbrada, en su larga reclusión de la sociedad, a medir sus ideas del bien o del mal por cualquier patrón extraño a su ser, vio, o le pareció ver, que caía sobre ella una responsabilidad, en referencia al ministro, como no debía a ningún otro en el mundo entero. Los eslabones que la unían con el resto de la humanidad, eslabones de flores, seda, oro, o cualquiera otra materia, se habían roto todos. Allí estaba el eslabón de hierro del crimen mutuo, que ni él ni ella podían romper. Como todas las demás ligaduras, llevaba con él sus obligaciones. Ester Prynne no ocupaba ahora la misma precisa posición que en los primeros tiempos de su ignominia. Los años se habían sucedido y pasado. Perla contaba entonces siete años de edad. Su madre, con la letra roja sobre su pecho, brillando con su fantástico bordado, hacía tiempo se había convertido en un objeto familiar para los vecinos de la población. Como suele suceder cuando una persona se coloca en una prominencia ante la comunidad, y, al mismo tiempo, no interviene en los intereses públicos o privados, ni en las conveniencias, en los últimos tiempos había alcanzado Ester Prynne una especie de reparación general. Tiene la humana naturaleza en su favor que, excepto cuando su egoísmo es traído a juego, ama con más rapidez que odia. El odio puede convertirse hasta en amor, por un progreso gradual y tranquilo, a menos que impida este cambio una continua irritación nueva del sentimiento original de hostilidad. En este caso de Es-

ter Prynne, no había irritación ni molestia. Jamás batalló con el público, sino que se sometió, sin queja, a
sus peores tratamientos; no hizo reclamación alguna
en pago de lo que sufrió; no se puso a considerar sobre sus simpatías. Además, la intachable pureza de su
vida, durante todos estos años en que se había mantenido apartada de la infamia, era reconocida grandemente en su favor. Con nada que perder ahora a los
ojos de la humanidad, sin esperanzas y, al parecer, sin
deseo de conquistar cosa alguna, no podía ser más que
una genuina mira por la virtud lo que había llevado a
la pobre vagabunda nuevamente sobre su senda.

Se advertía también que, aunque jamás ostentó título alguno, ni aun el más humilde, para compartir los
privilegios del mundo (salvo el respirar el aire común
y ganar el pan de cada día para ella y su pequeña
Perla, con la labor honrada de sus manos), comprendía rápidamente su hermandad con la raza humana,
cuando quiera que hubieran de conferirse beneficios.
Nadie tan dispuesta como ella a dar parte de su pobre
sustento a toda petición de pobreza; aun cuando los
indigentes amargos de corazón pagasen con un escarnio el alimento llevado regularmente a sus puertas, o
las vestiduras cosidas por aquellas manos que podían
haber bordado la túnica de un monarca. Ninguna tan
dispuesta como ella a asistir a los pestilentes cuando
una plaga invadía la población. En todas las épocas de
calamidades, fueran generales o individuales, hallaba
su puesto la descartada de la humanidad. Acudía al
hogar, no como huésped, sino como una interna de
derecho; como si la negrura que se cernía sobre la
casa fuese la luz con que se hallaba intitulada para
mantener trato con sus semejantes. Allí brillaba su letra roja con agrado, entre sus rayos no terrenos. En
todas partes, la marca del pecado era el blandón que
alumbraba la alcoba del enfermo. Hubiese arrojado
sus reflejos sobre los últimos momentos del paciente,

aun a través de las márgenes del tiempo. Le hubiese mostrado el sitio donde posar el pie, cuando la luz de la tierra se fuese oscureciendo rápidamente, antes de que le hubiera alcanzado la luz del porvenir. En tales ocasiones, la naturaleza de Ester se mostraba calurosa y rica; un manantial de ternura humana, incapaz de agotarse ante una verdadera demanda, por duradera que fuese. Su pecho, con la enseña de la vergüenza, era el almohadón más blando para toda cabeza que necesitase apoyo. Se había constituido en una hermana de la Piedad; o, mejor dicho, la había ordenado la pesada mano del mundo. La letra era el símbolo de su llamada. Encontraban en ella tal utilidad, tal poder de ejecutar y de simpatizar, que mucha gente rehusaba interpretar en la A roja su significado original. Decían que quería decir Abel; tan fuerte era Ester Prynne con su fuerza de mujer.

Solamente el hogar oscurecido podía cobijarla. Cuando penetraba en él la luz solar, ya no estaba allí; su sombra se deslizaba por el umbral, esfumándose. La útil interna había desaparecido, sin volver la mirada para recoger el galardón de la gratitud, si es que existía en los corazones de aquellos a quienes tan celosamente servía. Al encontrarles en la calle, jamás levantaba la cabeza para saludarles. Si ellos tenían la resolución de abordarla, colocaba el dedo sobre la letra roja y pasaba de largo. Esto pudiera ser orgullo, pero se parecía tanto a la humildad, que producía toda la suave influencia de esta última cualidad en la imaginación popular. El público es de genio despótico; es capaz de negar la justicia común, cuando se pide enérgicamente como un derecho; pero, con la misma frecuencia, concede más que justicia cuando la petición se hace, como los déspotas quieren que se haga, dejándola a su generosidad. Interpretando el comportamiento de Ester como una petición de este género, inclinóse la sociedad a mirar a su antigua víctima con un semblante más benigno, con el que a ella le importara poco verse favorecida o, quizá, no mereciese.

Los regidores y los hombres sabios e ilustrados de la comunidad reconocían, aun mejor que la gente, la influencia de las buenas cualidades de Ester. Los prejuicios que compartían en común con ésta, se fortificaban en el marco de hierro de su razonamiento, haciéndose una labor más ardua de poder expulsarlos de allí. Día por día, sin embargo, sus arrugas agrias y rígidas se iban ablandando, hasta que el curso de los años les daba una expresión de la mayor benevolencia. Así ocurría con los hombres de rango a quien su posición eminente imponía la tutela de la moral pública. Entretanto, los individuos, en la vida privada, habían perdonado por completo a Ester Prynne su debilidad; más aún, habían comenzado a mirar la letra roja no como una marca de pecado, por la que había de sufrir tan larga y espantosa penitencia, sino como la de sus muchas buenas obras. «¿Ven ustedes aquella mujer con el símbolo bordado?», solían decir a los forasteros. «¡Pues es nuestra Ester, la propia Ester de la población, que tan cariñosa es para los pobres, tan auxiliadora para los enfermos y tan confortable para los afligidos!» Luego, es cierto que la propensión de la naturaleza humana a decir lo peor que hay de ella, cuando toma cuerpo en otra persona, les obligaba a murmurar del terrible escándalo de los pasados años. No es menos cierto el hecho de que, no obstante, a los ojos de los mismos hombres que hablaban así, la letra roja tenía el efecto de la cruz sobre el pecho de una monja. Le daba a Ester una especie de santidad que le permitía caminar sin temor entre toda clase de peligros. De haber caído en una emboscada de bandidos, el símbolo la hubiese salvado. Se contaba, y muchos lo creían, que un indio disparó una flecha sobre la letra roja en cierta ocasión, y el arma arrojadiza cayó al suelo sin producir el menor daño.

El efecto del símbolo, o, mejor dicho, de la posición que para la sociedad indicaba aquél, era poderoso y peculiar para la imaginación de Ester Prynne. La ligereza y gracia de su carácter se habían consumido por el calor abrasador de la marca; hasta el atractivo de su persona había sufrido un cambio. Tal vez fuese la causa de esto la austeridad de su vestido y en parte la sencillez de sus maneras. También fue una triste transformación la de su rica cabellera, que había sido cortada, o tan completamente escondida en la gorra que ni uno de sus lindos rizos volvió a brillar con la luz del sol. Era debido en parte a todas estas causas, pero también a algo más: a que en su rostro no parecía haber rasgo alguno que inspirase amor; nada en su forma, aunque mayestática y estatuaria, con que la pasión pudiera soñar; nada en su seno para volver a hacer de él la almohada del afecto. Había desaparecido de ella algún atributo sin el cual no podía seguir siendo una mujer. Ése es frecuentemente el sino, y ése es el cruel desarrollo del carácter y persona femeninos, cuando la mujer ha encontrado y vivido una experiencia de severidad peculiar. Si es toda ternura, tiene que morir. Si sobrevive, será aplastada en ella la ternura, tan hondamente en su corazón, que no volverá a mostrarse jamás. Ésta es, quizá, la teoría más verdadera. La que ha sido mujer una vez y cesado de serlo, puede que volviera a serlo en cualquier momento, si existiese el mágico toque que efectuara la transfiguración.

Mucha de la frialdad marmórea de la impresión de Ester debía atribuirse a la circunstancia de que su vida había pasado, en gran medida, de la pasión y el sentimiento al pensamiento. Sola en el mundo, sola en cuanto a dependencia alguna de la sociedad, y con la pequeña Perla a su cuidado y protección, sola y sin esperanza de recuperar su posición, aunque no hubiese despreciado el considerarla necesaria, arrojó los frag-

mentos de su cadena rota. La ley del mundo no era
ley para su imaginación. Era una época en la que el
intelecto humano, casi emancipado, había tomado un
estado más activo y amplio que durante muchos siglos
antes. Hombres de armas habían derribado a nobles y
a reyes. Hombres más intrépidos que aquéllos habían
derribado todo el antiguo prejuicio, con el que estaba
encadenado mucho del antiguo principio. Ester
Prynne embebió este espíritu; asumió una libertad de
teoría, entonces bastante común al otro lado del
Atlántico, pero que nuestros antepasados, de haberla
conocido, la hubiesen considerado como un crimen
más horrendo que aquel estigmatizado por la letra
roja. En su casita solitaria de junto a la playa la visita-
ron unos pensamientos que no se hubiesen atrevido a
penetrar en otra vivienda de Nueva Inglaterra; huéspedes sombríos que hubiesen sido para su anfitrión
tan peligrosos como los demonios, de haber visto tan
sólo que llamaban a su puerta.

Es notable el que personas que teorizan de la manera más amplia se conformen, frecuentemente, con la
más perfecta tranquilidad, con las regulaciones ex-
ternas de la sociedad. El pensamiento les basta, sin
necesidad de investirse con la carne y la sangre de la
acción. Así parecía ocurrir con Ester. Sin embargo, la
pequeña Perla no hubiese jamás llegado a ella desde
el mundo espiritual, hubiera sido otra cosa muy distinta. Entonces hubiera llegado a nosotros por la historia, de la mano con Ana Hutchinson, como funda-
dora de una secta religiosa. Quizá, en una de sus
frases, hubiera sido una profetisa. Tal vez, y no hubiese sido improbable, hubiera muerto, condenada por
un severo tribunal de la época, por intentar socavar
los cimientos del establecimiento puritano. Pero el entusiasmo del pensamiento de la madre en la educación
de su niña tenía algo de venganza. La Providencia, en
la persona de la pequeña Perla, había asignado al

cargo de Ester el germen y florecimiento del sexo fe-
menino para ser criada y que se desarrollase en medio
de una multitud de dificultades. Todo estaba en contra
de ella. El mundo le era hostil. El propio carácter de
la niña tenía algo que continuamente daba a entender
que había nacido impropiamente (la influencia de las
pasiones maternales) y que con frecuencia obligaba a
Ester a preguntarse, con amargura de corazón, si la
pequeña había nacido para bien o para mal.

Esta oscura pregunta asaltábala a menudo con referencia a toda la raza humana. ¿Merecía la existencia
ser aceptada? En cuanto a la suya propia, hacía largo
tiempo que contestara negativamente, abandonando
aquel punto como asunto terminado. Una tendencia
especulativa, si bien puede mantener tranquila a una
mujer, como lo hace el hombre, le infunde tristeza.
La mujer comprende que se presenta ante ella una labor sin esperanza. Como primer paso, todo el sistema
de la sociedad debe derrumbarse y ser edificado de
nuevo. Entonces, el propio carácter del sexo contrario
o su larga costumbre hereditaria, que se ha convertido
en naturaleza, debe ser modificada esencialmente
antes que a la mujer pueda permitírsele asumir lo que
parece ser buena y apropiada posición. Finalmente,
desechando toda otra dificultad, la mujer no puede
aprovecharse de todas estas reformas preliminares,
hasta que ella misma haya experimentado un cambio
todavía mayor, en el que la esencia etérea, en la que
tiene su más verdadera vida, se haya evaporado. La
mujer nunca se sobrepone a estos problemas por cualquier ejercicio de pensamiento. No los resuelve más
que de una forma; si su corazón se sobrepone a todo,
desaparecen. Así, Ester Prynne, cuyo corazón había
perdido su latido regular y saludable, vagaba sin guía
en el oscuro laberinto de su imaginación, ya retrocediendo ante un insondable precipicio o evitando una
profunda laguna. La rodeaba un paisaje vasto y espan-

toso, sin encontrar en él un hogar, ni el menor con-
fort. A veces, tomaba posesión de su alma una duda
espantosa; si sería preferible enviar al cielo inmediatamente a la pequeña Perla y entregarse ella al porvenir
que la Eterna Justicia le destinase.

La letra roja no había cumplido con su objeto.

Sin embargo, su entrevista con el reverendo Dimmesdale en la noche de su vigilia le había proporcionado su nuevo tema de reflexión y le había presentado
un objetivo que le parecía merecedor de cualquier esfuerzo y sacrificio por conseguirlo. Había visto la miseria inmensa bajo la cual luchaba el ministro, o, mejor dicho, había dejado de luchar. Vio que se hallaba
el clérigo al borde de la locura, si ya ésta no había hecho presa en él. Era imposible dudar de que cualquier
dolorosa eficacia que pudiera haber en el secreto agui-
jón de su remordimiento era menor que el tósigo des-
tilado en él por la mano que se ofrecía a curarle. Un
secreto enemigo había estado siempre a su lado, bajo
la forma de amigo y auxiliador, y se había aprovechado de las oportunidades que le ofrecía la delicada
naturaleza del señor Dimmesdale. Ester no podía
menos de preguntarse si no había sido un defecto original de verdad permitir que el ministro fuese así arrojado a una posición en la que tanto daño podía espe-
rarse, sin tener esperanza de nada favorable. Su sola
justificación era la de no haber encontrado medio de
salvarle de una ruina mucho más terrible que la suya,
sino sometiéndose al plan de Roger Chillingworth.
Fue a elegir, bajo aquel impulso, la que ahora parecía
ser la alternativa más desgraciada. Determinó redimir
su falta hasta el punto que le fuera posible. Fortalecida por los años de una prueba dura y solemne, se
sentía más propicia a contender con Roger que en
aquella noche en que, abatida por el pecado y medio
loca por la reciente ignominia, había conferenciado
con él en la celda de su prisión. Desde aquel día se

había colocado en una posición más elevada. Por otra parte, el viejo había descendido hasta su nivel, o quizá a uno más bajo, a causa de la venganza que había mantenido.

En suma, Ester Prynne resolvió encontrar a su antiguo marido y hacer cuanto estuviese en su poder para rescatar la víctima que tan evidentemente había caído bajo su garra. La ocasión no se hizo esperar mucho tiempo. Una tarde, paseando con Perla por un lugar apartado de la península, vio al viejo médico con una cesta en el brazo y un cayado en la otra mano, inclinándose sobre el suelo en busca de raíces y hierbas con que confeccionar sus medicinas.

XIV

ESTER Y EL MÉDICO

Ester ordenó a la pequeña Perla que corriese hasta la orilla del mar y jugase allí con las conchas y las algas marinas hasta que ella hubiese hablado con el hombre que recogía hierbas. La niña voló como un pájaro y, descalzándose, comenzó a corretear por las húmedas arenas de la playa. De vez en cuando se paraba para contemplar curiosamente su carita en los charcos que la marea baja había dejado en la arena. Fuera del charco se asomaba la imagen de una niña, con rizos brillantes de cabello oscuro envolviendo su cabeza, y una sonrisa de duendecillo en sus ojos, a quien Perla, no teniendo otra compañera de juego, invitaba a que la diera la mano y fuese a jugar con ella. Pero la pequeña visionaria, por su parte, parecía decirla, con un ademán de cabeza: «¡Éste es un sitio mejor! ¡Ven tú al charco!» Y la pequeña Perla se metía en el agua hasta las rodillas y contemplaba sus pies desnudos en el fondo, mientras desde lo más hondo parecía subir un resplandor fragmentario de sonrisa, flotando de un lado a otro en las agitadas aguas.

Mientras tanto, la madre había llegado adonde se encontraba el médico.

—Desearía hablar dos palabras con usted —dijo ella—, sobre algo que nos concierne mucho.

—¡Ah! ¿Y es la señora Ester la que tiene dos palabras para el viejo Roger Chillingworth? —respondió el, incorporándose—. ¡Con todo mi corazón! He oído a todos hablar con elogio de usted. Ayer, sin ir más lejos, un magistrado, sabio y virtuoso, estaba discurriendo sobre vuestros asuntos, señora Prynne, y me dijo que se había hablado de vos en el Concejo. Se discutió si se debía o no, siempre que no hubiera peligro para el bien público, despojaros de la letra roja que lleváis sobre el pecho. ¡Por mi vida, Ester, que rogué al respetable magistrado que se hiciera así!

—No depende del deseo de los magistrados el arrancar esta marca —replicó Ester con calma—. Si yo fuese merecedora de que se me quitara, caería por sí sola o se transformaría en algo que tuviese un significado distinto.

—Entonces llevadla si así os place —repuso el médico—. La mujer debe seguir su propia fantasía en el adorno de su persona. ¡La letra está alegremente bordada y luce bravamente sobre vuestro pecho!

Durante todo este tiempo, Ester había estado contemplando fijamente al anciano, y se admiró y alarmó del cambio que había sufrido en los últimos siete años. No era que hubiese envejecido, pues si bien se conocían las huellas de la edad que avanzaba, llevaba bien sus años y parecía conservar vigor y vivacidad; pero el antiguo aspecto de hombre intelectual y estudioso, calmado y tranquilo, que es lo que más recordaba ella de él, había desaparecido por completo, siendo reemplazado por una mirada ávida, escudriñadora, interrogadora, casi fría y, sin embargo, cautelosa. Parecían ser su propósito y su deseo disfrazar esta expresión con una sonrisa; pero ésta le hacía traición y se reflejaba sobre su semblante tan irrisoriamente que el espectador podía apreciar admirablemente su lobreguez. Una y otra vez, además, brotaba de sus ojos un resplandor de luz rojiza, como si el alma del viejo estuviese ardiendo y se conservase en rescoldo hasta que, por algún soplo casual de pasión, ardiese con llama momentánea. Reprimía esta mirada con la rapidez posible, y seguía mirando como si nada hubiese ocurrido.

En una palabra, el viejo Roger era una evidencia sorprendente de la facultad de un hombre de transformarse en diablo, con sólo que lo desease, por un razonable espacio de tiempo, y tomar posesión de su oficio. Esta persona desgraciada había logrado su transformación por dedicarse, durante siete años, al análisis constante de un corazón lleno de sufrimiento, derivando de él su goce y añadiendo combustible a aquellas fieras torturas que analizaba y en las que se deleitaba.

La letra roja ardía sobre el pecho de Ester Prynne. Aquí había otra ruina, cuya responsabilidad la alcanzaba en parte.

—¿Qué veis en mi cara? —preguntó el médico—. ¿Qué miráis en ella con tanto interés?

—Algo que me haría llorar, si para ello hubiese lágrimas bastante amargas —respondió ella—. ¡Pero dejémoslo pasar! Es de aquel hombre infortunado de quien deseo hablar.

—¿Y qué hay con él? —gritó Roger, anhelante, como si le gustase el asunto y le agradase tener una oportunidad de discutirlo con la única persona de quien podía hacer una confidente—. Para no ocultar la verdad, señora Ester, ahora mismo se ocupaba mi pensamiento de ese caballero. Así pues, hablad libremente y yo os contestaré.

—Cuando hablamos la última vez —dijo Ester—, hará ahora siete años, fue gusto de usted que yo jurase el secreto de nuestra antigua relación. Como la vida y buena fama de aquel hombre estaban en vuestras manos, no había para mí otro remedio que callar, conforme a su requerimiento. No fue sin grandes recelos que yo me conformase, pues habiendo arrojado todos los deberes para con los seres humanos, me restaba un deber para con él, y algo me decía que le estaba traicionando al aceptar seguir vuestro consejo. ¡Desde aquel día ningún hombre está tan cerca de él como usted! ¡Seguís todos sus pasos! ¡Estáis junto a él cuando duerme o cuando está despierto! ¡Buscáis sus pensamientos! ¡Escudriñáis y revolvéis en su corazón! ¡Vuestra garra está sobre su vida y hacéis que muera diariamente una muerte viviente! ¡Y, sin embargo, aún no os conoce! ¡Al permitir esto, he sido falsa con el único hombre para quien tenía el deber de ser veraz!

—¿Qué remedio os quedaba? —preguntó Roger—. ¡Con que hubiese señalado con el dedo a ese hombre le hubiera precipitado desde el púlpito a un calabozo, y luego, desde allí, posiblemente a la horca!

—¡Más hubiera valido! —dijo Ester.

—¿Qué mal le había hecho yo? —volvió a preguntar Chillingworth—. ¡Yo te prometo, Ester Prynne, que los más ricos honorarios que jamás médico alguno recibiera de manos de un monarca, no pudieran haber pagado el cuidado que he empleado en ese miserable sacerdote! A no ser por mi ayuda, su vida se hubiese consumido en tormentos en los dos años después de perpetuar su crimen y el tuyo; porque su espíritu no tenía la fortaleza tuya para sobrellevar un peso como el de la letra roja. ¡Oh, yo podía revelar un buen secreto! ¡Pero basta! ¡Todo lo que el arte puede hacer lo he gastado en su favor! ¡Si ahora alienta y se arrastra por la tierra, a mí se me debe!

—¡Más le valiera haber muerto de repente! —exclamó Ester Prynne.

—¡Dices bien, mujer! —gritó Roger, dejando que el fuego de su corazón llamease ante sus ojos—. ¡Más le valiera haber muerto de repente! ¡Ningún mortal ha sufrido lo que éste; y todo, todo, en presencia de su peor enemigo! Ha tenido consciencia de mí. Ha sentido pesar sobre él una influencia como una maldición. Sabía, por algún sentido espiritual (pues el Creador no hizo otro ser tan sensible), que ninguna mano amiga tiraba de las fibras de su corazón y que unos ojos miraban curiosamente dentro de él para buscar maldad, y que la encontraban. ¡Pero no sabía que esa mano y ojos eran míos! Con la superstición común a toda la humanidad, creyóse entregado a un mal espíritu, para ser atormentado con sueños espantosos y pensamientos desesperados, como un anticipo de lo que le espera tras de la tumba. ¡Pero era la sombra constante de mi presencia! ¡La proximidad del hombre que más vilmente había engañado! ¡Del hombre que le hacía existir por el perpetuo veneno de su horrible venganza! ¡Allí, no se equivocaba, tenía un mal espíritu codo con codo! ¡Un hombre mortal que tuvo una vez corazón humano y que se había convertido en un mal espíritu para su especial tormento!

El desgraciado médico, al pronunciar aquellas palabras, alzó sus manos con una mirada de horror, como si hubiese visto alguna sombra espantosa que no podía reconocer, y que usurpaba el lugar de su propia imagen en un espejo. Fue uno de esos momentos (que solamente ocurren con el intervalo de los años) en que el aspecto moral del hombre se revela fielmente a sus ojos. Probablemente jamás se había visto así hasta entonces.

—¿No le has atormentado bastante? —dijo Ester notando la mirada del viejo—. ¿No te lo ha pagado todo?

—¡No! ¡No! ¡No ha hecho sino aumentar la deuda!
—respondió el médico; y, al continuar hablando, sus
modales perdieron las fieras características, trocándose
en lúgubres—. ¿Recuerdas, Ester, cómo era yo hace
nueve años? Aun entonces me hallaba en el otoño de
mis días y no en sus comienzos. Toda mi vida había
sido de ansia, estudio, pensamiento, tranquilidad, empleados para acrecentar mi propio saber, y además,
aunque este último objeto era casual, para progreso
del bienestar humano. Ninguna vida fue tan pacífica e
inocente como la mía; pocas vidas tan ricas con los beneficios conferidos. ¿Me recuerdas? ¿No era yo (aunque me creyeras frío, y, sin embargo, pensativo para
los otros y poco anhelante para mí) amable, veraz,
justo y de constantes ya que no ardientes afecciones?
¿No era yo todo eso?

—Todo eso y más —dijo Ester.

—¿Y qué soy ahora? —preguntó él mirándola a la
cara y permitiendo a sus facciones toda su maldad—.
¡Ya te he dicho lo que soy! ¡Un mal espíritu! ¿Quién
me ha hecho serlo?

—¡Fui yo! —gritó Ester temblando—. ¡Fui yo, no
menos que él! ¿Por qué no te has vengado en mí?

—¡Te he abandonado a tu letra roja! —replicó
Roger—. ¡Si eso no me ha vengado, nada más puedo
hacer!

—¡Te ha vengado! —respondió ella.

—Así lo creí —dijo el médico—. Y ahora, ¿qué
quieres de mí respecto a ese hombre?

—Tengo que revelar el secreto —respondió Ester
con firmeza—. Debo conocerte en tu propio carácter.
Lo que pueda resultar no lo sé. Pero esta larga deuda
de confianza que le debo a él, cuya ruina y perdición
he sido, será pagada al fin. En lo concerniente a derri-
bar o mantener su buena fama y su posición terrena, y
quizá su vida, él está en tus manos. No es que yo (a
quien la letra roja ha reformado en verdad, aunque

ésta sea una verdad al rojo blanco, que penetra en mi alma) me doblegue a implorar tu piedad. ¡Haz de mí, lo que quieras! ¡No hay en ello bien para él, para mí, ni para ti! ¡No hay bien ni para la pequeña Perla! ¡No hay sendero que nos conduzca fuera de este funesto laberinto!

—¡Mujer, yo bien pudiera compadecerte! —dijo Roger Chillingworth, sin poder contener un temblor de admiración ante la cualidad casi mayestática que expresaba en su desesperación. Tú tienes grandes elementos. Quizá si hubieses tropezado antes con un amor mejor que el mío no hubiera ocurrido el daño. ¡Yo te compadezco, por el bien que ha sido desperdiciado en tu naturaleza!

—¡Y yo a ti! —respondió Ester Prynne—, ¡por el odio que ha transformado un hombre sabio y justo en un mal espíritu! ¿Te redimirás aún, volviendo a ser humano? ¡Si no por su bien, siquiera por el tuyo! ¡Perdona y abandona su futura retribución al poder que lo reclama! Hasta ahora he dicho que no puede haber para él ningún suceso bueno, o para ti, o para mí, quienes estamos vagando juntos por este tenebroso laberinto del mal, tropezando a cada paso con la culpa que hemos esparcido por nuestra senda. ¡No es así! Puede haber bien para ti, para ti solo, puesto que has estado profundamente equivocado, y en ti está el perdonar. ¿Despreciarás ese único privilegio? ¿Rechazarás ese beneficio inapreciable?

—¡Paz, Ester, paz! —replicó el viejo, con altivez sombría—. No me es dado perdonar. No tengo el poder que me supones. Mi vieja fe, tiempo ha olvidada, vuelve a mí y me explica todo cuanto hacemos y sufrimos. Pero en tu primer paso tortuoso plantaste el germen del mal, y desde aquel momento todo ha sido una necesidad tenebrosa. Tú, que me has engañado, no eres pecadora, salvo en una especie de típica ilusión; ni yo soy una especie de espíritu malo que haya

arrebatado su oficio de manos infernales. Es nuestro
sino. ¡Deja que la flor negra florezca como quiera!
¡Ahora ve por tu camino y procede como quieras respecto a ese hombre!

Hizo un ademán con la mano y se dedicó de nuevo
a recoger hierbas.

XV

ESTER Y PERLA

Así, Roger Chillingworth (una vieja figura deformada, con una cara que persistía en la memoria de los
hombres más tiempo del que éstos deseaban) dejó a
Ester Prynne y continuó encorvado, recorriendo el terreno. Aquí y allá cogía una hierba o arrancaba una
raíz, y las echaba en la cesta que llevaba al brazo. Su
barba gris casi rozaba el suelo, conforme se arrastraba. Ester quedó contemplándole algunos momentos, mirando, con curiosidad casi fantástica, si la
tierna hierba de la temprana primavera se agostaba
bajo sus pies y dejaba la huella de sus pasos, seca y
tostada, entre la alegre verdura. Pensaba qué clase de
hierbas podían ser aquellas que con tanto cuidado recogía el viejo. ¿Sería que la tierra hacía brotar, ante la
simpatía de su mirada y con un mal propósito, aquellas matas de especies desconocidas hasta entonces, al
contacto de sus dedos? ¿Sería suficiente para él que
toda vegetación salutífera se convirtiera en algo deletéreo y maligno a su contacto? ¿Brillaba para él el sol
que iluminaba todo con tal esplendor? ¿Había allí,
como parecía, un círculo de sombra siniestra, moviéndose con su deformidad a cualquier lado a que se volviese? ¿Adónde iba ahora? ¿No se hundiría en la tierra, dejando un sitio estéril y maldito, donde con el
tiempo una mortal dulcamara, cornejo, beleño o cual-

quiera de los malos vegetales que producía el clima, florecerían con espantosa lozanía? ¿O extendería sus alas y volaría, pareciendo más feo, mientras más se elevase hacia el cielo?

«Sea eso o no —dijo Ester, amargamente, mientras le contemplaba aún—, ¡odio a ese hombre!»

Se vituperó por este sentimiento, pero no pudo vencerlo o abandonarlo. Al intentar realizarlo, pensó en aquellos lejanos días, en una tierra distante, cuando él acostumbraba a salir de la reclusión de su estudio, a la caída de la tarde, y sentarse al amor del fuego en su casa, y ante su ligera sonrisa nupcial. Necesitaba, decía, aquella sonrisa, para que el frío de tantas horas solitarias pasadas entre sus libros pudiera salir del corazón del letrado. Estas escenas no le habían parecido más dichosas que ahora; vistas a través del medio funesto de su vida subsiguiente, se clasificaron entre sus recuerdos más horrorosos. ¡Se maravillaba de que tales escenas hubieran tenido lugar! ¡Se maravillaba de cómo pudo ser arrastrada a casarse con él! Tenía por el crimen del que más debía arrepentirse, el que hubiera sufrido, y correspondido, el tibio contacto de su mano, y que la sonrisa de sus labios y sus ojos se hubiese mezclado y fundido en la suya. Y le parecía aún una mayor ofensa cometida por Roger Chillingworth, mayor que todas las que le había hecho desde entonces, que la hubiese persuadido a creerse dichosa a su lado, en la época en que su corazón no conocía nada mejor.

«¡Sí, le odio! —repitió Ester, con más amargura que antes—. ¡Él me engañó! ¡Me ha hecho mucho más daño que yo a él!»

¡Tiemblen los hombres que conquisten una mujer, si no conquistan con ella toda la pasión de su corazón! Si no, podrá ser su suerte miserable, como lo fue la de Roger Chillingworth, cuando alguna sensación más poderosa que la suya pueda despertar todas las sensibilidades dormidas en ella. Pero Ester Prynne debió cesar en esta injusticia hacía largo tiempo. ¿Qué podía esperar de ella? ¿Siete largos años bajo la tortura de la letra roja habían causado tanta miseria, sin conseguir arrepentimiento?

Las emociones de ese breve espacio de tiempo, mientras quedó contemplando la retorcida figura de Roger, arrojaron alguna luz oscura sobre el estado de imaginación de Ester, revelando mucho de lo que, de otro modo, quizá no hubiese reconocido.

Cuando el viejo se alejó, volvió ella en busca de su hija.

—¡Perla, pequeña Perla! ¿Dónde estás?

Perla, cuya actividad de espíritu nunca desmayaba, no había desaprovechado medio para divertirse mientras su madre hablaba con el colector de hierbas. Al principio, como ya se había dicho, había coqueteado caprichosamente con su propia imagen en un charco de agua, invitando por señas a que saliera el fantasma, y, como éste declinó el aventurarse, buscó un paso para sí en su esfera de tierra impalpable y firmamento inasequible. No obstante, viendo en seguida que bien ella o su imagen era falsa, fuese en busca de mejor pasatiempo. Hizo pequeños barquichuelos con la corteza de los abedules, y los fletó con cáscaras de caracoles, y envió a la ventura más cargamentos que los comerciantes de Nueva Inglaterra; pero la mayor parte de ellos fondearon cerca de la costa. Cogió un cangrejo vivo por la cola y colocó un aguamar al sol para que se derritiese. Después cogió la blanca espuma que la marea alta extendía sobre la playa y la arrojaba al viento, corriendo tras ella para recoger los grandes copos de nieve cuando caían. Al ver una bandada de pájaros que picoteaban y revoloteaban por la playa, la traviesa niña llenó su delantal de guijas y, trepando de roca en roca en persecución de las pequeñas aves marinas, desplegó una notable destreza para apedrearlas. A un pajarito gris con blanca pechuga estaba Perla casi segura de haberle acertado con una guija y de que había huido revoloteando con un ala rota. Pero entonces, la niña trasgo suspiró y cesó en su juego, porque la apenaba haber hecho daño a un ser pequeño que era tan arisco como la brisa del mar o como ella misma.

Su diversión final fue la de recoger algas marinas de varias clases y hacerse con ellas una manteleta y un sombrero, y parecer de ese modo una pequeña sirena. Había heredado de su madre el don de inventar ropajes y vestidos. Como último detalle de traje de sirena cogió alguna hierba e imitó, lo mejor que pudo, sobre su pecho, el adorno que su madre llevaba sobre el suyo y que tan familiar le era. ¡La letra A, pero verde, en vez de roja! La niña bajó la cabeza y contempló la marca con extraño interés, como si el solo motivo de haber sido traída al mundo fuese el adivinar su oculto significado.

«¿Si me preguntara mamá lo que significa?» —pensó Perla.

Entonces oyó la voz de su madre y, volando con la ligereza de las pequeñas aves marinas, apareció ante Ester Prynne, bailando, riendo y señalando con el dedo al adorno que llevaba sobre su pecho.

—Mi pequeña Perla —dijo Ester, después de unos momentos de silencio—, la letra verde, y en tu pecho infantil, no tiene significado. ¿Pero sabes, hija mía, lo que significa esta letra que tu madre está obligada a llevar?

—Sí, madre —respondió la niña—. Es la gran letra A. Tú me lo has enseñado en la cartilla.

Ester la miró fijamente a la carita; pero aunque había en sus negros ojos la expresión singular que notara con frecuencia otras veces, no estaba convencida de que Perla no atribuyese algún significado al símbolo. Sentía un vivo deseo de aclarar aquel punto.

—¿Sabes, hija mía, por qué lleva tu madre esta letra?

—¡Ciertamente! —respondió Perla, echando a su madre una mirada inteligente—. ¡Es por la misma razón que el ministro se lleva la mano al corazón!

—¿Y qué razón es ésa? —preguntó Ester, sonriendo ante la absurda incongruencia de la niña, pero palideciendo al recapacitar—. ¿Qué tiene la letra que ver con otro corazón que no sea el mío?

—Mamá, ya te he dicho todo lo que sé —contestó Perla, con más seriedad—. ¡Pregúntaselo al hombre aquel con quien has hablado! Puede ser que él pueda decírtelo. ¿Pero, mamá, qué es lo que quiere decir esta letra roja? ¿Y por qué la llevas sobre el pecho? ¿Y por qué el ministro se pone la mano sobre el corazón?

Tomó una mano de su madre entre las suyas y la miró a la cara con un anhelo que rara vez lo había visto, dado el arisco y caprichoso carácter de la niña. Pensó la madre que tal vez la pequeñuela tratase realmente de buscar una aproximación a ella, con una confianza infantil, haciendo cuanto podía, y con toda la inteligencia de que era capaz, para establecer un punto de reunión de simpatía. Perla se mostró en un aspecto poco deseable. Hasta entonces la madre, aunque amó a su hija con la intensidad de un solo afecto, se había resignado a esperar en pago una docilidad así como la brisa de abril, que gasta el tiempo en jugueteos aéreos y tiene sus ráfagas de una pasión inexplicable, que es petulante en el mejor de sus modos y hiela más bien que te acaricia, cuando le das el pecho; y en pago de su mala conducta, algunas veces, con su vago propósito, besa tus mejillas con dudosa ternura, juguetea gentilmente con tus cabellos y después, yéndose a ocupar de otras cosas ociosas, deja en tu corazón un placer soñador. Esto era lo que estimaba la madre respecto a la disposición de la niña. Otro observador quizá hubiese visto actos de poco cariño y les hubiera dado un colorido más oscuro. Pero ahora acudía a la imaginación de Ester la idea vigorosa de que Perla, con su notable precocidad y agudeza, pudiera ya haberse aproximado a la edad en que podía hacerse de ella una amiga e inculcarla las posibles tristezas de una madre, sin irreverencia para ninguna de ambas. En el pequeño caos del carácter de Perla podían apreciarse, desde el primer momento, los arraigados principios de su valor decidido, de una voluntad irrefrenable, de un orgullo tenaz, que pudiera ser moldeado en un propio respeto, y un amargo desprecio de muchas cosas que, después de examinadas, podía apreciarse en ellas un tinte de falsedad. Poseía afectos, además, si bien hasta entonces eran acres y desagradables, como lo son los más ricos aromas de la fruta verde. Con todos estos puros atributos, pensó Ester, la maldad que hubo heredado de su madre tenía que haber sido grande, en efecto, si de la niña trasgo no se hacía una mujer noble.

La inevitable tendencia de Perla a revolotear sobre el enigma de la letra roja parecía ser en ella una cualidad innata. Desde la primera época de su vida consciente mostró esta tendencia, como si fuese una misión que le hubiese sido señalada. Ester había pensado con frecuencia que la Providencia tuvo un designio de justicia y retribución al dotar a la niña con esta marcada propensión; pero nunca hasta entonces le había ocurrido preguntarse si, unido a ese designio, habría también un propósito de piedad y beneficencia. ¿Si se tomase a Perla con fe y confianza, como un mensajero espiritual, no menos que como una criatura terrenal, no pudiera ser su sino el aliviar la tristeza que yacía fría en el corazón de su madre, convirtiéndolo en una tumba? ¿No podría ayudarla a dominar la pasión, en algún tiempo violenta y aún no muerta ni dormida, sino únicamente aprisionada en aquel corazón sepulcral?

Tales eran los pensamientos que asaltaban a Ester, con tanta vivacidad e impresión como si le hubiesen sido murmurados al oído. Y, durante este tiempo, la pequeña Perla continuó manteniendo entre las suyas la mano de su madre y alzando su carita, mientras una y otra vez hacía estas preguntas indagadoras:

—¿Qué significa la letra, mamá? ¿Y por qué la llevas? ¿Y por qué tiene el ministro la mano sobre el corazón?

«¿Qué le diré?» —pensó Ester—. «¡No; si ése ha de ser el precio de la simpatía de la niña, yo no puedo pagarlo!»

Luego dijo en voz alta:

—Niña boba, ¿qué preguntas son éstas? Hay muchas cosas en este mundo sobre las que los niños no deben hacer preguntas. ¿Qué sé yo del corazón del ministro? En cuanto a la letra roja, la llevo por su hilo de oro.

Durante los pasados siete años jamás había sido falsa Ester Prynne para el símbolo que adornaba su pecho. Quizá fuese un talismán de un espíritu rígido y severo, pero a la vez custodio, que ahora la había abandonado; reconociendo que, a pesar de su estricta vigilancia sobre su corazón, había penetrado en él alguna nueva maldad, o que alguna antigua no lo había jamás abandonado. En cuanto a la pequeña Perla, la expresión de anhelo desapareció de su rostro.

Pero la niña no parecía muy dispuesta a desistir del asunto. Dos o tres veces, cuando ella y su madre se retiraban a casa, durante la cena, y cuanto Ester la estaba acostando, y cuando después que parecía estar profundamente dormida, alzó la vista, con un resplandor travieso en sus negros ojos.

—Madre —dijo—, ¿qué significa la letra roja?

Y a la mañana siguiente, la primera indicación que dio la niña de estar despierta fue la de alzar su cabecita de la almohada y hacer la otra pregunta que tan frecuentemente mezclaba en sus investigaciones sobre la letra roja:

—¡Madre! ¡Madre! ¿Por que se lleva el ministro la mano al corazón?

—¡Cierre usted la boca, niña traviesa! —respondió la madre, con una aspereza que jamás se había permitido—. ¡No me fastidies más, porque si no te encerraré en el cuarto oscuro!

XVI

UN PASEO POR EL BOSQUE

Sin reparar en el riesgo presente de dolor o en ulteriores consecuencias, Ester Prynne permaneció constante en su resolución de hacer saber al señor Dimmesdale el verdadero carácter del hombre que se había arrastrado hasta su intimidad. Durante varios días, sin embargo, buscó en vano ocasión de abordarle en uno de los paseos meditativos que ella sabía tener costumbre el clérigo de tomar, ya en la orilla del mar o por los vecinos montes de espeso boscaje. No hubiese habido en ello escándalo, en verdad, ni peligro para la sagrada pureza de la buena familia del ministro, aunque le hubiese visitado en su propio estudio, adonde acudían penitentes a confesar pecados, quizá mucho mayores que el que representaba la letra roja. Pero, en parte porque la espantaba la intervención secreta o no del viejo Chillingworth, en parte porque su corazón consciente inspiraba sospecha donde no podía haberla, como asimismo porque tanto ella como el ministro necesitaban toda la anchura del mundo cuando se hablaban, nunca pensó Ester en entrevistarse con él sino bajo el cielo abierto.

Por fin, cuando se hallaba asistiendo a un enfermo, supo que habían requerido la presencia del señor

Dimmesdale para hacer una oración y que éste había partido el día anterior para visitar al apóstol Eliot entre sus convertidos indios. Probablemente volvería el ministro a cierta hora de la tarde siguiente. Así pues, en el próximo día, tomó Ester a su niña (forzosa compañera de las expediciones de la madre, por inconveniente que fuese su presencia) y salió. El camino, después de las dos calles que cruzaron y que van desde la península al continente, no era más que una senda que se internaba en el misterio de la selva primitiva. El estrecho sendero estaba flanqueado por tan denso boscaje que apenas se divisaba imperfectamente algún trozo de cielo, dándole la sensación a Ester de hallarse sumida en la moral selvática en que por tanto tiempo había vagado. El día era frío y sombrío. En lontananza sombreaban un trozo de celaje las nubes, ligeramente agitadas por la brisa; de tal modo que un débil reflejo solar iluminaba de vez en vez, jugueteando, la solitaria senda. Esta momentánea alegría se divisaba siempre en el lejano extremo, a través de la floresta. La juguetona luz solar, débil en la profunda y predominante melancolía del día y de la escena, desaparecía siempre que a ella se acercaban, dejando los sitios donde había ejecutado su más lúgubre danza —porque habían ellas abrigado esperanza de hallarlos iluminados.

—Madre —dijo la pequeña Perla—, la luz del sol no te quiere. Corre y se esconde porque tiene miedo de algo que llevas en el pecho. ¡Mira, ahora! ¡Allí está, allá lejos, jugando! ¡Espera aquí y déjame que corra a cogerla! ¡Yo no soy más que una niña y no escapará de mí porque yo no llevo nada en el pecho todavía!

—Ni espero que nunca lo lleves —dijo Ester.

—¿Y por qué no, madre? —preguntó Perla, parando en seco su comenzada carrera—. ¿No vendrá por su voluntad, cuando yo sea una mujer crecida?

—¡Corre, hija! —respondió la madre—. ¡Corre y coge el sol! Desaparecerá pronto.

Perla partió volando, y Ester sonrió al verla llegar al sitio iluminado y permanecer riendo, bañada por el sol, brillando con su esplendor y centelleando con la vivacidad excitada por sus rápidos movimientos. La luz jugueteó alrededor de la niña solitaria, como contenta de aquella compañera de juego, hasta que la madre puso el pie sobre el círculo luminoso.

—Ahora seguiré —dijo Perla moviendo la cabecita.

—¡Mira! —replicó Ester, sonriendo—. Ahora puedo extender la mano y coger un puñado de sol.

Cuando intentó hacerlo se nubló, o, a juzgar por la brillante expresión que danzaba sobre las facciones de la niña, pudo figurarse la madre que Perla lo había absorbido y que lo lanzaría de nuevo con un resplandor sobre su senda, cuando se hubiesen internado en algún lugar más lóbregamente sombreado. Ningún atributo la impresionó tanto con una sensación de nuevo e intransmisible vigor en la naturaleza de Perla como esta jamás decadente vivacidad de espíritu; la niña no tenía la enfermedad de tristeza que casi todas las criaturas, en éstos últimos días, heredaban, con la escrófula, de las perturbaciones de sus antepasados. Quizá fuese esto también una enfermedad y el solo reflejo de la fiera energía con que Ester había luchado contra sus tristezas, antes del nacimiento de Perla. Era, ciertamente, un encanto dudoso que daba un reflejo duro y metálico al carácter de la niña. Deseaba Ester (como mucha gente lo desea durante la vida) que la animase un hondo sentimiento de tristeza, para así humanizarla y hacerla capaz de simpatía. Pero aún había tiempo para la pequeña Perla.

—¡Ven, hija mía! —dijo la madre, mirando a su alrededor, desde el sitio en que Perla había permanecido al sol—. Nos sentaremos un poco, ahí, en el bosque, y descansaremos.

—No estoy cansada, madre —replicó la niña—,
pero tú puedes sentarte y mientras tanto me contarás
un cuento.

—¿Un cuento? —dijo Ester—. ¿Y sobre qué?

—Un cuento sobre el Hombre Negro —respondió
Perla, cogiendo el vestido de su madre y mirándola a
la cara con expresión de anhelo y travesura a la vez—.
Cuéntame cómo vaga por la selva, y lleva con él un libro; un libro grande y pesado con abrazaderas de hierro; y cómo el Hombre Negro ofrece su libro y una
pluma de hierro a todo el mundo que encuentra aquí
entre los árboles; y cómo escriben sus nombres con su
propia sangre. ¿Has encontrado al Hombre Negro alguna vez, madre?

—¿Y quién te ha contado ese cuento, Perla? —preguntó Ester, reconociendo en él una superstición de la
época.

—Aquella vieja dama que estaba en el rincón de la
chimenea, en la casa en que estuviste anoche velando
—dijo la niña—. Ella creyó que yo estaba dormida
cuando lo contaba. Dijo que miles y miles de gentes le
habían encontrado y habían firmado en su libro, y que
todos ellos llevan su marca; y una de ellas era esa
dama fea y gruñona, la señora Hibbins. Y, madre,
dijo la vieja que esta letra roja es la marca que el
Hombre Negro puso sobre ti y que brilla como una
llama cuando te encuentras con él a medianoche aquí,
en la oscura selva. ¿Es verdad, madre? ¿Y vas a verle
por la noche?

—¿Has despertado alguna vez y visto que tu madre
se hubiese marchado? —preguntó Ester.

—No, que yo recuerde —dijo Perla—. ¡Si temieses
dejarme en casa, podías llevarme contigo; yo iría con-
tentísima! Pero dime, madre, ¿existe ese Hombre Negro? ¿Y le has encontrado alguna vez? ¿Y es ésa su
marca?

—¿Querrás dejarme en paz si yo te lo digo? —preguntó la madre.

—Sí; si tú me lo cuentas todo —respondió Perla.

—¡Una sola vez en mi vida encontré al Hombre Negro! —dijo su madre—. ¡La letra roja es su marca!

Así hablando, internándose lo bastante en la espesura de la floresta para evitar la observación de cualquier caminante casual que pasase por el sendero. Sentáronse en un montón cubierto de verde musgo, que, en alguna época del siglo anterior, había sido un pino gigantesco, cuyas raíces y tronco se escondían en la sombra oscura y su copa se alzaba en la atmósfera. El sitio donde se hallaban era una hondonada por cuyo fondo corría un arroyuelo sobre un lecho de hojas caídas. De los árboles que se mecían sobre él, se habían desprendido algunas ramas que, al chocar con la corriente, la habían obligado a formar reflujos y, en algunos puntos, negras profundidades, mientras en los pasajes donde corría el agua con mayor ligereza, se veía un cauce de gravilla y arena oscura y reluciente. Siguiendo con la vista el curso de la corriente, podían apreciar la luz que reflejaba el agua, a corta distancia, dentro de la floresta, pero pronto se perdía entre el laberinto de troncos y ramaje, y aquí y allá, por una roca cubierta con liquen grisáceo. Todos aquellos árboles gigantescos y bloques de granito parecían destinados a hacer un misterio del curso de este pequeño arroyo, temiendo, quizá, con su incesante locuacidad, que pudiese murmurar historias del corazón de la vieja selva, mientras corría, o reflejar sus relaciones en la suave superficie de algún charco. Realmente el arroyuelo, conforme avanzaba sin cesar, llevaba consigo un murmullo amable, tranquilo y adulador, pero melancólico; como la voz de un niño pequeño que estuviese gastando su infancia sin tener travesuras, y no supiera cómo alegrarse entre tristes relaciones y sombríos sucesos.

—¡Oh, arroyo! ¡Oh loco y cansado arroyuelo! —gritó Perla, después de escuchar por algún tiempo su murmullo—. ¿Por qué estás tan triste? ¡Levanta el espíritu y no estés continuamente suspirando y murmurando!

Pero el arroyo, en el curso de su pequeña vida entre los árboles de la selva, se había deslizado a través de una experiencia tan solemne que no podía evitar hablar de ella y parecía no tener otra cosa que decir. Perla se asemejaba al arroyuelo, puesto que la corriente de su vida brotó de un manantial igualmente misterioso y floreció entre escenas sombrías de intensa tristeza. Pero, contrariamente al arroyuelo, danzaba y saltaba y charlaba alegremente, siguiendo su curso.

—¿Qué es lo que dice este triste arroyo, madre? —preguntó.

—¡Si tuvieses alguna tristeza, el arroyuelo te hablaría de ella, como me está hablando de la mía! Pero, Perla, parece que oigo pisadas sobre el sendero y el ruido producido por las ramas al ser retiradas. Más valdría que te quedes aquí jugando, mientras yo hablo con el que viene por allí.

—¿Es el Hombre Negro? —preguntó Perla.

—¿Irás a jugar de una vez? —repitió la madre—. Pero no te internes mucho en la selva. Y cuida de acudir en cuanto te llame.

—Sí, mamá —respondió Perla—. ¿Pero, si fuese el Hombre Negro, no me dejarías que le viese un momento con su gran libro bajo el brazo?

—¡Ve, chiquilla impertinente! —dijo la madre, con impaciencia—. ¡No es el Hombre Negro! ¡Ahora puedes verle entre los árboles; es el ministro!

—Sí que es él! —dijo la niña—. ¡Y lleva la mano sobre el corazón, madre! ¿Es que cuando el ministro escribió su nombre en el libro, el Hombre Negro puso la marca en aquel sitio? ¿Pero por qué no la lleva en la parte exterior de su pecho, como tú, madre?

—Vete, Perla; ya me molestarás como quieras en otra ocasión —gritó Ester Prynne—. Pero no te vayas muy lejos. No te alejes más allá de donde puedas escuchar el murmullo del agua.

La niña se marchó cantando, en dirección a la corriente, tratando de dar más alegre cadencia a la voz melancólica del arroyo. Pero éste no se confortó, y continuó diciendo el ininteligible y lúgubre secreto de algún misterio ocurrido, o haciendo la lamentación profética de algo que aún había de ocurrir dentro de los límites de la fúnebre selva. Así pues, Perla, que tenía suficiente sombra en su pequeña vida, resolvió romper toda relación con aquel arroyo quejumbroso. Se puso a coger violetas y anémonas silvestres y algunas rojas aguileñas que crecían entre las resquebrajaduras de las peñas.

Cuando la niña trasgo se hubo marchado, se encaminó Ester Prynne hacia el sendero que atravesaba la selva, pero permaneció aún bajo la sombra de los árboles. Vio que el ministro avanzaba por la estrecha senda, completamente solo, apoyándose en una vara que había cortado al pasar. Parecía macilento y débil, y había en él un aire de decaimiento de nervios que nunca tan marcadamente le había caracterizado en sus paseos por el departamento ni en ninguna otra situación en que se daba a ver. Aquí se hacía completamente visible, en la intensa reclusión de la selva, que, por sí sola, era una pesada prueba para los espíritus. Había tal negligencia en su andar como si no viera razón para dar un paso más, ni sintiera deseo de hacerlo, sino que más bien le agradara echarse sobre las raíces de algún árbol cercano y permanecer allí impasible por siempre. Quizá las hojas le cubriesen y la tierra se fuese acumulando gradualmente hasta formar un pequeño montecillo sobre su cuerpo, no importa si éste tuviese vida o no. La muerte era un objeto demasiado definido para desearlo o evitarlo.

A los ojos de Ester Prynne, el reverendo señor Dimmesdale no demostraba síntomas de sufrimiento vivo o positivo, excepto que, como notó la pequeña Perla, llevaba la mano puesta sobre su corazón.

XVII

EL PASTOR Y SU OVEJA

A pesar de lo despacio que caminaba el ministro, casi había desaparecido, antes que Ester Prynne pudo reunir fuerza de voz suficiente para llamar su atención.

—¡Arturo Dimmesdale! —gritó, quedamente al principio, y después con más fuerza—. ¡Arturo Dimmesdale!

—¿Quién habla? —respondió él.

Sobrecogido, como un hombre a quien se sorprende en una actitud en la que le repugna ser observado, se irguió. Lanzó su mirada en la dirección de la voz e, indistintamente, percibió un bulto entre los árboles, alegre en sus sombrías vestiduras, y con tan poco relieve en la luz grisácea con que el cielo nublado y la pesada hojarasca oscurecían el mediodía que no supo si era una mujer o una sombra. Puede ser que su sendero por la vida fuese siempre asaltado así por algún espectro que hubiese brotado de sus pensamientos.

Adelantó un paso y descubrió la letra roja.

—¡Ester! ¡Ester Prynne! —gritó—. ¿Eres tú? ¿Estás viva?

—¡Aún lo estoy! —respondió ella—. ¡A pesar de la vida que he llevado durante estos últimos siete años! ¿Y tú, Arturo Dimmesdale, vives todavía?

No era extraño que se hicieran tales preguntas sobre su mutua existencia y aun que dudasen de la suya propia. Fue tan extraño su encuentro en la espesura de la selva que les parecía la vez primera que se reunían después de la tumba; la reunión de dos espíritus que habían estado estrechamente conectados en su vida anterior, pero que ahora se hallaban temblando de frío, con mutuo espanto; como si no se hallasen aún familiarizados con su estado, ni deseasen el compañerismo de los seres incorpóreos. ¡Cada uno era un fantasma amedrentado por el otro! También estaban asustados de sí mismos; porque la crisis volvió pasos atrás sus conciencias y reveló a cada corazón su historia y experiencia, como no lo hace jamás la vida, excepto en tales momentos de desaliento. El alma reflejaba sus facciones en el espejo del momento pasado. Fue con temor, temblorosamente, con una especie de lenta y repugnante necesidad, como Arturo Dimmesdale extendió la mano, helada como la muerte, y tocó la no menos helada mano de Ester Prynne. Aquel contacto, frío como fue, hizo desaparecer cuanto de terrible había en aquella entrevista. Entonces sintieron que eran, al menos, habitantes de un mismo globo.

Sin hablar una palabra más (sin que ni él ni ella asumieran vigilancia, sino con satisfacción inexpresada), internáronse de nuevo en la selva sombría por donde había aparecido Ester y sentáronse en el montón cubierto de musgo donde anteriormente estuvieron sentadas ella y Perla. Cuando encontraron voz para hablar, fue sólo, al principio, para hacer las observaciones y preguntas propias de dos amigos, sobre el cielo nublado, la tormenta amenazadora y, después, sobre la respectiva salud. Así avanzaron en su conversación, no abiertamente, sino paso a paso, hacia temas que cobijaban en lo más hondo del corazón. Tan largo tiempo apartados por el sino y las circunstancias, necesitaban algo ligero y casual para correr adelante y abrir de par en par las puertas de la conversación para que sus verdaderos pensamientos pudieran ser guiados fuera del umbral.

Después de un rato, el ministro fijó los ojos en los de Ester Prynne.

—Ester —dijo—, ¿has hallado paz?

ella sonrió terriblemente, mirando sobre su pecho.

—¿Y tú? —preguntó.

—¡Ninguna! ¡Nada sino desesperación! —respondió él—. ¿Qué podía buscar, siendo lo que soy y llevando una vida como la mía? ¡Si yo fuese un ateo, un hombre sin conciencia, un desalmado con instintos malditos y brutales, quizá hubiese encontrado paz haría mucho tiempo! ¡Y no la hubiera perdido! Pero tal como los asuntos radican en mi alma, cualquiera que fuese la primitiva buena capacidad de la mía, todos los dones de Dios que fuesen los más escogidos se han convertido en los ministros de mi tormento espiritual! ¡Ester, soy lo más desgraciado!

—¡Las gentes te reverencian —dijo Ester—, y seguramente siembras el bien entre ellas! ¿No te da esto consuelo?

—¡Más miseria, Ester! ¡Solamente más miseria! —respondió el clérigo con sonrisa amarga—. En cuanto al bien que aparento hacer, no tengo fe en él. Tiene que ser por fuerza una ilusión. ¿Qué puede hacer por la redención de otras almas una arruinada como la mía? ¿Qué puede hacer un alma corrompida por su purificación? ¡Y en cuanto a la revelación de las gentes, preferiría que se trocase en desprecio y odio! ¿Puede haber consuelo, Ester, en que haya de estar yo en el púlpito y tropezar con tantos ojos fijos en mi rostro, como si de él irradiase la luz del cielo? ¿En tener que ver mi rebaño hambriento de la verdad y escuchando mis palabras como si fuese una lengua del Pentecostés quien las pronunciase? ¿Y luego mirar hacia adentro y discernir la negra realidad de lo que idolatran? ¡Yo he reído, con amargura y agonía de corazón, ante el contraste de lo que parezco y de lo que soy! ¡Y Satanás se ríe de eso!

—Tú te equivocas —dijo Ester, suavemente—. Tú te has arrepentido honda y amargamente. Tú has dejado atrás tu pecado en los días hace tiempo pasados. Tu vida presente no es menos santa, en verdad, que lo que a la gente le parece. ¿No hay realidad en la penitencia así sellada y atestiguada por buenas obras? ¿Por qué razón no ha de traerte paz?

—¡No, Ester, no! —replicó el clérigo—. ¡No hay en ella sustancia! ¡Está fría y muerta, y nada puede hacer por mí! ¡Bastante penitencia ha tenido! ¡Pero no ha habido penitencia! ¡A menos que hubiese arrojado hace mucho tiempo estos hábitos burlescos y me hubiese mostrado a la humanidad como habrán de verme ante el tribunal del día del juicio, no podía haberla! ¡Dichosa tú, Ester, que llevas abiertamente sobre tu pecho la letra roja! ¡La mía arde en secreto! ¡Tú no conoces el consuelo que da mirar a los ojos de quienes reconocen lo que soy, después del tormento de siete años de engaño! Si tuviese un amigo (o aunque fuese mi peor enemigo) a quien, enfermo por las alabanzas de los demás hombres, pudiera descubrirme y ser reconocido como el más vil de los pecadores, creo que mi alma se conservaría viva de este modo. ¡Aun entonces necesitaría mucha verdad para salvarme! ¡Pero ahora, todo es falsedad! Todo vanidad. ¡Todo muerte!

Ester Prynne miróle a la cara, pero dudó de hablar. Sin embargo, al pronunciar sus tanto tiempo reprimidas emociones con la vehemencia que lo hizo, sus palabras la ofrecieron el punto circunstancial para interponer en él lo que había venido a decir. Dominó Ester sus temores y habló:

—¡Ese amigo que hasta ahora has deseado para llorar con él tu pecado lo tienes en mí! —Dudó nuevamente, pero continuó con esfuerzo:— ¡El enemigo hace tiempo que lo has tenido, y vivido con él bajo el mismo techo!

El ministro se incorporó de un salto, falto de aliento

y oprimiéndose el corazón, como si se lo hubiese arrancado de su pecho.

—¡Eh! ¿Qué es lo que dices? —gritó—. ¡Un enemigo! ¡Y bajo mi mismo techo! ¿Qué quieres significar?

Ester Prynne comprendía plenamente la profunda injuria, por la que era responsable ante este hombre desgraciado, habiéndole dejado durante tantos años, o aunque hubiese sido un solo instante, a merced de uno cuyos propósitos no podían ser más que malignos. La misma contigüidad de su enemigo, cualquiera que fuese la máscara bajo la que éste se ocultase, era lo bastante para trastornar la esfera magnética de un ser tan sensitivo como Arturo Dimmesdale. Hubo un período, cuando Ester se hallaba menos viva para esta consideración; o, tal vez, en la misantropía de su propio disturbio, en que dejó que el ministro soportase lo que ella se pudo figurar un sino más tolerable. Pero más tarde, desde la noche de su vigilia, todas sus simpatías hacia él se habían suavizado y vigorizado. Ahora leía en su corazón con más claridad. No dudaba que la continua presencia de Roger Chillingworth, el veneno secreto de su maldad infectando todo el aire a su alrededor, y su intervención autorizada como médico, con la debilidad física y espiritual del ministro, que todas estas malas oportunidades se habían convertido en un cruel propósito. Por medio de ellas, la conciencia del paciente había sido sostenida en un estado de irritación, cuya tendencia era no la de curar su inmensa pena, sino la de desorganizar y corromper su ser espiritual. Su resultado en la tierra no podía ser otro que escasamente la locura, y, en adelante, aquel eterno enajenamiento del Bien y de la Verdad, del que, quizá, la locura es el tipo terrenal.

Tal era la ruina a la que ella había arrastrado a aquel hombre, una vez, (¿y por qué no decirlo?), a quien aún amaba tan apasionadamente. Ester comprendía que el sacrificio del buen nombre del clérigo, y la misma muerte, como ya le había dicho a Roger Chillingworth, hubiesen sido infinitamente preferibles a la alternativa que había decidido elegir. Y ahora, mejor que tener que confesar esta penosa equivocación, hubiera preferido arrojarse sobre el lecho de hojas del bosque y morir allí, a los pies de Arturo Dimmesdale.

—¡Oh, Arturo! —gritó—. ¡Perdóname! ¡Entre todas las cosas he tratado de ser veraz! ¡La verdad fue la única virtud que debiera haber sostenido con firmeza, y firmemente la sostuve, hasta el último extremo; salvo cuando tu bien, tu vida, tu fama fueron puestas en duda! Entonces consentí en una defección. ¡Pero una mentira nunca es buena, aunque amenace la muerte de otro lado! ¿No ves lo que debo decir? ¡Ese viejo, ese médico, ése a quien llaman Roger Chillingworth, fue mi marido!

El ministro la miró un instante con aquella violencia de pasión que, mezclada, en formas diferentes, con sus cualidades más altas, más puras y suaves, era, de hecho, la parte que de él reclamaba el diablo y a través de la cual pretendía ganar las demás. Jamás tropezó Ester con un ceño más lúgubre y fiero que aquél. Durante el breve rato que duró, fue una tenebrosa transfiguración. Pero aquel carácter habíase debilitado tanto por el sufrimiento que hasta sus más bajas energías eran incapaces de una lucha más que temporal. Se desplomó en el suelo y cubrió su rostro con las manos.

—¡Debí haberlo conocido! —murmuró—. ¡Lo conocí, en efecto! ¿No me lo dijo el corazón, en su natural repugnancia, al verle por vez primera y siempre que le he visto después? ¿Por qué no lo comprendí? ¡Oh, Ester Prynne, poco, poco conoces todo el honor de esto! ¡Y la vergüenza! ¡La indelicadeza! ¡La horrible fealdad de esta exposición de un corazón enfermo y culpable a los propios ojos del que había de deleitarse en el daño ajeno! ¡Mujer, mujer, tú eres responsable de esto! ¡No puedo perdonarte!

—¡Tú me perdonarás! —gritó Ester, arrastrándose hasta él sobre las caídas hojas—. ¡Deja que Dios castigue! ¡Tú me perdonarás! ,

Con ternura repentina y desesperada, le echó los brazos al cuello y oprimió su cabeza contra su seno, no preocupándose de que ésta descansase sobre la letra roja. Él quiso evitarlo, pero en vano trató de hacerlo. Ester no le dejaba en libertad, sin que antes la mirase fijamente a la cara. Todo el mundo, durante siete largos años, había mirado a aquella solitaria mujer con duro ceño, y lo había soportado todo sin que una sola vez volviese sus ojos tristes y firmes. El cielo mismo la miró ceñudamente, y no había muerto. ¡Pero el ceño de aquel hombre pálido, débil, enfermo, pecador y agobiado por la tristeza era lo que Ester no podía soportar sin morir!

—¿Me perdonarás, aún? —repitió una y otra vez—. ¿No me mirarás con horror? ¿No me perdonarás?

—Yo te perdono, Ester —replicó el ministro, por fin, con un hondo suspiro, salido del abismo de su tristeza, pero no del de su cólera—. ¡Yo te perdono libremente ahora! ¡Que Dios nos perdone a ambos! No somos, Ester, los peores pecadores del mundo. ¡Hay uno mucho peor que el ministro putrefacto! ¡La venganza de ese viejo ha sido más negra que mi pecado! ¡Él ha violado a sangre fría la santidad de un corazón humano! ¡Tú y yo, Ester, jamás hicimos tal!

—¡Nunca, nunca! —murmuró ella—. Lo que nosotros hicimos tenía una propia consagración. ¡Así lo sentimos! ¡Nos lo dijimos el uno al otro! ¿Lo has olvidado?

—¡Calla, Ester! —dijo Arturo Dimmesdale, alzándose del suelo—. ¡Nunca, no lo he olvidado!

Sentáronse uno junto a la otra, con las manos entrelazadas sobre el tronco musgoso del árbol caído. Jamás les había proporcionado la vida una hora más lúgubre; era el punto hacia el que les iba conduciendo su senda hacía largo tiempo, haciéndose cada vez más oscura en su avance; y, no obstante, encerraba un encanto que les hacía rondar aquel punto y reclamar otro y otro, y, después de todo, otro momento. La selva a su alrededor estaba oscura y crujía con el viento que la atravesaba. Los árboles se mecían pesadamente sobre sus cabezas, mientras un viejo árbol, majestuoso, gruñía tristemente a otro, como si le contase la triste historia de la pareja que se hallaba sentada abajo, o evitase el pronosticar nuevo daño.

No obstante, dilataban la entrevista. ¡Qué aspecto tan pavoroso tenía la senda de la selva que conducía al departamento, donde Ester Prynne tenía que volver a coger la carga de su ignominia, y el ministro el vano disfraz de su buen nombre! Retardaron más los instantes. Ninguna luz dorada había sido nunca tan preciosa como la penumbra de aquella oscura floresta. ¡Allí, únicamente vista por los ojos de él, la letra roja no abrasaba el pecho de la mujer caída! ¡Allí, visto únicamente por los ojos de ella, Arturo Dimmesdale, falso para Dios y para los hombres, podía ser veraz, por un momento!

El clérigo se alarmó repentinamente con un pensamiento que le ocurrió.

—¡Ester —gritó—, aquí hay un nuevo horror! Roger Chillingworth conoce tu propósito de revelar su verdadero carácter. ¿Continuará, entonces, guardando nuestro secreto? ¿Cuál será ahora el curso de su venganza?

—Hay en su naturaleza una extraña reserva —respondió ella, pensativamente—, y se ha desarrollado en él por las prácticas ocultas de su venganza. No creo que traicione el secreto. Indudablemente buscará otros medios de saciar su fúnebre pasión.

—¡Y yo! ¿Cómo podré vivir en adelante respirando el mismo aire de ese mortal enemigo? —exclamó el ministro, desmayando y llevándose nerviosamente la mano al corazón—. ¡Piensa en mí, Ester! Tú eres fuerte. ¡Resuelve por mí!

—Tú no debes vivir más con ese hombre —dijo ella, con calma y firmeza—. ¡Tu corazón no debe estar por más tiempo bajo su mirada!

—¡Eso sería peor que la muerte! —replicó el ministro— ¿Pero cómo evitarlo? ¿Qué elección me queda? ¿Debo arrojarme sobre estas hojas caídas, como cuando me dijiste quién era, y morir de repente?

—¡Ay, qué ruina te ha sobrevenido! —dijo Ester, con lágrimas en sus ojos—. ¿Serás capaz de morir por debilidad? ¡Yo no veo otra causa!

—¡Pesa sobre mí el juicio de Dios! —respondió el ministro, alarmado por su conciencia—. ¡Es muy poderoso para que yo pueda luchar!

—El cielo tendrá piedad —repuso Ester—, si tienes fuerza para aprovecharte de ella.

—¡Sé fuerte para mí! —respondió él—. Aconséjame qué debo hacer.

—¿Tan estrecho es el mundo? —exclamó Ester Prynne, fijando sus ojos profundos en los del clérigo y ejercitando instintivamente una fuerza magnética sobre su espíritu, tan destrozado y subyugado que apenas pudo mantenerse en pie—. ¿Es que el universo se encierra en aquella población, que no hace mucho tiempo no era sino un bosque desierto, tan solitario como este que nos rodea? ¿Adónde conduce esa senda de la floresta? ¡Dices que al departamento! ¡Sí, en un sentido, pero en el otro se interna más y más, se hace cada vez más tupida la espesura, hasta ser menos perceptible la población a cada paso! Hasta que, a pocas millas, la amarillenta hojarasca no deje vestigio del hombre blanco! ¡Allí estás en libertad! ¡Ese viaje tan breve te conducirá desde un mundo donde has sido lo más desgraciado, a otro donde quizá todavía puedas ser dichoso! ¿No hay en esta inmensa selva sombra bastante para que puedas ocultar tu corazón a los ojos de Roger Chillingworth?

—¡Sí, Ester, pero sólo bajo las hojas caídas! —replicó el ministro con una honda sonrisa.

—¡Entonces, ahí tienes el ancho camino del mar! ¡Él te trajo aquí, si lo deseas te volverá a llevar! ¡En nuestra tierra natal, sea en alguna remota villa rural, o en el inmenso Londres, o, seguramente, en Alemania, en Francia, en la agradable Italia, estarás fuera de su poder y sabiduría! ¿Y qué tienes tú que ver con estos hombres de hierro, ni con sus opiniones? ¡Ya se han quedado con tu mejor parte, en rehenes, hace largo tiempo!

—¡Eso no puede ser! —respondió el ministro, como si fuese instigado a realizar un sueño—. ¡No tengo valor para irme! ¡Desgraciado y pecador como soy, no tuve otro pensamiento que arrastrar mi existencia terrenal donde la Providencia me había puesto! ¡Perdida como está mi alma, aun haría lo que pudiera por las almas humanas! ¡No me atrevo a dejar mi puesto, como un centinela desleal, cuya segura recompensa es la muerte y el deshonor!

—¡Estás aplastado por el peso de estos siete años de miseria! —replicó Ester, resuelta fervientemente a inculcarle su propia energía—. ¡Pero tú lo dejarás todo detrás de ti! ¡No seguirá tus pasos si tomas el sendero de la selva; ni te acompañará en el barco, si prefieres cruzar el mar! ¡Deja aquí este naufragio y esta ruina, donde ha ocurrido! ¡No te preocupes más de ello! ¡Comiénzalo todo de nuevo! ¡Cambia esta tu vida falsa por otra verdadera! ¡Sé, si tu espíritu te guía a ello, el maestro y apóstol de los hombres rojos! ¡O, como se amolda más a tu naturaleza, sé un letrado y un sabio entre los sabios de más renombre del mundo oculto! ¡Predica! ¡Escribe! ¡Actúa! ¡Haz cualquier cosa

antes que mentir y morir! ¡Abandona tu nombre de
Dimmesdale y procúrate otro, más elevado, que
puedas ostentarlo sin temor ni vergüenza! ¿Por qué
has de seguir aferrado a las torturas que han trastor-
nado tan hondamente tu vida? ¡Que te han debilitado
para desear y para hacer! ¡Que te dejarán hasta impotente para arrepentirte! ¡Arriba, y largo!

—¡Oh, Ester! —gritó Dimmesdale, en cuyos ojos
brilló una luz de esperanza, iluminada por el entusiasmo, que relampagueó un instante, pero murió—.
¡Tú invitas a una carrera a un hombre cuyas rodillas
se doblan bajo él! ¡Yo tengo que morir aquí! ¡No me
restan fuerzas ni valor para lanzarme solo al ancho,
extraño y difícil mundo!

Fue la última expresión de la declaración de un espíritu roto. Le faltaba energía para coger la fortuna
mejor que parecía estar al alcance de su mano.

El clérigo repitió:

—¡Solo, Ester!

—¡No irás solo! —respondió ella, en un hondo suspiro.

Entonces fue dicho todo.

XVIII

UN DESBORDAMIENTO DE LUZ SOLAR

Arturo Dimmesdale dirigió a Ester una mirada llena
de esperanza y alegría, pero a la vez había en ella una
mezcla de temor, de horror a la intrepidez de aquella
mujer.

Ester Prynne, con su voluntad firme y activa, que
no había perdido por completo en tan largo período,
habíase habituado a un extremo de meditación que le
era desconocido al clérigo en absoluto. Había vagado
sin regla ni guía en un desierto moral, tan intrincado

como sombrío; como la indómita floresta en cuya penumbra se encontraban ahora manteniendo el coloquio que había de decidir su suerte.

Su inteligencia y corazón tenían su hogar, por decirlo así, en lugares desiertos donde ella pudiera corretear tan libremente como un indio en su selva.

Durante los pasados años había mirado desde ese punto de vista las instituciones humanas y cuanto los sacerdotes o regidores establecieron, criticándolo todo con escasa mayor reverencia que hubieran sentido los indios por el hábito clerical, la toga judicial, la horca, la galera o la iglesia. La tendencia de su sino y suerte era la de hacerla libre. La letra roja era su pasaporte para otras regiones donde las demás mujeres no osaban poner su planta. ¡Vergüenza! ¡Desesperación! ¡Soledad! Éstas fueron sus maestras rígidas y ariscas, que la habían hecho fuerte, pero que la juzgaron erróneamente.

El ministro, por otra parte, nunca había tenido una experiencia calculada que le llevase más allá del campo de las leyes generalmente recibidas; si bien había en una ocasión faltado a una de las más sagradas. Pero esto fue un pecado de pasión, no de principio, ni aun de propósito. Desde aquella época desgraciada había vigilado, con celo y minuciosidad, no sus actos (porque éstos eran fáciles de arreglar), sino cada momento de pasión y todos sus pensamientos. Estando en aquellos días a la cabeza del sistema social, le embarazaban sus regulaciones, sus principios y hasta sus prejuicios. Como sacerdote, la estructura de su orden le sujetaba. Como hombre que había una vez pecado, pero que conservaba viva su conciencia y penosamente sensible por el roce de la herida, se hubiese creído más a salvo dentro de la línea de virtud, que si nunca hubiera pecado.

Así pues, parece ser que, en cuanto a Ester Prynne, los siete años de ignominia y falta de leyes no fueron sino una preparación para esta hora. ¡Pero Arturo Dimmesdale! ¿Si aquel hombre hubiera de caer nuevamente, qué argumento pudiera emplearse para mitigar su crimen? Ninguno; a menos que le beneficiase algo el hallarse decaído por largo y exquisito sufrimiento; que su mente se hallase oscurecida y confusa por el propio remordimiento que la envolvía; que entre escapar como un criminal o permanecer allí como un hipócrita, la conciencia encontraba difícil la elección; que era humano evitar la muerte, la infamación y las inescrutables maquinaciones de un enemigo; que, finalmente, para este pobre peregrino, en su senda desierta y tenebrosa, débil, enfermo, miserable y desfallecido, aparecía un débil rayo de afecto humano y simpatía; una nueva vida, una vida verdadera, a cambio del castigo pesado que ahora estaba expiando. Y, hablando con verdad y severidad, porque la brecha que la culpa ha hecho una vez en el alma humana no puede ser jamás reparada en este mortal estado. Podrá ser vigilada y defendida para que el enemigo no vuelva a forzar la entrada por ella en la ciudadela, y hasta elegir otro punto para sucesivos asaltos, con preferencia al que le proporcionó el éxito; pero existen aún los muros ruinosos y cerca de éstos el paso clandestino del adversario que habla de vencer de nuevo su olvidado triunfo. Baste que el clérigo resolviese huir, y no solo.

«Si en los pasados años —pensó— pudiera haber hallado un instante de paz o esperanza, aún perseveraría, por amor a esa anhelante piedad del cielo. ¿Pero ahora, puesto que estoy irrevocablemente sentenciado, por qué no había de aprovechar el consuelo que le es permitido al condenado antes de su ejecución? ¡Oh, si éste fuese el sendero de una vida mejor, como Ester trató de persuadirme, seguramente no desecho ninguna perspectiva mejor intentándolo! ¡Además, no puedo vivir por más tiempo sin su compañía; es tan fuerte para sostener, tan tierna para consolar! ¡Oh, Tú, hasta quien no me atrevo a levantar mis ojos!, ¿me perdonarás aún?»

—¡Te irás! —dijo Ester con calma, cuando encontró su mirada la del clérigo.

Hecha la decisión, brilló sobre su pecho un resplandor extraño de alegría. Fue el regocijante efecto de un prisionero que acaba de escapar de la celda de su propio corazón, al respirar la atmósfera turbulenta y libre de una región no redimida, sin cristianizar y sin leyes. Su espíritu se elevó con la esperanza de ganar un panorama más próximo al cielo por toda la miseria que había arrastrado en la tierra. Siendo de un profundo temperamento religioso, había en sus actos un tinte piadoso.

—¡Vuelvo a sentir alegría! —gritó, asombrándose de sí mismo—. ¡Yo creí que su germen había muerto en mí! ¡Oh, Ester, tú eres mi ángel bueno! ¡Creo haber arrojado mi ser enfermo, manchado de pecado y abrumado de tristeza, sobre esta hojarasca de la selva, y que ha brotado de ella otro nuevo, con nuevas fuerzas para poder glorificar a Él, que tan misericordioso ha sido! ¡Ésta es ya la mejor vida! ¿Por qué no la hallamos antes?

—¡No miremos atrás —respondió Ester—, el pasado ha muerto! ¿Por qué, pues, hemos de pensar en él? ¡Con este símbolo todo lo borro y lo convierto en lo que nunca fue!

Diciendo esto, quitó la traba que sujetaba la letra roja, y arráncandola de su pecho, la arrojó a distancia, entre las hojas desparramadas. La marca mística fue a caer a este lado del arroyuelo. Con un impulso poco mayor hubiese ido a parar al agua, proporcionando al pequeño arroyo otro pesar que llevar adelante, además de la incomprensible historia que seguía murmurando. Pero allí quedó la letra bordada, brillando como una joya perdida, que algún vagabundo

desgraciado quizá recogiese, y con ella ser asaltado
por los extraños fantasmas de culpa, desmayos de corazón y desgracia indecible.

Al arrojar el estigma, lanzó Ester un hondo y prolongado suspiro con el que se desprendió del peso de
la angustia y vergüenza de su espíritu. ¡Oh, alivio exquisito! ¡No había conocido su peso hasta verse libre
de él! Por otro impulso, quitóse la gorra que aprisio-
naba su cabellera, cayendo ésta sobre sus hombros,
negra y rica, con sombra y luz a la vez en su abundancia, e imprimiendo a sus facciones el encanto de la
suavidad. Sobre su boca y ojos jugueteaba una radiante y tierna sonrisa que parecía fuir del propio corazón de la humanidad. Sus siempre hasta entonces
pálidas mejillas tiñéronse de carmín. Su sexo, su juventud y toda la riqueza de su hermosura, volvieron,
desde lo que los hombres llaman pasado irrevocable, a
incrustarse con su esperanza de mujer y una alegría
antes desconocida, en el círculo mágico de aquella
hora. Y como si la bruma de cielo y tierra hubiera
sido una influencia de aquellos dos corazones mortales, desvanecióse con sus tristezas. Todo, repentinamente, como si fuese una sonrisa del cielo, se convirtió en sol, infiltrándose en toda la extensión de la
selva oscura, alegrando el verde de cada hoja, convirtiendo en oro el amarillo de las caídas y haciendo re-
lucir los troncos grisáceos de los árboles majestuosos.
Los objetos que se habían mantenido en la sombra, se
dieron a la luz con brillantez. El curso del arroyuelo
podía trazarse por su alegre centelleo en el lejano corazón misterioso de la selva, que se había trocado en
un misterio de alegría.

¡Tal era la simpatía de la naturaleza, de aquella
vasta y oculta naturaleza de la selva, jamás subyugada
por ley humana ni iluminada por más alta verdad, por
la felicidad de aquellos dos espíritus! El amor, aunque
nacido nuevamente o despertado de un sueño casi de

muerte, debe crear siempre una aurora, llenando el corazón de tanto resplandor que se desborde sobre el ancho mundo. ¡Aunque la selva hubiese conservado su tenebrosidad, hubiera parecido brillante a los ojos de Ester y de Dimmesdale!

Ester miró a éste con el estremecimiento de una nueva dicha.

—¡Tienes que conocer a Perla! —dijo ella—. ¡Nuestra pequeña Perla! Ya sé que la has visto, pero ahora la verás con otros ojos. ¡Es una criatura extraña! ¡Pero tú la amarás tiernamente, como lo hago yo, y me aconsejarás cómo he de manejármelas con ella!

—¿Crees que la niña se alegrará de conocerme? —preguntó el ministro, algo inquieto—. Yo hace tiempo que no me acerco a los niños, porque, frecuentemente, me han demostrado cierta desconfianza, cierta repugnancia a familiarizar conmigo. ¡Hasta he tenido miedo de la pequeña Perla!

—¡Ah, eso fue triste! —dijo la madre—. Pero ella te amará tiernamente, y tú a ella. No está lejos. Voy a llamarla. ¡Perla! ¡Perla!

—Ya veo a la niña —observó el ministro—. Allí está de pie en un claro de sol, a bastante distancia, al otro lado del arroyo. ¿De modo que tú crees que me querrá la niña?

Ester sonrió, y llamó a Perla de nuevo, a quien distinguía a alguna distancia, como la había descrito el ministro; como una visión brillante, inundada por el sol que caía sobre ella a través de las copas de los árboles. La luz, con su danza, hacía su figurita borrosa o distinta, no como una niña real, sino como el espíritu de una niña, con el ir y venir del esplendor. Oyó la voz de su madre y se encaminó despacio hacia ella.

Perla no tuvo tiempo para aburrirse mientras su madre habló con el clérigo. La enorme y oscura floresta (como parecía a quienes llevaban sus culpas y trastornos del mundo a su seno), se convirtió en compa-

ñera de juego de la niña solitaria, tan bien como supo.
Tan sombría como era, recibió a la niña con el más
amable de sus modales. La ofreció sus fresas, retoños
del pasado otoño, pero que sólo sazonaban en la primavera, ahora rojas como gotas de sangre sobre las
hojas esparcidas. Perla las recogió y quedó complacida
de su fragancia silvestre. Los pequeños habitantes de
aquel lugar selvático no la invitaban en lo más mínimo
a abandonar su senda. Una perdiz, en efecto, seguida
de diez crías, alzó el vuelo espantada, pero pronto se
arrepintió de su fiereza y cloqueó a las pequeñuelas
que no tuviesen miedo. Una paloma, posada en una
rama baja, permitió a Perla llegase debajo y lanzó un
sonido que tanto tenía de bienvenida como de alarma.
Una ardilla, desde la profunda elevación de su árbol
doméstico, rechinaba los dientes con rabia o alegría
(porque la ardilla es un pequeño personaje, tan colé-
rico y humorístico que apenas pueden distinguirse sus
modalidades), y arrojó una nuez sobre la cabeza de
Perla. Era una nuez del último año, roída ya por sus
afilados dientes. Un zorro, alarmado en su sueño por
los ligeros pasos sobre las hojas, miró a Perla interro-
gativamente, dudando entre si sería mejor correr o
reanudar su sueño en el mismo sitio. Un lobo (pero
aquí el cuento debió pasar de lo improbable) se acercó
a Perla, olió sus vestidos y ofreció su cabeza para que
la niña le acariciase con su manita. Lo cierto es, sin
embargo, que la selva madre y todas aquellas cosas
selváticas que alimenta, reconocían en la criatura humana una consanguinidad.

Y ella era allí más gentil que en las calles del departamento o en la casita de su madre. Las flores parecían
saberlo, y unas y otras murmuraban a su paso: «¡Adórnate conmigo, hermosa niña, adórnate conmigo!»; y
para complacerlas, Perla recogió violetas, anémonas y
algunas ramitas del más fresco verde que los árboles la
ofrecían y su pecho juvenil, convirtiéndose en una

ninfa-niña, o una dríada infantil, o en cualquier cosa
que estuviese en cercana simpatía con la antigua selva.
Así se había adornado Perla, cuando oyó la voz de su
madre y volvió despacio.

¡Despacio, porque había visto al clérigo!

XIX

LA NIÑA A LA ORILLA DEL ARROYO

—La amarás tiernamente —repitió Ester Prynne,
mientras ella y el ministro se hallaban sentados observando a la pequeña Perla—. ¿No crees que es hermosa? ¡Y mira con qué habilidad natural ha hecho
adorno de las flores! Si hubiese recogido en la selva
perlas, brillantes y rubíes, no la sentarían mejor. ¡Es
una criatura espléndida! ¡Pero sé de quién tiene el
ceño!

—¿Sabes, Ester —dijo él con sonrisa inquieta—,
que esa querida niña, caminando siempre a tu lado,
me causó mucha alarma? ¡Me pareció (¡oh, Ester,
qué pensamiento es, y qué terrible temerlo!) que mis
facciones se hallaban repetidas en su rostro, y con
tanto vigor que todo el mundo podía reconocerlas!
¡Pero ella es más tuya!

—¡No, no! ¡No es más mía! —respondió la madre
con una sonrisa tierna—. Dentro de poco no tendrás
temor de ver de quién es hija. ¡Pero qué extrañamente hermosa parece, con esas flores silvestres en su
cabello! Es como si una de aquellas hadas que de-
jamos en la vieja Inglaterra la hubiese adornado para
que viniese a encontrarnos.

Ambos contemplaban el lento avance de la niña,
con un sentimiento que ninguno de los dos había experimentado antes. Veían en ella el eslabón que les
unía. ¡Había sido ofrecida al mundo, durante los siete

pasados años, como un jeroglífico viviente, en el que
se revelaba el secreto que tan oscuramente trataron
de ocultar, escrito en aquel símbolo, plenamente ma-
nifestado, por si hubiera existido allí un profeta o
mago lo bastante experto para leer en el carácter de
la llama! ¡Y Perla era la unidad de su ser! Cualquiera
que hubiese sido su pasada culpa, ¿cómo podían dudar que sus vidas terrenas y destinos futuros se hallaban unidos, cuando vieron de pronto su enlace e idea
espirituales en los que se encontraron, y que habían
de vivir juntos la inmortalidad? Estos pensamientos y
otros, quizá, que no reconocían o definían, arrojaron
en torno de la niña una especie de espanto, conforme
se acercaba.

—No la hagas ver nada extraño, ni pasión, ni anhelo, en tu forma de recibirla —murmuró Ester—.
Nuestra Perla es a veces un duendecillo caprichoso y
fantástico. Especialmente, rara vez tolera la emoción
cuando desconoce el por y para qué. ¡Pero la niña
tiene fuertes afectos! ¡Me ama, y te amará!

—¡No puedes figurarte cómo temo esta entrevista
y, sin embargo, cómo la desea mi corazón! —dijo el
ministro—. Pero, como ya te he dicho, los niños no
están dispuestos a familiarizarse conmigo. No se
suben a mis rodillas, ni charlan a mi oído, ni respon-
den a mis sonrisas; sino que se mantienen alejados y
me miran con extrañeza. Hasta los niños de pecho,
cuando los tomo en brazos, lloran amargamente. ¡Sin
embargo, Perla, en dos ocasiones de su pequeña vida,
fue amable conmigo! ¡La vez primera, tú la conoces
bien! La última, cuando la llevaste a casa del severo
gobernador.

—¡Y bien que abogaste, bien bravamente, en favor
suyo y mío! —respondió la madre—. Lo recuerdo; y
también lo recordará la pequeña Perla. ¡No abrigues
temores! ¡Quizá sea extraña y arisca al principio;
pronto aprenderá a quererte!

Mientras tanto, Perla había llegado a la orilla del arroyo, y quedó en la margen opuesta mirando en silencio a Ester y al clérigo, que aún permanecían sentados sobre el tronco musgoso esperando su llegada. En el preciso punto en que se detuvo, el arroyo formaba un embalse tan terso y tranquilo que reflejaba la imagen perfecta de su figurita, con toda la pintoresca brillantez de su belleza en su adorno de flores y follaje, pero más refinada y espiritualizada que la realidad. Esta imagen, tan casi idéntica a la viviente Perla, parecía comunicar algo de su cualidad vaga e intangible a la propia niña. Era extraña la forma en que Perla se hallaba de pie, mirándolos tan fijamente a través del ambiente brumoso de la floresta; ella, sin embargo, glorificada por un rayo de sol, atraído por cierta simpatía. En el arroyo que se hallaba a sus pies, había otra niña, otra y la misma, también con su rayo de luz dorada. Ester sintióse, en forma indistinta e intranquilizadora, extraña a Perla; como si la niña, en su solitaria correría por la selva, se hubiese salido de la esfera en que ella y su madre vivieran juntas, y en vano tratase ahora de volver a ella.

En aquella impresión había error y verdad a la vez; la niña y la madre se habían extrañado, pero con la falta de Ester, no con la de Perla. Desde que la niña se separó de ella otro interno fue admitido en los sentimientos de la madre, modificando así el aspecto de todos ellos de tal modo que Perla no podía hallar su puesto deseado y escasamente sabía dónde se encontraba.

—Tengo el extraño presentimiento —dijo el sensible ministro— de que este arroyo es el lindero de dos mundos y que nunca volverás a encontrarte con tu Perla. ¿O es un espíritu aduendado, a quien, como nos decían las leyendas de nuestra niñez, le está prohibido cruzar la corriente? ¡Anímala a pasar, porque con su tardanza en hacerlo ha comunicado cierto temblor a mis nervios!

—¡Ven, querida mía! —gritó Ester animosamente y alargando los brazos—. ¡Qué calma tienes! ¿Cuándo has estado tan holgazana? ¡Aquí hay un amigo mío que lo será tuyo también! ¡Desde ahora en adelante tendrás doble cariño que el que tu madre sola pudiera haberte dado! Salta el arroyuelo y ven adonde estamos. ¡Tú puedes saltar como un gamo!

Perla, sin responder en forma alguna a aquellas dulces expresiones, permaneció al otro lado del arroyo. Paseaba su fija mirada de su madre al clérigo, y luego sobre los dos, como si tratase de averiguar la relación que les unía. Por alguna razón inexplicable, cuando Arturo Dimmesdale sintió la mirada de Perla, su mano, con el gesto que ya era en él tan habitual que se había hecho involuntario, llevósela al corazón. Por fin, dándose cierto aire de autoridad, extendió Perla su mano, adelantando el dedo índice y, evidentemente, señalando al pecho de su madre. Y abajo, en el espejo de las aguas, se veía la imagen florida y soleada de la pequeña Perla, señalando también con el dedo índice.

—Tú, criatura extraña, ¿por qué no vienes a mí? —exclamó Ester.

Perla todavía continuó señalando con el dedo, y con un ceño sobre su frente, más impresionante por el aspecto infantil de sus facciones. Como su madre continuase haciéndola señas y animándola con sonrisas inacostumbradas, la niña golpeó el suelo con el piececito, con mirada y gesto aún más imperativos. Sobre el espejo del arroyo volvió a reflejarse la imagen de fantástica belleza, con su ceño, su dedo que seguía apuntando, y el gesto imperioso que daba énfasis al aspecto de la pequeña Perla.

—¡Date prisa, Perla, o me enfadaré contigo! —gritó Ester, quien, aunque acostumbrada al modo de ser de la niña trasgo en otras ocasiones, anhelaba ahora, como era natural, un más apropiado comportamiento—. ¡Salta el arroyo, niña traviesa, y corre aquí! ¡Si no, iré yo a por ti!

Pero Perla no se movió con las amenazas de su madre más que lo hizo con sus ruegos, y rompió en un estado de pasión, gesticulando violentamente e imprimiendo a su pequeña figura las contorsiones más extravagantes. Acompañó aquel estado selvático de gritos tan penetrantes que la selva reverberó en todas direcciones; de tal modo que, sola como estaba y con su rabieta inmotivada de niña, daba la sensación de que una multitud oculta le prestaba su valor y simpatía. ¡Y nuevamente fue vista en el arroyo con su rabieta, coronada y adornada con flores, golpeando con el pie, gesticulando selváticamente, y, en medio de todo, señalando todavía al pecho de su madre con su pequeño dedo índice!

—Ya veo lo que tiene la niña —dijo Ester, tornándose pálida, a pesar del esfuerzo que hizo por ocultar su trastorno y disgusto—. Los niños no toleran el más ligero cambio en el aspecto acostumbrado de las cosas que tienen diariamente ante los ojos. ¡Perla echa de menos algo que me ha visto llevar siempre!

—¡Te ruego —dijo el ministro— que, si tienes algún medio de pacificar a la criatura, lo hagas en seguida! ¡Salvo el gangrenado furor de una vieja bruja, como la señora Hibbins, nada me impresionó tan pronto como la pasión en esta niña! En la juvenil belleza de Perla, como en la rugosa bruja, tiene un efecto extraordinario. ¡Pacifícala, si es que me amas!

Ester volvióse a Perla, coloreadas sus mejillas, echando sobre el clérigo una mirada significativa y suspirando hondamente; y después, antes de que pudiese hablar, cubrióse su rostro de intensa palidez.

—¡Perla —gritó tristemente—, mira a tus pies! ¡Allá, delante de ti! ¡A este lado del arroyo!

La criatura volvió la vista hacia el punto indicado;

allí estaba la letra roja, tan cerca del cauce que sus bordados de oro rielaban en el agua.

—¡Tráemela aquí! —dijo Ester.

—¡Ven tú y cógela! —respondió Perla.

—¿Existió jamás niña semejante? —observó Ester, quedamente, al ministro—. ¡Oh, es mucho lo que tengo que contarte de ella! Pero, a decir verdad, tiene razón en lo referente a esa marca. ¡Aún he de soportar su tortura durante algún tiempo, unos días más, hasta que hayamos dejado esta región y volvamos la vista para contemplarla como si fuese la tierra de un sueño! ¡La selva no puede ocultarla! ¡El profundo océano la arrancará de mi mano para tragársela por siempre!

Con estas palabras, avanzó hasta la margen del arroyo, recogió la letra roja y volvió a sujetársela sobre el pecho. Afortunadamente, hacía sólo un momento, cuando habló Ester de arrojar al mar aquel símbolo, tuvo una sensación inevitable de condena; así pues, volvió a recibir el símbolo mortal de manos del destino. ¡Lo había arrojado al espacio infinito! ¡Había logrado una hora de franco respiro! ¡Pero allí estaba de nuevo la miseria roja, brillando sobre su antiguo sitio! Así sucede siempre, esté de tal modo ejemplarizado o no; un hecho perverso viene siempre a investirse con el carácter del destino. Ester encerró después los rizos de su cabellera bajo la gorra. Como si la triste letra encerrase un hechizo, su belleza, el ardor y riqueza de su juventud desaparecieron como un atardecer, y pareció quedar envuelta por una sombra gris.

Cuando se operó el terrible cambio, tendió su mano a Perla.

—¿Conoces ahora a tu madre, niña? —preguntó Ester con reproche, pero en tono reprimido—. ¿Querrás cruzar ahora el arroyo y obedecer a tu madre, ya que lleva sobre sí nuevamente la vergüenza, ya que está otra vez triste?

—¡Sí; ahora lo haré! —respondió la niña, saltando el cauce y cayendo en brazos de su madre—. ¡Y yo soy tu pequeña Perla!

En forma que no la era habitual, hizo que su madre bajase la cabeza y la besó tiernamente en la frente y en ambas mejillas. Pero luego, por una especie de necesidad que parecía inducir a aquella niña a acompañar cualquier clase de alivio que pudiera proporcionar de una sensación angustiosa, alzó Perla la boca y besó también la letra roja.

—¡Eso no ha estado bien! —dijo Ester—. ¡Después que me demuestras un poco de amor te burlas de mí!

—¿Por qué se sienta allí el ministro? —preguntó la pequeñuela.

—Espera para saludarte —replicó la madre—. ¡Ven y pídele su bendición! Él te ama, mi pequeña Perla, y ama a tu madre también. ¿No le amarás tú? ¡Ven! ¡Desea saludarte!

—¿De veras nos ama? —interrogó la niña, alzando su mirada inteligente hacia el rostro de su madre—. ¿Volverá con nosotras de la mano, los tres juntos, a la población?

—Ahora no, querida —respondió Ester—. Pero en días venideros caminará con nosotras de la mano. Tendremos una casa y un hogar nuestro, y te sentarás sobre sus rodillas, y te enseñará muchas cosas, y te amará tiernamente. Tú le amarás también, ¿no?

—¿Y llevará siempre la mano sobre el corazón? —preguntó de nuevo.

—¡Necia! ¿Qué pregunta es ésa? ¡Ven y pídele su bendición! —exclamó Ester.

Pero fuese influida por los celos, que son instintivos en los pequeñuelos mimados para con un rival peligroso, o por cualquier capricho de su mudable naturaleza, Perla no demostró aprecio hacia el ministro. Sólo por fuerza logró su madre llevarla hasta él, manifestando su repugnancia con extrañas muecas, de las que, desde su más tierna infancia, poseía una variedad singular, pudiendo transformar su movible fisonomía en una serie de aspectos diferentes, con un tinte nuevo de travesura en cada uno. El ministro, penosamente inquieto, pero con la esperanza de que un beso pudiera ser un talismán para las miras de la niña, se inclinó y la besó en la frente. Rápidamente, desasióse Perla de su madre y corrió al arroyo, se inclinó sobre él y se bañó la frente hasta que logró lavar el beso por completo, diluyéndolo en un largo lapso del agua resbaladiza.

Luego quedóse apartada, observando en silencio a su madre y al clérigo, mientras éstos hablaban juntos sobre los preparativos que les sugería su nueva posición y los propósitos que pronto habían de cumplirse.

Aquella funesta entrevista terminó. Era preciso dejar el vallecillo entre los oscuros y viejos árboles, los que con sus múltiples lenguas murmurarían largamente de lo que allí había ocurrido. Y el arroyo melancólico añadiría esta nueva historia al misterio con que su pequeño corazón estaba agobiado, y seguiría con su balbuceo murmurador, sin añadir un ápice más de alegría a su tono de las épocas pasadas.

XX

EL PASTOR PERPLEJO

Cuando se marchó el ministro, antes de que lo hiciesen Ester y Perla, volvió la cabeza creyendo que no descubriría más que las borrosas siluetas de la madre y la hija en la opaca luz de la selva. Una vicisitud tan grande de su vida no podía ser admitida repentinamente como real. Pero allí estaba Ester con su vestido gris, de pie aún junto al muñón del tronco del árbol que algún antiguo vendaval había derribado, y al que el tiempo había cubierto de musgo para que estos dos desgraciados, cuyos corazones se hallaban agobiados por el peso del mundo, pudieran sentarse sobre él y encontrar un rato de descanso y solaz. Y allí estaba también Perla, bailando ligeramente junto a la margen del arroyuelo, ahora que la tercera persona intrusa habíase marchado, volviendo a ocupar su antiguo puesto al lado de su madre. ¡Así pues, el ministro no había dormido y soñado!

Para librar su cerebro de aquella falta de claridad y duplicidad de impresión que le incomodaba con extraña inquietud, recordó y definió con más claridad los planes que habían trazado para su marcha. Habían determinado que el Viejo Mundo, con sus gentes y sus ciudades, les ofrecía un abrigo y sitio de ocultación preferible a las selvas de la Nueva Inglaterra y a toda la América, con sus alternativas de un jacal indio o de los pocos departamentos europeos desparramados a lo largo de sus costas. Esto sin contar con que la salud del clérigo era inadecuada para soportar las penalidades de la vida selvática, y que sus dones naturales, su cultura y todo su completo desarrollo le asegurarían un hogar solamente entre la civilización y el refinamiento; mientras más alto fuese el estado, mejor y más delicadamente se adaptaría a este hombre. En favor de esta elección, daba la coincidencia de haber anclado en el puerto un barco; uno de esos cruceros sospechosos, frecuentes en aquellos días, que, sin ser de mucho calado, vagaba sobre la superficie del mar con un notable carácter de irresponsabilidad. Aquel barco acababa de llegar del continente español, y en el término de tres días debía zarpar para Bristol. Ester Prynne (cuya vocación como hermana de la Piedad la había relacionado con el capitán y la tripulación) pudo agenciarse los pasajes para dos individuos y una criatura, con todo el secreto que reclamaban las circunstancias.

El ministro había preguntado a Ester con no pequeño interés el preciso momento en que debía zarpar el barco. Debía partir con toda probabilidad a los cuatro días de aquella fecha. «¡Eso es de buena suerte!», se dijo. Dudamos en revelar la causa por la cual el reverendo señor Dimmesdale juzgaba aquello como de buena suerte. No obstante, para no ocultar nada al lector, diremos que era porque a los tres días a contar de aquél debía predicar su sermón de Predestinación; y como ese acto formaba una época memorable en la vida de un sacerdote en la Nueva Inglaterra, no podía haber hallado una época y un medio mejores para terminar su carrera profesional. «¡Por lo menos», pensó este hombre ejemplar, «dirán de mí que no he dejado de cumplir un deber público, ni que lo haya cumplido mal!» ¡Es triste que un examen de conciencia tan profundo y refinado como el de este pobre pastor fuese tan miserablemente engañoso! Tuvimos, y tal vez tengamos, peores cosas que decir de él, pero ninguna, creemos, tan lastimosamente delicada; ninguna evidencia, tan ligera e incontestable a la vez, de una enfermedad sutil, que hacía largo tiempo había comenzado a roer la verdadera sustancia de su carácter. Ningún hombre, durante cualquier período considerable, puede tener una cara para él y otra para la multitud, sin que finalmente esté perplejo entre cuál de las dos es la verdadera.

La excitación de los sentimientos del señor Dimmesdale, cuando volvió de su entrevista con Ester, le proporcionó una energía física extraña que le hizo caminar con paso rápido en dirección a la población. La senda del bosque le pareció más arisca, más rústica con sus rudos obstáculos, y menos hollada por la planta del hombre que lo que le pareció a la ida. Cruzó los sitios pantanosos, se aventuró entre los matorrales, trepó por las cuestas, descendió a las hondonadas y, en una palabra, salvó todas las dificultades del camino, con una incansable actividad que le asombró. No pensó más que en la debilidad y frecuentes paradas para tomar aliento, cuando había hecho aquel mismo camino hacía dos días solamente. Conforme se acercaba al poblado, notaba la sensación del cambio que habían experimentado todos los objetos familiares que se ofrecían a su vista. Le parecía no haber sido ayer, ni hacía uno, ni dos, sino muchos días que los había dejado. Allí estaba la calle, en efecto, con su antigua traza, que recordaba, y toda la peculiaridad de las casas, con sus múltiples grandes aleros y veletas giratorias en los caballones de los tejados. No menos, sin embargo, le asaltó esta sensación de cambio, importunadamente intrusiva. Lo mismo le ocurrió con respecto a las amistades que encontraba a su paso, y con todas las figuras de vida humana, en la pequeña población. No le parecían ni más viejos ni más jóvenes ahora; las barbas de los ancianos no eran más blancas, ni los bebés de ayer caminaban hoy por su pie; era imposible describir en el respecto en que se diferenciaban de los individuos que recientemente había visto; y, no obstante, la sensación más honda del ministro parecía informarle de su mutabilidad. Una impresión parecida le sorprendió más notablemente al pasar bajo los muros de su propia iglesia. El edificio tenía un aspecto tan extraño y, sin embargo, tan familiar, que el cerebro del señor Dimmesdale vibró entre dos ideas: o que la había visto en sueños antes, o que estaba soñando con ella.

Este fenómeno, en las diversas formas que presentaba, no indicaba cambio alguno externo, sino un cambio tan repentino e importante en el espectador familiar de la escena que el espacio interventor de un solo día había operado sobre sus sentidos como el lapso de los años. Originaron esta transformación la propia voluntad del ministro y la de Ester, con el sino que se alzaba entre ellos. Era la misma población de antes,

pero el ministro que volvía de la selva no era el
mismo. Pudiera haber dicho a los amigos que le salu-
daban: «¡Yo no soy el hombre por quien me to-
máis! ¡Lo dejé en el bosque, allá, en el oculto valle-
cito, junto al tronco musgoso y cerca de un arroyo
melancólico! ¡Id, buscad a vuestro pastor, y ved si su
macilenta figura, sus hundidas mejillas y su frente
blanca, pesada y rugosa no están arrojadas allí, como
un vestido desechado!» Sin duda, sus amigos hubiesen
insistido, diciéndole: «¡Tú eres el mismo hombre!»,
pero el error hubiera sido de ellos, no suyo.

Antes de que el señor Dimmesdale llegase a su
casa, su hombre interno le dio otras evidencias de revolución en la esfera de su pensamiento y sentimiento.
En realidad, un cambio total de dinastía y código moral en su reino interior era lo único que podía dar
cuenta adecuada de los impulsos que sentía ahora el
desgraciado y alarmado ministro. A cada paso era impulsado a hacer una u otra cosa extraña y ruda, con
sensación de ser a la vez involuntaria e intencionada;
a pesar suyo y, sin embargo, saliendo de un su ser
más profundo que aquel que se oponía al impulso. Por
ejemplo, encontró a uno de sus propios diáconos. El
buen viejo le saludó con el afecto paternal y privilegio
patriarcal que su edad venerable, su carácter elevado
y religioso y su posición en la Iglesia le daban derecho
a usar, y juntamente con esto el respeto hondo y honorable que el título profesional y privado del ministro
demandaban. Nunca hubo un ejemplo más hermoso
de cómo la majestad de la edad y sabiduría puede
concordar con la obediencia y respeto, como si perte-
neciese a una clase inferior, y un orden inferior de
dotes, hacia el superior. Durante una conversación de
breves momentos entre el reverendo señor Dimmesdale y este excelente diácono de barba blanca, fue debido tan sólo a un cuidadoso dominio del primero que
no pronunciase ciertas sugestiones blasfemas que asal-

taron su cerebro respecto a la cena-comunión. Tembló
y se puso pálido como la muerte, pensando en que su
lengua se agitaba por pronunciar aquellas horribles
materias, alegando un consentimiento para hacerlo
que él no había dado. ¡Y aun con este terror en el corazón, escasamente podía evitar la risa, imaginándose
cómo se hubiese petrificado el patriarcal y viejo diácono ante la impiedad del ministro! Después ocurrióle
otro incidente de la misma naturaleza. Caminando
apresuradamente por la calle se encontró con la feligresa de más edad perteneciente a su capilla; una anciana dama ejemplo de piedad, pobre, viuda, sola y
con un corazón tan lleno de reminiscencias de su esposo muerto, de sus hijos y amigos fallecidos hacía
largo tiempo como un cementerio lleno de lápidas his-
toriadas. Sin embargo, todo esto, que pudiera haber
constituido una abrumadora tristeza, era para su vieja
alma una dicha solemne, a causa de los consuelos de
la religión y de las verdades de la Escritura, de las que
se había nutrido continuamente durante más de treinta
años. Y desde que el señor Dimmesdale la tomó a su
cargo, el mayor consuelo terrenal para la buena anciana (que, a no haber sido a la vez un consuelo celestial, no hubiese sido nada) era el de encontrar a su
pastor, casualmente o a intento, y ser vivificada con
una verdad del Evangelio, con la palabra calurosa,
fragante y celestial de sus amados labios, murmurada
a su oído torpe, pero arrobadamente atento. Mas en
esta ocasión, al poner sus labios junto al oído de la
anciana, el señor Dimmesdale, como lo hubiese hecho
el gran enemigo de las almas, no pudo recordar ningún texto de las Escrituras, ni otra cosa alguna, salvo
un argumento breve, enérgico y, como entonces le pareció incontestable, contra la inmortalidad del alma
humana.

Esta insinuación en su cerebro hubiera causado probablemente la repentina muerte de esta anciana her-

mana, como por efecto de una infusión intensamente
venenosa. Lo que le murmuró al oído el pastor no
pudo volver a recordarlo. Tal vez hubiera un afortunado desorden en su pronunciación que evitase tuviera
una clara idea para la comprensión de la pobre viuda,
o que la Providencia lo interpretase con arreglo a su
propio método. Lo cierto es que, al volver el ministro
la cabeza, vio en ella una expresión divina de gratitud
y éxtasis, que parecía el resplandor de la ciudad celestial sobre su cara pálida y arrugada.

Nuevamente, después de dejar a la antigua feligresa
de su capilla, tropezó con la más joven de sus ovejas.
Una damita convertida recientemente por el sermón
que pronunció Dimmesdale en el sábado siguiente a
su vigilia. Convencida a cambiar los placeres transito-
rios del mundo por la esperanza celestial que había de
proporcionarla una sustancia más resplandeciente,
cuando la vida se oscureciera a su alrededor, ilumi-
nando su completa lobreguez con la glorial final. Era
buena y pura como una azucena nacida en el Paraíso.

El pastor sabía bien que estaba custodiado como
una reliquia por la intachable santidad de su corazón,
echando sobre su imagen las níveas cortinas, comuni-
cando a la religión el fuego del amor y amando una
pureza religiosa. Satán, aquella tarde, arrastró sin
duda a aquella pobre muchacha del regazo materno y
la arrojó a la senda de este hombre perdido y desesperado. Conforme se acercaba, el espíritu maligno le decía que acortase el paso y vertiese en su tierno seno el
germen del mal que habría de florecer tenebrosa-
mente, pronto, y dar antes de mucho tiempo su negro
fruto. Tal era su sensación de poder sobre esta alma
virginal, que confiaba en él, sabiendo el ministro que
se sentía potente para marchitar todo el campo de
inocencia con sólo una mirada perversa y desarrollar
todo lo contrario con una mirada solamente. Así pues,
con mayor lucha que hasta entonces jamás sostuvo, se

cubrió el rostro con el manto y apresuró el paso, sin dar muestra de haberla reconocido y dejando que la joven hermana juzgara su rudeza como creyera conveniente. Ella rebuscó en su conciencia (llena de pequeñas cosas inofensivas, como su bolso de trabajo) y encaminóse a sus faenas, ¡pobrecilla!, pensando en mil faltas imaginarias; y a la mañana siguiente, mientras realizaba sus quehaceres domésticos, sus párpados estaban inflamados por el llanto.

Antes de que el ministro tuviese tiempo de celebrar su victoria sobre esta última tentación, sintió otro nuevo impulso, más ridículo y casi más horrible. Fue (nos sonrojamos al decirlo) pararse en el camino y enseñar algunas perversas palabrotas a un grupo de pequeños niños puritanos que se hallaban jugando allí, y quienes hacía muy poco tiempo que habían roto a hablar. Desistiendo de este antojo, por juzgarlo indigno de sus hábitos, encontróse con un marinero borracho, perteneciente a la tripulación del barco llegado del continente español. ¡Y entonces, después de haber evitado con tanta valentía todas las anteriores maldades, el pobre Dimmesdale sintió deseos de estrechar la mano de aquel alquitranado tunante y recrearse con sus groseras chirigotas, tan propias de los marineros licenciosos, y una sarta de juramentos rotundos, sonoros, sólidos, satisfactorios y sacrílegos! Fue debido, más bien que a sus principios, en parte a su natural buen gusto, y todavía más a su habitual decoro clerical, el que pudiera sobreponerse a esta última crisis.

«¿Qué es lo que me asalta y tienta de este modo?» —preguntóse el ministro, parándose en la calle y llevándose la mano a la frente—. «¿Estoy loco? ¿O estoy dado al demonio? ¿Hice algún contrato con él en la selva, firmándolo con mi sangre? ¿Y me obliga ahora a cumplirlo, sugestionándome la ejecución de todas las maldades que su hedionda imaginación puede concebir?»

En el momento en que el reverendo señor Dimmesdale departía así consigo mismo y se golpeaba la
frente con la mano, la vieja señora Hibbins, la repu-
tada dama-bruja, acertó a pasar por allí. Iba vestida
aparatosamente; llevaba un peinado empingorotado,
una rica túnica de terciopelo y una gola planchada con
el famoso almidón amarillo, del que Ana Turner, su
amiga especial, le había enseñado el secreto, antes de
que esta buena señora fuese ahorcada por el asesinato
de Sir Thomas Overbury. Fuese que la bruja leyera o
no en los pensamientos del ministro, ello es que paróse de pronto, miróle a la cara solapadamente, sonrió
con astucia y, aunque poco dada a hablar con sacerdotes, comenzó la conversación diciendo:

—¿De modo, reverendo señor, que habéis hecho
una visita a la selva? —observó la dama-bruja, moviendo su aparatosa cabeza—. Os ruego que la
próxima vez me deis aviso y me sentiré orgullosa de ir
en vuestra compañía. Sin que ello me cause molestia,
mi intervención puede servir para que cualquier caballero extraño pueda obtener una mejor acogida de
aquel potentado.

—¡Le manifiesto, señora —dijo el clérigo, con la
grave cortesía que demandaba el rango de la dama, y
que su buena crianza hizo imperativa—, declaro, por
mi conciencia y carácter, que estoy aturdido ante el
propósito de sus palabras! Yo no fui al bosque en
busca de un potentado, ni tengo intención de visitarle
en lo futuro con idea de granjearme el favor de semejante personaje. ¡Mi único y suficiente objeto fue el
de saludar a mi piadoso amigo el apóstol Eliot y rego-
cijarnos por las muchas almas preciosas que ha ganado
al paganismo!

—¡Ah, ah, ah! —cacareó la vieja dama-bruja, agitando aún ante el ministro su empingorotado peinado—. ¡Bien, bien, no tenemos necesidad de charlar
así a la luz del día! ¡Lo llevó usted con mucho sigilo!

¡Pero a medianoche y en la selva tendremos otro rato de charla!

Continuó su camino con su vieja majestuosidad, pero volviendo frecuentemente la cabeza y sonriéndole, como deseosa de reconocer una secreta intimidad de relación.

«¡Luego me he vendido —pensó el ministro— al espíritu maligno, a quien esta vieja hechicera engolada y aterciopelada ha elegido por su príncipe y señor!»

¡El desgraciado ministro había hecho un trato muy parecido! Tentado por un sueño de felicidad, se había rendido con intención deliberada a lo que sabía que era un pecado mortal. Y el infeccioso veneno de aquel pecado se había propagado rápidamente a todo su sistema moral. Había entorpecido todos los buenos impulsos y despertado a la vida agitada toda la congregación de los malos. Escarnio, amargura, maldad no motivada, voluntario deseo del mal, el ridículo de todo cuanto fuera bueno y santo, todos despertaron para tentarle, aun cuando le asustaban. Y el encuentro con la vieja señora Hibbins, de ser un incidente real, no hizo sino demostrar su simpatía y compañerismo por los mortales malvados y todo el mundo de los espíritus perversos.

Durante este tiempo había llegado a su vivienda, el extremo del cementerio, y precipitándose escaleras arriba buscó refugio en su estudio. El ministro se alegró de haber llegado a aquel retiro sin haberse delatado antes al mundo por una de esas malvadas excentricidades a las que se viera continuamente impulsado al atravesar las calles. Penetró en su cuarto habitual y miró en derredor, a sus libros, sus ventanas, su chimenea, y a lo confortable de sus paredes tapizadas, con la misma percepción de extrañeza que le había asaltado durante su camino desde la hondonada de la selva hasta la población, y dentro de ella. Allí había estudiado y escrito; había hecho ayunos y vigilias, de

las que salió medio muerto; había procurado rezar;
allí sufrió cien mil agonías. ¡Allí estaba la Biblia, con
su rico hebreo antiguo del que Moisés y los profetas le
hablaron, y la voz de Dios con todos! Allí, sobre la
mesa, junto a la pluma mojada de tinta, se hallaba un
sermón no terminado, con la sentencia interrumpida,
donde sus pensamientos cesaron de derramarse sobre
la página, dos días antes. ¡Conocía que fue él, el enflaquecido y pálido ministro, quien había hecho y
sufrido estas cosas y llegó tan adelante en su sermón
de Predestinación! Pero parecía hallarse aparte, mirando su antiguo ser con curiosidad desdeñosa y compasiva, pero medio envidiosa. Aquel ser desapareció.
El hombre que había vuelto de la selva era otro más
sabio, con un conocimiento de misterios ocultos que la
simplicidad del primero jamás hubiese logrado.
¡Aquélla era una clase de sabiduría más amarga!

Estando ocupado con estas reflexiones, llamaron a
la puerta del estudio y el ministro dijo: —¡Adelante!— no privado por completo de la idea de que
pudiese contemplar un mal espíritu. Y así fue. Roger
Chillingworth entró. El clérigo permaneció blanco y
mudo, con una mano apoyada sobre las Escrituras he-
breas y la otra extendida sobre su pecho.

—Bienvenido seáis al hogar, reverendo señor —dijo
el médico—. ¿Qué tal encontró usted a aquel santo
varón, el apóstol Eliot? Pero me parece, querido señor, que estáis pálido, como si el viaje a través de la
selva os hubiera sido demasiado penoso. ¿No será mi
ayuda necesaria para llevar fuerzas a vuestro corazón
y que podáis predicar vuestro sermón de Predestinación?

—No, creo que no —repuso el reverendo señor
Dimmesdale—. Mi viaje, la vista de aquel santo apóstol y el aire libre que he respirado me han hecho bien
después de tan larga reclusión en mi estudio. No creo
tener más necesidad de vuestras drogas, mi amable

médico, por buenas que sean, administradas por una mano amiga.

Durante todo este tiempo, Roger Chillingworth estuvo observando al ministro con la grave e intensa mirada de un médico para con su paciente. Pero, a pesar de su aspecto externo, el pastor se hallaba casi convencido de que el viejo tenía conocimiento, o por lo menos abrigaba sospechas, de su entrevista con Ester Prynne. El médico supo entonces que, a los ojos del clérigo, ya no sería un amigo de confianza, sino el peor de sus enemigos. Sabido todo esto, era lo natural que se hubiese dado a entender parte de ello. No obstante, es singular el mucho tiempo que pasa, frecuentemente, antes de que las cosas se incorporen a las palabras; y la seguridad con que dos personas que procuran evitar un determinado asunto se aproximan hasta su mismo borde, y se retiran sin haberlo perturbado. Así pues, el ministro no abrigaba temores de que Roger Chillingworth abordase, con palabras expresas, la verdadera posición que sostenían uno respecto al otro. Sin embargo, el médico, en su forma tenebrosa, se arrastró espantosamente hasta muy cerca del secreto.

—¿No sería mejor —dijo— que hiciese usted uso esta noche de mi pobre experiencia? Verdaderamente, querido señor, debemos esforzarnos para haceros fuerte y vigoroso en esta ocasión de vuestro discurso de la Predestinación. Las gentes esperan de usted grandes cosas, temiendo que pueda llegar otro año y que su pastor se haya ido.

—Sí, a otro mundo —replicó el ministro con piadosa resignación—. ¡El cielo permita que sea un mundo mejor, porque, en realidad, creo que escasamente podré permanecer con mi rebaño durante las rápidas estaciones de otro año! Pero, dado el estado presente de mi cuerpo, creo no tener necesidad de vuestras medicinas.

—Me alegra el oírlo —respondió el físico—. Quizá

mis remedios, tanto tiempo administrados en vano, comiencen ahora a producir su efecto. ¡Sería yo un hombre feliz y merecedor de la gratitud de Nueva Inglaterra si lograse realizar esta cura!

—Doy a usted las gracias de todo corazón, mi más atento amigo —dijo el reverendo señor Dimmesdale, con una solemne sonrisa—. Se lo agradezco, y no puedo pagar a usted sus buenas obras sino con mis oraciones.

—¡Las oraciones de un hombre bueno son una recompensa de oro! —repuso el viejo Roger, disponiéndose a marchar—. ¡Sí, son la moneda de oro corriente en la Nueva Jerusalén, con el cuño del propio rey sobre ella!

Una vez solo, el ministro llamó a un criado de la casa y le pidió alimento que, una vez servido, lo comió con voraz apetito. Después, arrojando al fuego las ya escritas páginas de su sermón de Predestinación, se puso a escribir otro, con tan impulsivo fluido de pensamiento y emoción que se creyó inspirado, maravillándose de que el cielo juzgase apropiado transmitir la música grandiosa y solemne de sus oráculos a través de un tubo de órgano tan hediondo como él. Sin embargo, dejando que aquel misterio se resolviese por sí solo, llevó su tarea adelante con prisa anhelosa y con éxtasis. Así pasó la noche en un vuelo, como si cabalgase sobre un corcel alado; llegó la mañana asomando sus sonrojos por entre los cortinajes; y, por fin, la salida del sol lanzó sobre el estudio sus dorados reflejos, pasándolos sobre los ojos deslumbrados del ministro. ¡Allí estaba, con la pluma todavía entre sus dedos, y una vasta serie de cuartillas escritas delante de él!

XXI

LA FIESTA DE NUEVA INGLATERRA

En la mañana del día en que el nuevo gobernador debía recibir su cargo de manos del pueblo, Ester Prynne y la pequeña Perla llegaron con tiempo a la plaza del Mercado. Ésta se hallaba ya llena de bote en bote con artesanos y otros plebeyos habitantes de la población, entre los que se veían también algunas rudas figuras, cuyos trajes de piel de ciervo indicaban que pertenecían a alguno de los departamentos de la selva que rodeaban la pequeña metrópoli de la colonia.

En este día festivo, como en todas las demás ocasiones durante los siete últimos años, Ester iba vestida con un traje de tela gris ordinaria. Tanto por su color como por alguna indescriptible particularidad de su forma, tenía el efecto de hacerla perder su personalidad y contorno, a pesar de que la letra roja la devolvió su luz incierta y la reveló bajo el aspecto moral de su propia iluminación. Su cara, hacía tiempo tan familiar a la gente de la población, mostraba la tranquilidad marmórea que tenían costumbre de apreciar. Era como una máscara, o, más bien, como la calma helada de las facciones de una muerta; esta espantosa semejanza era debida al hecho de que Ester estaba muerta respecto a toda pretensión de simpatía y había dejado el mundo en el que todavía parecía moverse.

Pudiera ser que en aquel día tuviera una expresión no vista antes, y, realmente, no lo bastante activa para que pudiera ser apreciada, a menos que un observador dotado de dones extraordinarios hubiese podido leer antes en su corazón, y después hubiera buscado en su continencia y semblante un desarrollo correspondiente. Tal observador espiritual pudiese haber concebido que, después de soportar la mirada de la multitud, durante siete años miserables, como una necesidad, una penitencia y algo que era una severa religión el soportarla, ahora ella, por vez postrera, la sostenía libre y voluntariamente para convertirse en una especie de triunfo lo que durante tanto tiempo había sido una agonía. «¡Mirad por última vez a la letra roja y a su portadora!», podía decirles la que les parecía a las gentes su víctima largo tiempo esclavizada. «¡Un instante más y habrá desaparecido ante vuestros ojos! ¡Unas horas más y el océano profundo y misterioso se tragará y ocultará para siempre el símbolo que hicisteis ardiera sobre su pecho!» No sería una inconsistencia demasiado improbable para ser adjudicada a la naturaleza humana, si supusiésemos a la mente de Ester una sensación de pesadumbre en el momento de hallarse a punto de ganar su libertad a la pena que tan hondamente había sido incorporada a su ser. ¿No pudiera indicar un deseo irresistible de apurar en un último trago, largo y sin respirar, la copa de ajenjo y acíbar que había saboreado casi perpetuamente durante toda su vida? El vino de la vida que de allí en adelante fuera presentado a sus labios sería rico, en efecto, delicioso y regocijante en su copa de oro cincelada, o al menos dejaría una languidez inevitable y abrumadora, después de las heces de amargura que le habían sido administradas como un cordial de la mayor potencia.

Perla iba ataviada con una alegría vaporosa. Hubiera sido imposible adivinar si esta aparición brillante y solar debía su existencia a aquella lúgubre figura gris, o si la fantasía, a la vez tan alegre y delicada como habían sido requeridas para conseguir la apariencia de la niña, era la misma que había echado sobre sí la tarea más difícil de imprimir a la sencilla túnica de Ester tan distinta peculiaridad.

Era el vestido tan apropiado a la pequeña Perla que parecía un efluvio o un desarrollo inevitable; una manifestación externa de su carácter que no pudiera separarse de ella, como los muchos matices brillantes de las alas de la mariposa o la pictórica gloria de las hojas de una flor resplandeciente. Esto ocurría con la niña; su aspecto estaba acorde con su naturaleza. Además, en este día memorable había en sus modales cierta inquietud y excitación singulares, nada tan parecido al rielar de un diamante que centellea y relampaguea con las varias palpitaciones del pecho donde está prendido. Los niños tienen siempre una simpatía en las agitaciones de los que están ligados a ellos; siempre, especialmente una sensación cualquiera de trastorno o revolución inminente, de la clase que sea, en las circunstancias domésticas; y Perla, así pues, que era la gema del intranquilo seno de su madre, descubría, por la propia danza de su espíritu, las emociones que nadie podía observar en la marmórea pasividad del semblante de Ester.

Esta efervescencia la hacía más bien revolotear como un pájaro que anda al lado de su madre. Continuamente rompía en gritos musicales, salvajes, inarticulados, y algunas veces penetrantes. Cuando llegó a la plaza del Mercado aún se puso más inquieta al percibir la agitación y bullicio que animaban la escena; porque, habitualmente, más parecía el vasto y desierto prado frontero a la capilla de un villorrio que el centro del tráfico de una población.

—¿Qué es esto, madre? —gritó—. ¿Por qué ha dejado hoy el trabajo toda esta gente? ¿Es un día de juego para todo el mundo? ¡Mira allí está el herrero! ¡Se ha lavado su cara sucia y se ha puesto la ropa de los sábados, y parece como si hubiera de estar dichosamente alegre, si cualquier persona amable le dijese cómo! Y allá está Master Brackett, el viejo carcelero, haciéndome señas y sonriéndome. ¿Por qué hace eso, madre?

—Es que se acuerda de cuando eras chiquitina —respondió Ester.

—¡No debiera hacerme señas y sonreírme, pues, ese hombre negro, viejo, horrendo y malcarado! —dijo Perla—. Que te haga muecas a ti, si quiere; porque tú vas vestida de gris y llevas la letra roja. ¡Pero mira, madre, cuántas caras de gente extraña, y, entre ellas, indios y marineros! ¿Qué han venido a hacer todos en la plaza del Mercado?

—Esperan para ver pasar la procesión —dijo Ester—, porque irán en ella el gobernador y los magistrados, los ministros y toda la gente noble y buena, con la música y los soldados delante.

—¿E irá allí el ministro? —preguntó Perla—. ¿Y extenderá los brazos hacia mí, como cuando me llevaste a su lado desde la orilla del arroyo?

—Estará allí, hija —respondió la madre—, pero no te saludará hoy, ni tú deberás saludarle.

—¡Qué hombre tan triste y extraño es! —dijo la niña, como si hablase consigo—. ¡En medio de la noche oscura nos llama, toma tu mano y la mía, como cuando estuvimos con él en la picota! ¡Y en la profunda selva, donde solamente los viejos árboles pueden oírle y verlo tan sólo un trozo de cielo, charla contigo, sentado sobre un montón de musgo! ¡Y, además, me besa en la frente, de tal modo que el arroyuelo apenas pudo borrar el beso! ¡Pero ahí, a la luz del sol, entre toda la gente, no nos conoce, ni nosotras hemos de conocerle! ¡Es un hombre triste y extraño, con su mano puesta siempre sobre el corazón!

—¡Estate quieta, Perla! Tú no comprendes estas cosas —dijo la madre—. No pienses ahora en el ministro, y mira a tu alrededor y ve la alegría que reflejan hoy todas las caras. Los niños han venido hoy de todas las escuelas y los mayores de sus talleres y sus campos, con el propósito de estar contentos. Porque hoy comienza a gobernarles un nuevo hombre, y por ello (como ha sido siempre costumbre de la humanidad, desde que por vez primera se reuniera una na-

ción) se alegran y regocijan, como si un año bueno y
dorado hubiera de pasar, por fin, sobre el pobre viejo
mundo.

Tal debía ocurrir, como decía Ester, a juzgar por la
alegría que reflejaban los semblantes de aquellas
gentes.

En la época de fiestas (como era y continuó sién-
dolo durante la mayor parte de dos siglos), los Puritanos solían condensar cualquier diversión o regocijo
público que ellos juzgasen permitible a la flaqueza humana; por tanto, dispersaban la nube habitual y, por
espacio de un solo día festivo, parecían escasamente
más graves que la mayoría de otras comunidades en el
período de aflicción general.

Pero quizá exageremos el tono gris o negro que indudablemente caracterizaba el talante y los modales
de la época. Las personas que se hallaban ahora en la
plaza del mercado de Boston no habían nacido para la
herencia de la tristeza puritana. Eran ingleses de origen, cuyos padres vivieron en la brillante época de
Isabel; una época en que la vida de Inglaterra, contemplada como una gran masa, parecía haber sido tan
majestuosamente magnífica y dichosa como jamás la
había presenciado el mundo. De haber seguido su
gusto hereditario, los pobladores de Nueva Inglaterra
hubiesen ilustrado todo suceso de pública importancia
con fogatas, banquetes, pompas y procesiones. No hubiera sido impracticable, en la observancia de ceremonias mayestáticas, el combinar el alegre esparcimiento
con la solemnidad, y poner, por decirlo así, un bordado grotesco y brillante al gran manto del Estado, y
que una nación se pone en festivales semejantes. Una
sombra de intento había en la forma de celebrar el día
en que comenzaba el año político de la colonia. El
más pequeño reflejo del esplendor recordado, una repetición pálida y muy diluida de lo que habían visto
en el orgulloso y viejo Londres (no diremos en una

coronación regia, sino en un nombramiento de un lord
mayor), pudiera distinguirse en las vestiduras que ins-
tituyeron nuestros antepasados, con referencia a la
instalación anual de los magistrados. Los padres y fundadores de la cosa pública (el hombre de Estado, el
cura y el soldado) creían de su deber asumir el aspecto exterior y majestad que, con arreglo al estilo
antiguo, eran vistos como el porte debido de la eminencia pública o social. Todo salía a moverse en la
procesión ante los ojos del público, imprimiendo así
una dignidad necesaria al sencillo cuerpo de un gobierno tan recientemente construido.

También, entonces, era apoyada la gente, si no era
animada a relajar la aplicación estricta y severa a las
diversas formas de sus rudas industrias, que, en otros
tiempos, parecían de la misma pieza y material que su
religión. Aquí, en realidad, no existían las ocasiones
de popular regocijo que las gentes hubiesen hallado en
los tiempos de Isabel o de Jaime; ningún espectáculo
teatral de cualquier clase; ningún trovador, con su
arpa y su balada legendaria; ningún cantor que hiciese
bailar un mono al compás de su música; ningún juglar,
con sus trampas de brujería mímica, ni ningún Merry
Andrew que hiciera excitar a la multitud con sus
chistes, quizá cientos de años viejos, pero todavía
efectivos por su apelación a las más amplias fuentes de
su simpatía jovial. Tales profesores de las diversas
ramas de la jocosidad hubiesen estado severamente re-
frenados, no sólo por la rígida disciplina de la ley,
sino por el sentir general que imprime su vitalidad a la
ley. La gente, sin embargo, sonreía con su cara grande
y honrada, horriblemente quizá, pero también abiertamente. No faltaban los recreos que presenciaron los
de las colonias, y en los que tomaron parte, en ferias
campesinas y praderas aldeanas de Inglaterra, y que
juzgaron bien conservarlos en aquella nueva tierra
para bien del ánimo y bravura que les eran tan escu-

ciales. En la plaza del Mercado se veían aquí y allá luchas cuerpo a cuerpo, en las distintas formas practicadas en Cornwall y Devonshire; en un rincón se llevaba a cabo una lucha amigable entre gentes de distintos barrios; y lo que más atraía el interés de todos, sobre una plataforma de la picota de que tanto hemos hablado en nuestras páginas, eran dos maestros de esgrima que daban comienzo a un asalto con la rodela y el espadón.

Pero con no poca desilusión de la multitud, este último espectáculo fue suspendido por el macero de la población, poco dispuesto a tolerar que la majestad de la ley fuese violada con un abuso tal en uno de sus lugares sagrados.

No pecaríamos al afirmar (estando la gente entonces en los primeros escalones de comportamiento sin deleite, y siendo vástagos de aquellos que supieron cómo regocijarse en su día que se hubiesen comparado favorablemente, en cuanto a guardar el día festivo, con sus descendientes, aun en un intervalo tan largo como hasta nosotros. Su inmediata posteridad, la generación siguiente a los primeros emigrantes, conservaba la más lúgubre sombra del puritanismo y con ella un aspecto nacional tan oscurecido que todos los años subsiguientes no habían bastado para aclararlo. Aún tenemos que aprender el olvidado arte de la jovialidad.

La pintura de la vida humana en la plaza del Mercado, aunque su tinte general era el gris tristón, castaño o negro de los emigrantes ingleses, estaba animada, sin embargo, por alguna diversidad de matices. Una partida de indios, en su salvaje adorno de pieles de venado curiosamente bordadas, con sus cinturones de cuentas o canutillos de madreperla, rojos o amarillo ocre, con sus plumas, con sus arcos y flechas y sus lanzas con lengüetas de piedra, se mantenía aparte, con caras de inflexible gravedad, mucho mayor de lo que podía intentar el aspecto puritano. A pesar de lo

salvajes que eran estos bárbaros pintados no consti-
tuían el aspecto más salvaje de la escena. Esta distinción podía ser reclamada más justamente por algunos
marineros, una parte de la tripulación del barco proce-
dente de tierra española, que habían saltado a tierra
para presenciar las fiestas del día de la Predestinación.
Tenían aspecto de rudos, de desesperados, con caras
curtidas por el sol, y unas barbas inmensas. Sus panta-
lones anchos y cortos estaban sujetos por cinturones,
muchos de ellos abrochados con grandes chapas de
oro, sosteniendo siempre un cuchillo y en algunos
casos un sable. Bajo las anchas alas de sus sombreros
de palma brillaban sus ojos que, hasta en ratos de
tranquilidad y diversión, tenían una especie de ferocidad animal. Traspasaban sin temor ni escrúpulo las reglas de comportamiento que regían para todos los
demás; fumando tabaco bajo las propias narices del
macero, aunque cada chupada le hubiese costado un
chelín a cada habitante, y bebiendo a su placer vino y
aguardiente de unos frascos de bolsillo, que ofrecían
descaradamente al grupo de mirones que les rodeaba.
Caracterizaba notablemente la incompleta moralidad
de la época, rígida como la llamamos, el que se permi-
tiese una licencia a la clase marinera, no solamente
por sus monstruosidades en tierra, sino por sus hazañas mucho más temerarias en su propio elemento.
El marinero de aquel tiempo podía compararse con el
pirata del nuestro. Pudiera haber muy pequeña duda
de que la tripulación de este mismo barco, si bien no
despreciables ejemplares de la hermandad náutica, habían sido culpables, valga la frase, de pillaje en el comercio español, de tal modo que hubiesen peligrado
sus pescuezos ante un moderno tribunal de justicia.

Pero el mar, en aquellos viejos tiempos, se encres-
paba y se embravecía espumajoso, a su voluntad, o
sujeto únicamente al viento tempestuoso, con escasas
pruebas de ser regulado por las leyes humanas. El fili-

bustero en el mar podía renunciar a su profesión y convertirse de repente, si lo deseaba, en un hombre de probidad y de piedad en tierra; ni aun en el pleno ejercicio de su vida temeraria, era mirado como un personaje con quien fuese deshonroso traficar o asociarse casualmente. Por eso los antiguos puritanos, con sus capas negras, sus golas almidonadas y sus altos sombreros, sonreían benignamente ante el clamoreo y brusco comportamiento de aquellos hombres alegres de la marinería, sin que excitase sorpresa ni animadversión el que un ciudadano tan reputado como Roger Chillingworth, el médico, fuese visto que entraba en el mercado en animada y amistosa charla con el comandante del barco sospechoso.

Era éste la figura más vistosa y galante de aquella multitud. Llevaba una profusión de trencillas sobre su uniforme y un sombrero galoneado de oro, rodeado de una cadena del precioso metal y adornado con una gran pluma. Ceñía sable, y ostentaba una cuchillada sobre la frente que, por la forma en que iba peinado, parecía más bien que prefería lucirla a ocultarla. Un hombre de tierra era incapaz de lucir aquel garbo y aquella cara con tal galanura, sin arrostrar una seria cuestión ante un magistrado e incurrir en un arresto o encarcelación, o quizá sin ser expuesto en la picota. En cuanto al empaque de este personaje, sin embargo, todo el mundo lo miraba como perteneciente a su carácter, como lo son las relucientes escamas de un pez.

Después de despedirse del médico, el comandante del barco se mezcló perezosamente entre la multitud que llenaba la plaza del Mercado; hasta que, al llegar al sitio en que se hallaba Ester Prynne, reconoció a ésta y acercóse a saludarla. Como ocurría siempre donde ésta se encontraba, había en torno suyo un espacio vacante, una especie de círculo mágico; y a pesar de que, a poca distancia, la gente daba codo con codo, ninguno se aventuraba a ocuparlo. Era un signo forzoso de la soledad moral que envolvía a la desgraciada portadora de la letra roja, en parte por su propia reserva, y también por el apartamiento instintivo, si bien no ya adusto, de sus semejantes. Ahora, si no anteriormente, respondía a un buen propósito, permitiendo a Ester y al marino que hablasen juntos sin correr el riesgo de ser escuchados; y tanto había cambiado la reputación de Ester para el público que la matrona más eminente de la población, en cuanto a rígida moralidad, no pudiera haber sostenido aquella comunicación con menos resultado de escándalo que ella.

—¿De modo, señora —dijo el marino—, que he de ordenar al mayordomo prepare una litera más de las que habéis comprometido? ¡En este viaje no hay que temer al escorbuto o al tifus! Con nuestro practicante y este otro doctor, nuestros únicos peligros podrán ser las drogas o las píldoras; mas, por lo visto, hay a bordo un buen surtido de medicamentos que adquirí de un navío español.

—¿Qué quiere usted decir? —preguntó Ester, alarmada—. ¿Tiene usted otro pasajero?

—¿Pero no lo sabe usted? —exclamó el comandante—. ¿Ignora usted que ese médico de aquí, ese que se llama Chillingworth, tiene intención de hacer el viaje con usted? ¡Oh, oh! Debiera usted saberlo, puesto que me dijo que era de vuestra partida y amigo muy allegado al caballero de quien usted me habló, el que usted me dijo que corría peligro entre estos agrios y viejos gobernantes puritanos.

—En efecto, se conocen bien el uno y el otro —replicó Ester, con calma aparente, pero en la mayor consternación—. Han vivido mucho tiempo juntos.

Nada más ocurrió entre el marino y Ester Prynne. Pero en aquel instante divisó aquélla al viejo Roger Chillingworth, que la sonreía desde uno de los más

apartados rincones de la plaza del Mercado; una sonrisa que, a través de aquel ancho y atestado lugar, las
charlas y las risas y los distintos pensamientos, modales e intereses de la multitud, tenía un significado
secreto y espantoso.

XXII

LA PROCESIÓN

Antes de que Ester Prynne pudiera reunir sus pensamientos y considerar lo que prácticamente podía hacerse en aquel alarmante y nuevo aspecto de las cosas,
oyó el sonido de la música militar que se acercaba a lo
largo de la calle contigua. Denotaba el avance de la
procesión de magistrados y ciudadanos en su camino
hacia la capilla, donde, en cumplimiento de una costumbre antiguamente establecida y desde entonces ob-
servada, el reverendo señor Dimmesdale debía pronunciar un sermón de la Predestinación.

Pronto asomó la cabeza de la comitiva volviendo la
esquina, con marcha lenta y majestuosa, y abriéndose
paso a través de la plaza del Mercado. Delante iba la
música, compuesta de variedad de instrumentos, quizá
imperfectamente adaptados unos a otros y ejecutados
con poca destreza, pero, sin embargo, la armonía del
tambor y el clarín cumplían el gran objetivo de dirigirse a la multitud, imprimiendo un aire más alto y heroico a la escena de vida que ante sus ojos pasaba. La
pequeña Perla comenzó a palmotear en un principio,
pero luego, por un instante, perdió la agitación que
había conservado en continua efervescencia durante
toda la mañana, y quedó mirando atenta y en silencio,
como un ave marina que flotara, elevándose y hun-
diéndose con las ondas del sonido. Pero pronto reco-
bró su agitación al contemplar el brillo fulgurante del

armamento y de las relucientes armaduras de la compañía que seguía a la banda, dando guardia de honor a la procesión. Este cuerpo militar, que todavía conserva una existencia social y cuya fama vieja y honrosa dimana de antiguas edades, no estaba compuesto de materiales mercenarios. Sus filas se nutrían con caballeros que sentían los latidos del impulso marcial y pretendían establecer una especie de Colegio de Armas, donde, como en una asociación de Caballeros Templarios, pudieran aprender la ciencia y prácticas de la guerra que su ejercicio pacífico pudiera enseñarles. La alta estimación en que entonces se tenía al carácter militar podía apreciarse en el sublime porte de cada individuo de la compañía. Algunos de ellos, en efecto, por sus servicios en los Países Bajos y otros campos de guerra europeos, habían conquistado su título para asumir el nombre y pompa de la milicia. Su completo atavío, y, por otra parte, el acero bruñido que lo envolvía, y el plumazón agitándose sobre los cascos relucientes, tenían tal brillantez de efecto que ninguna manifestación moderna puede aspirar a igualarla.

Y, sin embargo, los hombres de eminencia civil que marchaban inmediatamente detrás de la escolta militar merecían más el ser vistos por un observador meditativo. Hasta en su porte exterior mostraban tal empaque de majestad que el paso altivo de los guerreros parecía vulgar, si no absurdo. Era una época en la cual lo que nosotros llamamos talento tenía menos consideración que ahora, pero en la que se consideraba mucho más los macizos materiales que producen la estabilidad y la dignidad del carácter. La gente poseía, por derecho hereditario, la cualidad de la reverencia, que en sus descendientes, si acaso existe, es en mucha menor proporción y con una fuerza muy vastamente disminuida para la selección y estima de los hombres públicos. El cambio quizá sea para bien o para mal, y tal vez sea, en parte, para ambas cosas. En aquellos viejos días, el poblador inglés de aquellas costas ariscas, habiendo dejado detrás reyes, nobles y todos los escalones del rango, cuando aún conservaba arraigada para ellos la facultad y necesidad de la reverencia, la otorgaban a los blancos cabellos y fisonomía venerable de la edad; a la integridad largamente probada; a la sabiduría sólida y triste experiencia; a los dones de esa orden grave y poderosa que da idea de la permanencia y cae bajo la general definición de la respetabilidad. Así pues, estos primitivos hombres de Estado (Bradstreet, Endicott, Dudley, Bellingham y sus compadres), que fueron elevados al poder por la temprana elección del pueblo, no parecían ser brillantes con frecuencia, pero sí distinguidos por una sobriedad grave, más que por la actividad de inteligencia. Tenían fortaleza y propia confianza, y en tiempos de dificultades o peligros luchaban por la prosperidad del Estado como una fila de escolleras contra los mares tempestuosos. Los rasgos de carácter indicados se hallaban bien representados en el severo aspecto y largo desarrollo físico de los nuevos magistrados de la colonia. En cuanto al empleo de su natural autoridad, la madre patria no podía avergonzarse de ver estos hombres antepasados, en una democracia actual, adaptados a la Cámara de los Pares, o que formasen el Consejo privado del soberano.

Detrás de los magistrados marchaban los jóvenes y eminentemente distinguidos teólogos, de quienes se esperaba el discurso religioso del aniversario. Era, en aquella época, la profesión en que más se extendía la intelectualidad; mucho más que en la vida política; porque, sin abordar otros motivos, ofrecía alicientes bastante poderosos, con toda respetable veneración para la Comunidad, para conquistar la más preciada ambición dentro de su servicio. Hasta el poder político se hallaba bajo el dominio de un sacerdote triunfante.

Todos los que contemplaban ahora al señor Dimmesdale, observaron que, desde que por vez primera pisó Nueva Inglaterra, jamás mostró tal energía como la que veían en el porte y aire con que guardaba el paso en la procesión. No había la vacilación de otro tiempo; su cuerpo no estaba encorvado, ni llevaba la mano puesta sobre el corazón. Sin embargo, examinando debidamente al clérigo, la fortaleza no parecía pertenecer a su cuerpo; pudiera ser espiritual, que le hubiese sido concedida por ministerio angélico. Quizá fuese el regocijo de aquel cordial potente que se destila tan sólo con el calor del horno del pensamiento ávido y continuo. O pudiera ser que su temperamento sensible estuviese vigorizado por el fuerte y penetrante sonido de la música, que se elevaba al cielo, y que le alzaba en su ola ascendente. No obstante, era su mirada tan abstracta que era discutible el que el señor Dimmesdale oyese la música. Allí estaba su cuerpo, moviéndose hacia adelante con fuerza desacostumbrada. ¿Pero dónde estaba su pensamiento? Muy hondo en su propia región, ocupándose con extraordinaria actividad en ordenar una procesión de sublimes pensamientos que habían pronto de salir de allí; por tanto, nada veía, nada oía, no sabía nada de lo que acontecía a su alrededor; pero el elemento espiritual levantó su débil cuerpo y lo llevaba, inconsciente del peso, convirtiéndolo en espíritu como él. Los hombres de intelecto poco común, que se han vuelto insanos, poseen esta fuerza ocasional de esfuerzo poderoso, en el que arrojan la vida de muchos días, permaneciendo luego sin ella por otros tantos.

Ester Prynne, al contemplar fijamente al clérigo, sintió que se apoderaba de ella una espantosa influencia que desconocía por qué ni de dónde venía; una sensación como si el ministro se hallase muy alejado de ella y, sin embargo, al alcance de su mano. Ester esperó una mirada de reconocimiento; pensó en la os-

cura selva, en el vallecillo solitario, en el amor, en la
agustia y en el tronco musgoso donde habían mezclado su charla triste y apasionada con el melancólico
susurro del arroyo. ¡Qué profundamente se conocieron entonces! ¿Y era aquél el mismo hombre? ¡Escasamente le reconocía ahora! ¿Él, moviéndose orgullo-
samente hacia adelante, como si estuviese envuelto en
la rica música, con la procesión de hombres venerables y mayestáticos? ¿Él, tan inasequible en su posición terrenal, y mucho más todavía en la lejana perspectiva de sus pensamientos simpatizantes, a través de
los que ahora le veía? Su espíritu desmayó con la idea
de que todo había sido una ilusión y que, con la vivacidad que lo había soñado, no podía existir lazo alguno entre ella y el clérigo. ¡Y tanto de mujer había
en ella, que escasamente podía perdonarle, y menos
ahora, cuando las fuertes pisadas de su destino pudieran escucharse aproximándose más cerca, más cerca,
más cerca! Ahora, siéndole a él completamente fácil
salirse de su mundo común, buscaba a tientas en la oscuridad, extendía hacia adelante sus manos frías y no
le encontraba.

Perla también vio y respondió a los sentimientos de
su madre, o percibió ella misma la lejanía e intangibi-
lidad que había caído sobre el ministro, rodeándole.
Mientras pasó la procesión, la niña estuvo intranquila,
agitándose arriba y abajo, como un pájaro que está a
punto de remontar el vuelo. Cuando todo hubo pasado, alzó la carita y miró a su madre.

—Mamá —dijo—, ¿es ése el mismo ministro que
me besó junto al arroyo?

—¡Permanece callada, Perla! —murmuró su madre—. No debemos hablar en la plaza del Mercado de
lo que nos sucede en el bosque.

—Yo no estaba segura de que fuese él; me pareció
tan extraño —continuó la niña—. A no ser por eso
hubiese corrido hacia él y le hubiera pedido que me

besase delante de toda la gente, aunque lo hiciera
como lo hizo allá, entre los oscuros y viejos árboles.
¿Qué hubiera dicho el ministro, madre? ¿Se hubiese
llevado la mano al corazón y me hubiera reñido y
mandado que me fuese?

—¿Qué hubiera de haberte dicho, Perla, sino que
no era ocasión de besar, y que los besos no deben
darse en la plaza del Mercado? ¡Hiciste bien, niña
loca, en no hablarle!

Otra sombra del mismo sentimiento, con referencia
al señor Dimmesdale, fue expresada por una persona,
cuyas excentricidades (o locuras, como debíamos cali-
ficarlo) la llevaron a lo que pocos ciudadanos se hubieran aventurado a hacer: a tramar conversación en
público con la portadora de la letra roja. Era la señora Hibbins, quien, ataviada con gran magnificencia,
con una triple gola, un peto bordado, una túnica de
rico terciopelo y un bastón con empuñadura de oro,
había ido a ver la procesión. Como esta vieja dama tenía el renombre (que consiguientemente pagó con su
vida) de ser actriz principal en todos los trabajos ni-
grománticos que se celebraran continuamente, la
gente se apartaba de ella, temiendo, al parecer, el
roce de sus vestiduras, como si éstas llevasen una
plaga entre sus pliegues. Al verla ahora en compañía
de Ester Prynne y a pesar de que muchos miraban a
ésta con amabilidad, se redobló el horror que la señora Hibbins inspiraba, y causó un movimiento general en aquella parte del mercado en que las dos mujeres se hallaban.

—¿Qué imaginación mortal podía concebirlo?
—murmuró la vieja dama a Ester, en forma confiden-
cial—. ¡Aquel sacerdote! ¡Un santo de la tierra, como
las gentes le creen y como forzosamente he de confesar parece en realidad! ¿Quién que le viera ahora pasar en la procesión hubiera de pensar lo poco que
hace que salió de su estudio, mascullando un texto he-

breo de las Escrituras, para tomar el aire en la floresta? ¡Ah, nosotros sabemos lo que eso significa, señora Prynne! Pero, en realidad, no me inclino a creer que sea el mismo hombre. ¡Vi más de un miembro de la iglesia, marchando detrás de la música, que ha danzado conmigo al mismo compás, cuando alguien era el violinista, y quizá fuese un indio conjurador de enfermedades con exorcismo, o un lapón hechicero; uno de los nuestros! Eso es una bagatela para una mujer que conoce el mundo. ¡Pero este ministro! ¿Puedes decir con seguridad, Ester, si es el mismo hombre que te encontró en el sendero del bosque?

—Señora, no sé de lo que usted me habla —respondió Ester Prynne, abrigando la sensación de que la señora Hibbins poseía una mente desequilibrada; no obstante, se alarmó y sintió pavor ante la confianza con que afirmó estar en relación personal con tantas gentes (ella entre todos) y con el espíritu del mal—. No soy yo la llamada a hablar con ligereza de un ministro tan instruido y piadoso como el reverendo señor Dimmesdale.

—¡Abrenuncio, mujer, abrenuncio! —gritó la vieja dama, agitando su dedo índice—. ¿Crees que yo he estado tantas veces en el bosque para no tener la habilidad de juzgar quién ha estado allí? ¡Es más, lo sabría, aunque no dejasen en el aire una hoja de las guirnaldas silvestres que llevan cuando danzan! Yo te conozco, Ester; porque contemplo tu marca. Todos podemos verla a la luz del sol, y brilla en la oscuridad como una llama roja. Tú la llevas abiertamente; no es necesario hablar de esto. ¡Pero este ministro! ¡Déjame que te lo diga al oído! ¡Cuando el Hombre Negro ve uno de sus propios servidores, que firmó y fue sellado, tan tímido de deberse al pacto como lo es el reverendo señor Dimmesdale, tiene medios de ordenar los asuntos en forma que la marca sea mostrada en plena luz del día a los ojos de todo el mundo! ¿Qué es lo

que el ministro trata de ocultar, llevando siempre la
mano puesta sobre el corazón? ¡Ah, Ester Prynne!

—¿Qué es, buena señora Hibbins? —preguntó la
pequeña Perla con ansiedad—. ¿Lo ha visto?

—¡No te preocupes, querida! —respondió la vieja,
haciendo a la niña una profunda reverencia—. ¡Tú
misma lo verás, un día u otro! ¡Dicen, niña, que tú
perteneces al linaje del Príncipe del Aire! ¿Querrías
volar conmigo, alguna hermosa noche, para ver a tu
padre? ¡Entonces sabrás por qué lleva el ministro la
mano sobre el corazón!

Riendo tan chillonamente que toda la plaza del
Mercado pudo oírla, la dama vieja y sobrenatural
marchóse.

A aquella hora, en la capilla, se había ya ofrecido el
rezo preliminar y los acentos del reverendo señor
Dimmesdale se oían en el comienzo de su discurso.
Un impulso irresistible mantuvo a Ester cerca de
aquel punto. Como el edificio sagrado estaba demasiado lleno para admitir otro oyente, tomó puesto
cerca del patíbulo de la picota. Estaba aquel sitio lo
bastante próximo para que llegase el sermón a sus
oídos, en la forma confusa, pero variada, murmura-
dora y fluida de la voz peculiar del ministro.

Este órgano vocal era en sí un rico don, tanto que
un oyente, sin comprender nada del lenguaje en que
el ministro hablaba, sentíase arrobado por su tono y
cadencia. Como toda otra música, respiraba pasión y
ternura, emociones altas y sentimentales, en una lengua nativa para el corazón humano, dondequiera que
hubiese sido educado. Ester Prynne escuchaba con tal
intensidad el sonido de su voz, suavizado por su paso
a través de los muros de la iglesia, y simpatizaba tan
íntimamente, que el sermón tenía para ella un completo significado, aparte sus palabras incomprensibles.
Quizá oído más directamente hubiera sido tan sólo un
mayor medio y hubiera embargado el sentido espiri-

tual. Ahora llegaba hasta ella el tono bajo, como el del viento que va cesando para reposar; después crecía, elevándose en progresivas gradaciones de dulzura y potencia, hasta que su volumen parecía envolverla en una atmósfera de grandeza solemne y espantosa. Y no obstante lo mayestática que era la voz algunas veces, había en ella un perpetuo lamento. ¡Una expresión fuerte o suave de angustia, de humanidad que sufre, que ponía sensibilidad en todos los pechos! A veces esta honda y extrema ternura era todo lo que podía oírse, escasamente oírse, como un suspiro en medio del desolado silencio. Pero hasta cuando la voz del ministro se hacía potente y autoritaria, cuando se elevaba indomable, cuando asumía todo su aliento y poder, llenaba tan completamente la iglesia que parecía iba a reventar los macizos muros y esparcirse al aire libre; aun entonces, si el oyente escuchaba con atención y con ese propósito, podía notar el mismo grito de dolor. ¿Qué era aquello? ¡La queja de un corazón humano, abrumado de tristeza, culpable por casualidad, diciendo su secreto de pena o de culpa, al gran corazón de la humanidad; buscando su perdón o su simpatía, en todo momento, en cada acento, y nunca en vano! Este tono bajo, profundo y continuo, es lo que daba al clérigo su más apropiado poder.

Durante todo este tiempo, Ester permaneció como una estatua al pie del patíbulo. Si la voz del ministro no la hubiera retenido allí, hubiese habido, sin embargo, un inevitable magnetismo en aquel sitio, donde pasó la hora primera de su vida de ignominia. Había dentro de ella la sensación (demasiado débilmente definida para ser su pensamiento, pero que pesaba poderosamente sobre su cerebro) de que toda su esfera de vida, lo mismo antes que después, estaba relacionada con aquel sitio, como si fuese el punto preciso que le diera unidad.

Mientras tanto, la pequeña Perla se había separado

de su madre y jugaba a su placer por la plaza del Mercado. Hizo que la multitud sombría se alegrase con sus rayos de luz erráticos y resplandecientes, como un pájaro de brillante plumaje ilumina el oscuro follaje de un árbol, revoloteando de aquí para allá, medio visto y medio oculto entre la luz opaca de las hojas agrupadas. Tenía la niña un movimiento modulado, pero, con frecuencia, agudo e irregular, que indicaba la inquieta vivacidad de su espíritu, que entonces era infatigable en su danza sobre las puntas de los pies, porque era ejecutado bajo la vibración de la inquietud de su madre. Cuando quiera que Perla veía una cosa cualquiera que excitase su siempre activa y asombrosa curiosidad, corría hacia ella y la cogía, como si fuese de su propiedad, reteniéndola mientras la deseaba, pero sin ceder en pago en el más pequeño grado de dominio sobre sus movimientos. Los puritanos la contemplaban, y, si acaso sonreían, no estaban menos inclinados a creer que la niña era una floración del demonio, a juzgar por el indescriptible encanto de belleza y excentricidad que desplegaba su figurita y que con su actividad relumbraba. Corrió hacia un indio bravo y le miró a la cara, siendo consciente de una naturaleza más salvaje que la suya. Luego, con audacia nativa, pero también con una reserva tan característica, se metió entre un grupo de marineros, hombres tostados y salvajes del océano, como los indios lo eran de la tierra, y miraron a Perla con asombro y admiración, como si un trocito de espuma de mar hubiese tomado la forma de la pequeña mujercita y le hubiera dado un alma hecha de la fosforescencia que brilla en el mar bajo la proa, durante la noche.

Uno de estos marineros, el mismo capitán que habló con Ester Prynne, se impresionó tanto con el aspecto de Perla que intentó poner las manos sobre ella para darle un beso. Pero viendo que era tan imposible tocarla como coger un colibrí en el aire, quitóse la cadena de oro que rodeaba su sombrero y la arrojó a la niña. Perla se la enroscó inmediatmaente al cuelo y a la cintura, con tal habilidad y alegría, que, vista allí, parecía una parte de su ser y era difícil imaginársela sin ella.

—Tu madre es aquella mujer de la letra roja —dijo el marinero—. ¿Querrás llevarla un recado de mi parte?

—Si el recado me agrada, lo haré —respondió Perla.

—Entonces dile —repuso él— que he vuelto a hablar con el viejo, negro y jorobado médico, y que piensa llevar a bordo al amigo por quien tu mamá se interesa. Así pues, que no piense sino en ti y en ella. ¿Le dirás esto así, niña trasgo?

—¡La señora Hibbins dice que mi padre es el Príncipe del Aire! —gritó con una sonrisa traviesa—. Si tú me dices ese nombre feo, se lo contaré a él y perseguirá tu barco con una tempestad.

Haciendo un camino de zigzag, atravesó la niña el mercado y comunicó a su madre lo que el marino le había dicho. El espíritu de Ester, fuerte, tranquilo, constante, casi desmayó al apreciar el cariz oscuro y terrible de su castigo inevitable, que se presentaba (en el momento en que parecía abrirse un pasaje para el ministro y para ella que les guiase fuera de su laberinto de miseria) con sonrisa implacable, oponiéndose a su paso. Fatigado su cerebro por la terrible perplejidad en que la puso el aviso del marino, se le ocurrió, no obstante, otra prueba. Había allí mucha gente de lugares cincurvecinos que oyeron hablar con frecuencia de la letra roja y a los que se la habían hecho terrorífica por cien rumores falsos o exagerados, pero quienes nunca la contemplaron con sus propios ojos. Estas, después de haber agotado otras clases de diversión, rodearon a Ester Prynne con ruda y agreste impertinencia. A pesar de ser poco escrupulosos, no se acercaron a mayor distancia de un circuito de varias

yardas. Allí permanecieron fijos por la fuerza centrí-
fuga de la repugnancia que inspiraba el símbolo místico. La cuadrilla de marineros, también observando
aquel apiñado grupo de espectadores y conociendo el
significado de la letra roja, intercalaron en el corro sus
caras curtidas, de miradas feroces. Hasta los indios parecieron afectarse por una especie de sombra fría de la
curiosidad de los blancos, y, acercándose al grupo,
clavaron sus ojos de serpiente sobre el seno de Ester
Prynne, creyendo, sin duda, que la portadora de aquel
adorno tan brillantemente bordado tenía que ser un
personaje de alta dignidad entre su gente. Por último,
los habitantes de la población (reviviendo en ellos el
pasado interés, por simpatía con el que vieron sentir a
otros) se acercaron perezosamente hacia el mismo sitio, y atormentaron a Ester, quizás más que los otros,
con las miradas frías y bien conocidas, que dirigieron
a su familiar vergüenza. Ester vio y reconoció las
mismas caras de las matronas que la estuvieron esperando a la puerta de la prisión, hacía siete años;
todas, excepto una, la más joven y la única compasiva
entre ellas, cuya mortaja había cosido desde entonces.
A última hora, cuando tan pronto iba a arrojar de sí
la letra abrasadora, se había convertido en el objeto
de mayor curiosidad y excitación, abrasándole el pecho más dolorosamente que en tiempo alguno desde
que le fue impuesta.

Mientras Ester permanecía en el centro de aquel
círculo de ignominia, donde la redomada crueldad de
su sentencia parecía haberla colocado para siempre, el
predicador admirable miraba desde el púlpito a su auditorio, cuyos más internos espíritus se habían rendido
a su dominio. ¡El ministro santificado, en la iglesia!
¡La mujer de la letra roja, en la plaza del Mercado!
¿Qué imaginación hubiera sido lo bastante irreverente
para suponer que el mismo estigma abrasador pesaba
sobre ambos?

XXIII

LA REVELACIÓN DE «LA LETRA ROJA»

La elocuente voz, en la que las almas del atento auditorio se habían mecido como sobre las hinchadas olas del mar, llegó, por fin, a una pausa. Hubo un silencio momentáneo, tan profundo como el que debiera seguir a la pronunciación de los oráculos. Después siguió un murmullo y un medio sosegado tumulto; como si los oyentes, libres de la alta velocidad que les había transportado a la región de otro espíritu, volviesen a sí mismos, con todo su pavor y admiración pensando todavía sobre ellos. Un momento más tarde la multitud comenzó a traspasar las puertas de la iglesia. Ahora que había terminado, necesitaban otra respiración más apropiada para soportar la grosera vida terrena en la que volvían a reincidir, que aquella atmósfera que el predicador había convertido en palabras de fuego, que había prendido con la rica fragancia de su pensamiento.

En el aire libre, su arrobamiento se convirtió en charla. La calle y la plaza del Mercado, completamente llenas, resonaban de extremo a extremo con los aplausos unánimes que se tributaban al ministro. Sus oyentes no descansaron hasta comunicarse lo que cada uno sabía mejor que lo que pudiera decir o escuchar. Según su común testimonio, jamás habló hombre alguno con un espíritu tan sabio, tan elevado y tan santo como el que habló aquel día, ni nunca salió de labios mortales una inspiración más evidente que de los suyos. Esta influencia podía verse, como si descendiese sobre él, poseyéndole y elevándole continuamente fuera del discurso escrito que tenía delante, y llenándole de ideas que debieron ser tan maravillosas para él como para su auditorio. Su tema había sido, al parecer, la relación entre la Divinidad y las comunidades de la humanidad, con una referencia especial a la Nueva Inglaterra que estaban ellos sembrando en el desierto. Y conforme caminaba hacia el final, un espíritu como profético descendió sobre él, restringiéndole en su propósito, tan poderosamente como lo fueron los antiguos profetas de Israel; con la sola diferencia de que, así como los profetas judíos anunciaron juicios y ruina sobre su tierra, era su misión predecir un alto y glorioso destino para la gente del Señor, recientemente reunida. Pero en medio de esto, como a través de su discurso, hubo cierto tinte de ternura honda y triste, que no podía interpretarse de otro modo sino como el sentimiento natural de uno que hubiera de morir pronto. ¡Sí, el ministro a quien tanto amaban, y quien tanto amaba a todos, llevaba sobre sí la sentencia de muerte, y había pronto de abandonarle a sus lágrimas! Aquella idea de su estancia transitoria en la tierra dio el último énfasis al efecto que el ministro produjo; como si un ángel, en su camino hacia el cielo, hubiese sacudido sus alas brillantes sobre la gente por un instante, y hubiera derramado una lluvia de verdades doradas sobre ellos.

Así había llegado al reverendo señor Dimmesdale una época de vida más brillante y llena de triunfo que ninguna otra anterior, o que pudiera haber en lo futuro.

En aquel momento se hallaba en la más orgullosa eminencia de superioridad a que los dones de la inteligencia, la rica erudición, la elocuencia preponderante y una reputación de santidad inmaculada podían exaltar a un clérigo en los primitivos días de la Nueva Inglaterra, cuando el carácter profesional era por sí un elevado pedestal. Tal era la posición que el clérigo ocupaba al arrodillarse sobre los almohadones del púlpito a la terminación de su sermón de la Predestinación. ¡Entretanto, Ester Prynne permanecía junto al tablado de la picota, con la letra roja abrasándole el pecho todavía!

Volvió a oírse el sonido de la música y el paso medido de la escolta militar, que salían por el portalón de la iglesia. La procesión debía dirigirse entonces a la casa de la ciudad, donde un banquete solemne pondría remate a las ceremonias del día.

Así pues, se vio, una vez más, el tren de venerables y mayestáticos padres moviéndose entre el espacio que dejaba libre la multitud, la que retrocedía respetuosamente, a cada lado, conforme el gobernador, los magistrados, los hombres sabios y ancianos, los santos ministros y todos los que gozaban de eminencia o renombre, avanzaban entre aquel apiñamiento. Cuando estuvieron en plena plaza del Mercado, su presencia fue acogida con un grito de saludo. Éste (aunque dudosamente pudiera adquirir mayor fuerza y volumen, dada la lealtad infantil que la época concedía a los gobernantes) fue como una explosión irrefrenable del entusiasmo que ardía en el auditorio por la gran elocuencia que reverberaba aún en sus oídos. Cada uno sintió dentro de sí el impulso, y, con el mismo aliento, lo cogió del vecino. Dentro de la iglesia escasamente se hubiera conservado; bajo el cielo se elevó hacia el zenit. Había allí suficientes seres humanos, de sentimientos altamente forjados y sinfónicos, para producir aquel sonido, más impresionante que los tonos del órgano del huracán, del trueno o del rugido del mar; hasta aquella hinchazón de muchas voces, se agrupó en una gran voz por el mismo impulso universal que hace de muchos corazones un solo corazón. ¡Jamás habíase oído un grito semejante en tierra de Nueva Inglaterra! ¡Jamás en Nueva Inglaterra habíase visto un hombre tan honrado por sus hermanos mortales como el predicador!

¿No había en el aire, alrededor de su cabeza, un nimbo de brillantes partículas? ¿Tan esterilizado como estaba por el espíritu, y tan deificado por sus venerantes admiradores, tocaban sus pies realmente en el polvo de la tierra, al marchar en la procesión?

Conforme avanzaban las filas de los militares y hombres civiles, todos los ojos se volvieron hacia el punto donde se hallaba el ministro. El grito murió en un murmullo, cuando una parte de la multitud, después de otra, logró echar sobre él una mirada. ¡Qué débil y pálido parecía en medio de su triunfo! La energía (o, por mejor decir, la inspiración que le había sostenido, hasta haber lanzado el sagrado mensaje que desde el cielo trajo con él su propia fuerza) le había sido retirada, una vez cumplida tan fielmente su misión. El color que poco antes habían visto en sus mejillas se había extinguido, como se apaga una llama desesperadamente entre las últimas brasas agonizantes. ¡Escasamente parecía la cara de un hombre vivo, con aquel tinte de muerte; era un hombre casi sin vida que se tambaleaba al andar, que aún andaba y no caía!

Uno de sus hermanos clericales, el venerable John Wilson, observando el estado en que quedó el señor Dimmesdale al retirarse la ola de intelecto y sensibilidad, se apresuró a ofrecerle apoyo. El ministro, tembloroso, pero decidido, rechazó el brazo del anciano. Todavía anduvo hacia adelante, si así podía describirse aquel movimiento, que más bien parecía el oscilante esfuerzo de un niño pequeño que ve extenderse los brazos de su madre, animándole a lanzarse a ellos. En aquel momento llegó frente al bien recordado patíbulo, ennegrecido por los años, donde Ester Prynne, con todo aquel lúgubre lapso de tiempo transcurrido, había encontrado la mirada ignominiosa del mundo. ¡Allí estaba Ester Prynne con la pequeña Perla de la mano! ¡Y allí estaba la letra roja sobre su pecho! El ministro hizo allí una pausa, aunque todavía tocaba la música la marcha solemne y regocijante a cuyo compás se movía la procesión. ¡Le invitaba a seguir adelante, adelante hasta el festival!, pero hizo una pausa.

Bellingham hacía unos momentos que le observaba

atentamente. Entonces dejó su puesto en la procesión y se dirigió a prestarle asistencia, juzgando por el aspecto del señor Dimmesdale que inevitablemente había de caer. Pero vio algo en la expresión del clérigo que detuvo al magistrado, aun no siendo hombre dispuesto a obedecer las vagas intimaciones que pasan de un espíritu a otro. La multitud, mientras tanto, le miraba con pavor y asombro. Aquella palidez terrenal era, a su modo de ver, tan sólo otra fase del poder celestial del ministro; y no les hubiera parecido un milagro demasiado grande para un hombre tan santo verle ascender ante sus ojos, haciéndose más opaco y brillante, hasta fundirse, por fin, en la luz del cielo.

Volvióse hacia el patíbulo y extendió los brazos.

—¡Ester —gritó—, ven aquí! ¡Ven, mi pequeña Perla!

El clérigo estaba lívido, pero había en su mirada una expresión de ternura y de triunfo a la vez. La niña, con la vivacidad de pájaro en ella característica, voló a él y se abrazó a sus rodillas. Ester Prynne, despacio, como impulsada por un destino inevitable y contra su fuerte voluntad, se dirigió también al señor Dimmesdale, pero paróse antes de llegar junto a él. En este momento, el viejo Roger Chillingworth se abrió paso entre la gente (o quizá, juzgando por su aspecto sombrío, perturbado, malvado, saliera de alguna región ignorada) y trató de impedir que su víctima realizase sus intenciones; el viejo corrió hacia el ministro y le cogió por el brazo.

—¡Señor, deténgase usted! ¿Cuál es su propósito? —murmuró—. ¡Dejad a esa mujer! ¡Dejad a esa niña! ¡Todo se arreglará! ¡No eche usted por tierra su reputación y perezca deshonrado! ¡Todavía puedo yo salvarle! ¿Por qué ha de infamar usted su sagrada profesión?

—¡No me tentéis! ¡Creo que habéis llegado demasiado tarde! —respondió el ministro, mirándole a los ojos, con temor pero con firmeza—. ¡Tu poder no es ya el que era! ¡Con la ayuda de Dios, escaparé ahora de tus garras!

El clérigo extendió de nuevo sus brazos hacia la mujer de la letra roja.

—¡Ester Prynne! —gritó con acento penetrante—. ¡En el nombre de Dios, tan terrible y tan misericordioso, que me otorga su gracia en estos últimos momentos, para hacer, por mi propio pecado y miserable agonía, lo que debí hacer hace siete años, ven aquí ahora y comunícame tu fortaleza! ¡Tu fuerza, Ester; pero guiada por la voluntad que Dios me ha concedido! ¡Este miserable y equivocado viejo se opone a ello con toda su voluntad! ¡Con todas sus fuerzas y las del espíritu del mal! ¡Ven, Ester, ven! ¡Sostenme hasta llegar al patíbulo!

Hubo un gran tumulto entre la gente. Los hombres del rango y dignidad que más cercanos se hallaban al clérigo quedaron tan sorprendidos y estaban tan perplejos ante el significado de lo que estaban viendo que permanecieron callados e inactivos, esperando el juicio que la Providencia parecía haber asumido. Contemplaron al ministro, que, apoyado sobre el hombro de Ester y rodeando ésta su cintura, se aproximó al patíbulo y comenzó a subir sus escalones, mientras la pequeña mano de la niña nacida en el pecado estrechaba una de las suyas. El viejo Roger Chillingworth les seguía, como uno íntimamente ligado al drama de culpa y tristeza en el que todos habían sido actores, con derecho, así pues, a estar presente en su escena final.

—¡Has echado sobre nosotros todo el mundo! —dijo al clérigo, lúgubremente—. ¡No había un sitio más secreto en parte alguna donde pudieras escapar de mí, salvo este patíbulo!

—¡Gracias a Él, que me condujo aquí! —respondió el ministro.

Sin embargo, aún tembló y volvió sus ojos a Ester con expresión de duda y ansiedad.

—¿No es mejor esto —murmuró— que lo que soñamos hacer en el bosque?

—¡No lo sé, no lo sé! —respondió ella apresuradamente—, ¿Mejor? ¡Sí, ciertamente; así podremos morir los dos, y la pequeña Perla con nosotros!

—¡En cuanto a ti y a Perla, hágase la voluntad de Dios! —repuso el ministro—. Dejadme ahora hacer lo que su voluntad me ha hecho ver plenamente. Ester, yo me muero. ¡Deja, pues, que me apresure a echar sobre mí toda mi vergüenza!

Sostenido por Ester Prynne y cogido de la mano de la pequeña Perla, el reverendo señor Dimmesdale se volvió hacia los dignos y venerables regidores, hacia los santos ministros sus hermanos, y hacia el público, cuyo gran corazón estaba angustiado y, sin embargo, rebosante de acongojada simpatía, sabiendo que algún profundo asunto de la vida, tan lleno de pecado como de angustia y arrepentimiento, se les iba a revelar claramente. El sol, que apenas había pasado el meridiano, caía sobre el ministro, destacando su figura, cuando se abstrajo de la tierra para hacer la apología de su culpa ante el Tribunal de la Justicia Eterna.

—¡Gentes de la Nueva Inglaterra! —gritó con voz que se elevó sobre todos, solemne y mayestática, si bien había en ella un temblor y a veces un desmayo que luchaban por salir de una impenetrable profundidad de remordimiento y aflicción—. ¡Vosotros, que me habéis amado! ¡Vosotros, que me habéis creído santo! ¡Vedme aquí, como el más pecador del mundo! ¡Por fin! ¡Por fin estoy en el sitio que debía haber ocupado hace siete años con esta mujer, cuyos brazos me sostienen en este terrible momento para que no caiga de bruces! ¡Ved la letra roja que lleva Ester! ¡Todos habéis temblado ante ella! ¡Por dondequiera que ha caminado, abrasándola tan miserablemente que no pudo hallar reposo, arrojaba un resplandor fantástico de horrible y espantosa repugnancia a su alrededor! ¡Pero había entre vosotros uno cuya marca de pecado e infamia no os ha hecho templar todavía!

Al llegar a este punto, pareció que el ministro iba a dejar sin revelar el resto de su secreto. Pero se despojó de su debilidad, o más bien del desmayo de su corazón, que luchaba por dominarle, y, prescindiendo de toda asistencia, adelantóse unos pasos a la madre y a la niña, y continuó, con acento de fiereza, por la determinación de decirlo todo.

—¡Allí estaba, con la marca sobre él! ¡Dios la veía! ¡Los ángeles la señalaban siempre con el dedo! ¡El demonio la conocía bien y la hacía arder constantemente con el roce de su dedo candente! ¡Pero él la ocultó con astucia a los ojos de los hombres y caminaba entre vosotros con el talante de un espíritu apesadumbrado por hallarse en un mundo pecador! ¡Ahora, en la hora de la muerte, se alza ante vosotros! ¡Os pide que miréis de nuevo a la letra roja de Ester! ¡Os dice que esa marca, con todo su terror misterioso, no es sino una sombra de la que él lleva sobre su propio pecho, y que aun este rojo estigma no es más que un signo de lo que lleva en lo más hondo de su corazón! ¡Mirad! ¡Mirad la espantosa prueba de ello!

Con un movimiento convulsivo rasgó sus vestiduras, dejando su pecho al descubierto. ¡Allí se reveló! Pero fuera irreverente describir aquella revelación. Por un instante, todas las miradas de la multitud se concentraron en el espantoso milagro, mientras el ministro se mantenía de pie, reflejando su semblante un aspecto de triunfo, como uno que hubiere ganado una victoria, en una crisis de agudo dolor. Luego desplomóse sobre el patíbulo. Ester le alzó la cabeza, sosteniéndola contra su pecho. El viejo Roger Chillingworth se arrodilló junto a él, con cara tan sombría y pálida que no parecía sino que se le escapaba de la vida.

—¡Te me has escapado! —repitió—. ¡Te me has escapado!

—¡Dios te perdone! —dijo el ministro—. ¡Tú también has pecado grandemente!

Retiró sus ojos moribundos del viejo y los posó sobre la madre y la niña.

—Mi pequeña Perla —dijo débilmente, con una amable sonrisa (como un espíritu que cae en profundo reposo, como si entonces que se había descargado de un peso se hallase juguetón con la niña)—, mi querida Perla, ¿quieres besarme ahora? ¡No quisiste hacerlo en la floresta, pero ahora querrás!

Perla le besó en los labios. El hechizo quedó roto. La gran escena de dolor, en la que la niña llevaba una parte, había descubierto todas sus simpatías; y las lágrimas que corrieron por las mejillas de su padre fueron la señal de que había de crecer entre las alegrías y tristezas del mundo, no para batallar en él, sino para ser una mujer.

—¡Ester, adiós! —dijo el clérigo.

—¿No nos encontraremos otra vez? —suspiró ella inclinando su cabeza sobre él—. ¿No viviremos juntos una vida inmortal? ¡Seguramente! ¡Seguramente nos hemos rescatado el uno al otro con todo este dolor! ¡Pareces estar allá, en la eternidad, con esos ojos brillantes! Dime, ¿qué es lo que ves?

—¡Calla, Ester, calla! —dijo él con trémula solemnidad—. ¡La ley que hemos roto y el pecado que tan solemnemente hemos revelado, déjalos que queden sólo en tus pensamientos! ¡Temo! ¡Temo que hasta olvidamos a nuestro Dios, cuando violamos nuestra reverencia para con nuestras almas respectivas, siendo, desde entonces, vano esperar que nos hallemos después en pura y eterna reunión. ¡Dios lo sabe, y Él es misericordioso! ¡Ha demostrado su piedad, más que nada, en mis aflicciones, dándome esta abrasadora tortura sobre mi pecho! ¡Enviándome ese lúgubre y

terrible viejo para conservar siempre la tortura al
rojo! ¡Trayéndome aquí a sufrir esta muerte de triunfante ignominia ante la gente! ¡A no ser por estas agonías, hubiese estado perdido para siempre!... ¡Alabado sea su nombre! ¡Hágase su voluntad! ¡Adiós!...

Esta última palabra la pronunció el ministro con su
último aliento. La multitud, hasta entonces callada,
lanzó un ruido hondo y extraño, un sonido que no
pudo encontrar otra expresión de palabra que aquel
murmullo que rodó tan pesadamente tras el espíritu
que se fue.

XXIV

CONCLUSIÓN

Después de muchos días, cuando transcurrió tiempo
suficiente para que todos coordinasen sus pensamientos con referencia a la anterior escena, fueron varias las versiones que se hicieron sobre lo presenciado
en el patíbulo.

Muchos espectadores aseguraron haber visto sobre
el pecho del ministro una *letra roja* (el mismo símbolo
que ostentaba Ester Prynne) impresa sobre la carne.
Respecto a su origen hubo varias explicaciones, todas
las cuales debieron ser conjeturas. Algunos afirmaron
que el reverendo señor Dimmesdale, en el mismo día
en que Ester Prynne llevó por vez primera su marca
ignominiosa, había empezado una serie de penitencias,
que luego siguió aplicándoselas en muchas formas fútiles, para infringir sobre sí una horrible tortura. Otros
discutieron que no se produjo el estigma hasta mucho
tiempo después; hasta que Roger Chillingworth, que
era un poderoso nigromántico, lo hizo aparecer por
medio de su magia y drogas venenosas. Otros también, los más aptos para apreciar la particular sensibilidad del ministro y la maravillosa operación de su es-

píritu sobre el cuerpo, manifestaron su creencia de que el espantoso símbolo era un efecto de la siempre activa mella del remordimiento, esforzándose por salir desde lo más hondo del corazón, y manifestando por fin el temeroso juicio del cielo con la presencia visible de la letra. El lector puede elegir entre estas teorías. Nosotros hemos arrojado sobre el portento toda la luz que pudimos adquirir, y, ahora que ha cumplido su cometido, borraríamos gustosos la impresión que dejó en nuestro cerebro, donde la larga meditación la ha dejado fija con indeseable claridad.

Es singular, no obstante, que ciertas personas que fueron espectadoras de toda la escena y quienes confesaron no haber separado su mirada del reverendo señor Dimmesdale, negaron que hubiese marca alguna sobre su pecho, limpio como el de un niño recién nacido; como también negaron sus palabras, sus últimas frases de agonía, en las que ni remotamente hizo alusión a la culpa por la que Ester Prynne llevó la letra roja durante tanto tiempo. A juzgar por estos testigos de alta reputación, el ministro, sabedor de que moría, consciente también de que la reverencia de las gentes le había colocado entre los santos y los ángeles, deseó, al lanzar su último aliento, en brazos de aquella mujer caída, expresar al mundo cuán completamente negativa es la más escogida rectitud del hombre. Después de agotar su vida por los esfuerzos realizados en bien de la humanidad, hizo de su muerte a modo de una parábola, con objeto de llevar a sus admiradores la poderosa y triste lección de que ante la pureza infinita somos todos igualmente pecadores. Fue para enseñarles que el más santo de nosotros no ha hecho sino elevarse sobre los otros para discernir con más claridad la Misericordia que nos mira, y para repudiar más completamente el fantasma del mérito humano, que debiera mirar ambiciosamente hacia lo alto.

Sin que discutamos una verdad tan momentánea, se

nos ha de permitir considerar esta versión de la historia del señor Dimmesdale como tan sólo una prueba de esa fidelidad obstinada, con la que los amigos de un hombre (y más de un sacerdote) sostienen, algunas veces, su carácter, mientras las pruebas, claras como la luz del día sobre la letra roja, le delatan como una criatura de la tierra, falsa y manchada de pecado.

La autoridad que principalmente hemos seguido (un manuscrito de antigua fecha, sacado de los testimonios verbales de varios individuos, algunos de los cuales conocieron a Ester Prynne, mientras los otros oyeron la historia de testigos contemporáneos), confirme plenamente lo que va dicho en las páginas anteriores. Entre las muchas virtudes que pesan sobre nosotros, de la miserable experiencia del pobre ministro, no sentamos más que una sentencia: «¡Sed veraces! ¡Sed veraces! ¡Mostrad francamente al mundo, ya que no lo peor de vosotros, alguna muestra por la que pueda deducirse lo peor!»

Nada fue tan notable como el cambio que experimentó el viejo Roger Chillingworth, inmediatamente después de la muerte del señor Dimmesdale, tanto en su apariencia como en su manera de proceder. Toda su fuerza y energía, todo su poder vital e intelectual parecieron dejarle; de tal modo que pareció marchitarse, arrugarse, desvanecerse ante la vista humana, como una mala hierba arrancada de raíz que se agosta al calor del sol. Aquel hombre desgraciado había hecho único principio de su vida la consecución sistemática de su venganza; y cuando por su completo triunfo y consumación quedaba aquel mal principio sin otros materiales que lo sostuvieran, cuando, en resumen, no le quedaba otro trabajo diabólico que realizar, sólo restábale al inhumano mortal echarse en brazos de su dueño para que le proporcionase tarea suficiente con que pagar la deuda contraída. Pero no debiéramos ser piadosos con todos estos seres tan sombríos como Roger Chillingworth y sus semejantes. Es un objeto curioso de observación y de indagación si el odio y el amor son en el fondo la misma cosa. Cada uno, en su mayor desarrollo, supone el más alto grado del conocimiento íntimo del corazón, cada uno de ellos depende individualmente del otro para mantener su vida afectiva y espiritual, cada uno de ellos deja al más apasionado amante, o al que odia con no menos pasión, desamparado y desolado con la retirada de su objeto. Filosóficamente consideradas, las dos pasiones parecen ser esencialmente las mismas, salvo que una se ve en medio de una radiación celestial y la otra entre una luz oscura y fantástica. En el mundo espiritual, el viejo médico y el ministro, mutuas víctimas como habían sido, hallaron que su odio y antipatía se transformaron en amor dorado.

Dejando aparte esta discusión, tenemos algo que comunicar al lector. A la muerte del viejo Roger Chillingworth (que fue dentro del año), y por su última voluntad y testamento, del que fueron ejecutores el gobernador Bellingham y el reverendo señor Wilson, legó una considerable propiedad, aquí y en Inglaterra, a la hija de Ester Prynne.

De este modo, la niña trasgo, el vástago del demonio, como hasta entonces persistieron algunos en llamarla, fue la heredera más rica de su época en el Nuevo Mundo. Probablemente, esto trajo consigo un cambio muy material en la pública estimación; y de haber permanecido allí la madre y la hija, la pequeña Perla, cuando hubiese estado en edad de contraer matrimonio, quizá hubiera mezclado su sangre arisca con el linaje del puritano más devoto. Pero no mucho después de la muerte del médico, la portadora de la letra roja desapareció, y Perla con ella. Durante muchos años, aunque cruzó el mar alguna noticia vaga (como llega una madera de deriva a la playa, con las iniciales de un nombre sobre ella), no se recibieron noticias auténticas de ellas. La historia de la letra roja quedó en leyenda. Su hechizo, sin embargo, todavía permaneció potente y conservó el terrible patíbulo donde murió el pobre ministro, como también la casita que, a orillas del mar, habitó Ester Prynne. Cerca de este sitio, hallábanse jugando una tarde varios niños, cuando vieron que una mujer alta y vestida de gris se acercaba a la puerta de la casita. Durante aquellos años no había sido abierta, pero fuese que la abriera, que la madera y cerradura deterioradas cedieran a su mano o que se filtrase como una sombra a través de estos impedimentos, penetró en ella.

Se detuvo en el umbral y miró a su alrededor; la idea de entrar sola, cuando todo había cambiado tanto, en la casa donde hizo una vida tan intensa, le pareció más terrible y desolada que nunca. Pero su duda sólo duró un instante, aunque lo preciso para extender sobre su pecho la letra roja.

¡Ester Prynne había vuelto, recobrando su vergüenza largo tiempo abandonada! ¿Pero dónde estaba la pequeña Perla? De encontrarse viva, debía estar entonces en plena lozanía de su floración de mujer. Nadie supo, con certeza, si la niña trasgo había ido a ocupar una tumba virginal, o si su naturaleza arisca y rica se había suavizado y subyugado, habiéndola hecho capaz de la gentil felicidad de una mujer. Pero, durante la vida posterior de Ester Prynne, hubo indicaciones de que la reclusa de la letra roja era objeto del amor e interés de algún habitante de otra tierra. Llegaban cartas con escudos de armas en ellas, de seres desconocidos en la heráldica de Inglaterra. En la casita había artículos de lujo y de comodidad, que a Ester no le importaba usar, pero los cuales solamente podía haberlos adquirido la riqueza y haberlos soñado para ella el afecto. Había chucherías también, pequeños ornamentos, hermosas muestras de continuo recuerdo, que debieron ser hechas por manos delicadas, al impulso de un corazón amante. ¡Y, una vez, se vio a Ester bordando un traje de bebé, con tal riqueza de dorada fantasía que hubiera sido capaz de promover un público tumulto, si cualquier niño, ataviado con él, se hubiera mostrado ante nuestra severa y tristona comunidad!

En suma, los chismorreos de aquellos días (y el señor Pue, el administrador de la aduana que hizo investigaciones un siglo después) creyeron que Perla no sólo vivía, sino que estaba casada, era dichosa y pensaba en su madre, a quien con el mayor placer hubiera deseado tener a su lado.

Pero había para Ester Prynne una vida más real allí, en Nueva Inglaterra, que no en aquella ignorada región donde Perla había encontrado hogar. Allí habían tenido lugar su pecado, su tristeza y allí debía estar su penitencia. Así pues, volvió, voluntariamente (ya que ni el más rígido magistrado de aquella época de hierro lo hubiera impuesto), y tomó de nuevo el símbolo del que tan sombría historia hemos relatado. Jamás, después, dejó de adornar su pecho. Pero en el transcurso de los años laboriosos y meditabundos que constituyeron la vida de Ester, la letra roja dejó de ser un estigma que atraía el desprecio y la amargura del mundo, convirtiéndose en una muestra de algo que había de ser sentido y visto con horror, y, además, con reverencia. Y como Ester Prynne no tenía fines interesados, ni vivía en modo alguno para sus propios provecho y diversión, la gente le llevaba todas sus tristezas y perplejidades y pedíala su consejo, como mujer que había pasado por los más grandes trastornos. ¡Las mujeres recurrían a ella, especialmente (en sus continuas aflicciones, disipaciones, injurias, extravíos o pasiones equivocadas y pecaminosas, o con la funesta carga de un corazón inflexible por ser desestimado o no solicitado) acudiendo a su casa para preguntarle la causa de ser tan desgraciadas y cuál pudiera ser el remedio! Y ella les aseguraba también, porque lo creía firmemente, que en algún período más brillante, cuando el mundo estuviera más preparado para ello, cuando lo dispusiese el cielo, sería revelada una nueva verdad, con el fin de establecer toda relación entre el hombre y la mujer en un terreno más firme de felicidad mutua. En su vida más temprana, Ester hubiera vanamente imaginado pudiera ser la profetisa destinada, pero reconoció, por mucho tiempo desde entonces, la imposibilidad de que cualquier misión de verdad divina y misteriosa pudiera ser confiada a una mujer manchada de pecado, humillada por la vergüenza y agobiada por el peso de una eterna tristeza. ¡El ángel y apóstol de la revelación venidera tenía que ser una mujer, en efecto, pero elevada, pura y hermosa; y sabía, además, no por oscura pesadumbre, sino por el medio etéreo de la alegría, y demostrando cómo puede hacernos dichosos el amor sagrado, por la más verdadera prueba de una vida venturosa a ese fin!

Así dijo Ester Prynne, bajando sus ojos tristes hacia la letra roja. Y después de muchos, muchos años, fue cavada una nueva fosa, cerca de otra, vieja y hundida, en aquel cementerio junto al cual estaba edificada desde entonces la capilla del Rey. Allí fue, cerca de aquella vieja y hundida fosa, pero con un espacio intermedio, como si el polvo de los dos durmientes no tuviera derecho a mezclarse. Sin embargo, una sola losa servía para los dos. Alrededor había monumentos con escudos de armas, pero sobre aquella sencilla losa de pizarra (como el curioso investigador pudo ver aún y confundirse con su significado) aparecía la semblanza de un escudo grabado. Llevaba una divisa, una expresión de un heraldo que pudiera servir para un lema y una breve descripción de nuestra leyenda, ahora al terminar; tan sombría es que no se revela más que por un punto de eterno resplandor más tétrico que la sombra:

«SOBRE UN CAMPO, SABLE, LA LETRA A, GULES»

ÚLTIMOS TÍTULOS PUBLICADOS
EN COLECCIÓN AUSTRAL